圖左◆佛列德瑞克・丹奈　圖右◆曼佛瑞・李

艾勒里・昆恩其實是兩個人，一個是佛列德瑞克・丹奈（Frederic Dannay），一個是曼佛瑞・李（Manfred Lee），這是一對出生於1905年的堂兄弟，艾勒里・昆恩這個名字是他們聯手創造出來的。而這個名字，據推理評論家安東尼・鮑查所言，「艾勒里・昆恩，即是美國推理小說的同義詞。」

所謂推理小說的同義詞指的是，從1928年首部長篇《羅馬帽子的秘密》問世開始，昆恩便逐步接收了范達因美國首席古典推理大師的位置，以每年一至兩部的速度穩定出書，一路貫穿到七○年代，統治時間長達半世紀之久；而昆恩扮演的可不只是書寫者而已，他們（因為有兩個人，就像是連體嬰）同時辦雜誌，編選集，搞廣播和電視，不讓古典推理征服全國勢不罷休——他們既是王者，也是傳教士和大使。

做為推理小說家的昆恩，不以創新詭計取勝，他們最大的力量來源，是通過對過往推理名著的整理和深刻理解，總結前代大師之精髓而集其大成，使小說呈現一種高度成熟期的穩定水平，成為基本古典推理迷極佳的選擇。

曼佛瑞・李於1971年去世，佛列德瑞克・丹奈則在相隔十一年後的1982年辭世。

哲瑞・雷恩悲劇系列 —

1932	The Tragedy of X	X的悲劇
1932	The Tragedy of Y	Y的悲劇
1933	The Tragedy of Z	Z的悲劇
1933	Drury Lane's Last Case	哲瑞・雷恩的最後探案

艾勒里・昆恩系列 —

1929	The Roman Hat Mystery	羅馬帽子的秘密
1930	The French Powder Mystery	法蘭西白粉的秘密
1931	The Dutch Shoe Mystery	荷蘭鞋子的秘密
1932	The Greek Coffin Mystery	希臘棺材的秘密
1932	The Egyptian Cross Mystery	
1933	The American Gun Mystery	美國槍的秘密
1933	The Siamese Twin Mystery	暹邏連體人的秘密
1934	The Chinese Orange Mystery	中國橘子的秘密
1934	The Adventures of Ellery Queen	昆恩探案系列
1935	The Spanish Cape Mystery	西班牙岬角的秘密
1936	Halfway House	特倫頓小屋
1937	The Door Between	生死之門
1938	The Devil to Pay	
1938	The Four of Hearts	紅心四點
1939	The Dragon's Teeth	龍牙
1940	The New Adventures of Ellery Queen	昆恩再度出擊
1942	Calamity Town	災難之城
1943	There Was an Old Woman	從前從前有個老女人
1945	The Murderer Is a Fox	
1945	The Case Book of Ellery Queen	
1948	Ten Day's Wonder	十日驚奇
1949	Cat of Many Tails	多尾貓
1950	Double, Double	
1951	The Origin of Evil	惡之源
1952	Calendar of Crime	
1952	The King Is Dead	國王死了
1953	The Scarlet Letters	
1954	The Glass Village	玻璃村莊
1955	QBI: Queen's Bureau of Investigation	
1956	Inspector Queen's Own Case	
1958	The Finishing Stroke	
1963	The Player on the Other Side	另一邊的玩家
1964	And on the Eight Day	然後在第八天
1965	The Fouth Side of the Triangle	
1965	Queens Full	
1966	A Study in Terror	
1967	Face to Face	
1968	The House of Brass	
1968	QED: Queen's Experiments in Detection	
1969	Cop Out	
1970	The Last Woman in His Life	
1971	A Fine and Private Place	

災難之城

Calamity Town

Ellery Queen 著

劉育林 譯

M&C推理傑作

艾勒里・昆恩 作品系列10

艾勒里・昆恩作品系列 10

災難之城

Calamity Town

作　者	Ellery Queen　艾勒里・昆恩
譯　者	劉育林
封　面	李東記
校　稿	林淑禎
出　版	臉譜出版
發　行	英屬蓋曼群島商家庭傳媒股份有限公司城邦分公司 台北市104民生東路二段 141 號 2 樓 讀者服務專線：0800-020-299 服務時間：週一至週五9：30～12：00；13：30～17：30 24小時傳真服務：(02)2517-0999 讀者服務信箱 E-mail：cs@cite.com.tw 郵政劃撥：19833503 英屬蓋曼群島商家庭傳媒股份有限公司城邦分公司 城邦網址：http://www.cite.com.tw 臉譜推理星空網址：http://www.faces.com.tw
香港發行	城邦（香港）出版集團有限公司 香港灣仔軒尼詩道235號3樓 電話：25086231／傳真：25789337
新馬發行	城邦（新、馬）出版集團 Cite(M) Sdn. Bhd.(458372 U) 11, Jalan 30D/146, Desa Tasik, Sungai Besi, 57000 Kuala Lumpur, Malaysia 電話：603-9056 3833／傳真：603-9056 2833 email：citek1@cite.com.tw
初版一刷	2005 年 8 月 31日 版權所有，翻印必究（Printed in Taiwan） ISBN　986-7335-57-0 **定價：280元** （本書如有缺頁、破損、倒裝，請寄回本社更換）

關於艾勒里・昆恩

唐諾

推理史上的連體人：

正如他們的一部推理小說：《暹邏連體人的秘密》（*The Siamese Twin Mystery*），艾勒里・昆恩這個了不起的名字，其實是由兩個不同的人組合而成：其一名喚佛列德瑞克・丹奈（Frederic Dannay），另一名為曼佛瑞・李（Manfred Lee）。

這是一對同樣一九〇五年出生於紐約布魯克林的表兄弟，相隔九個月和五個街口，性格卻截然不同。李是沉穩、思考型的學者人物，丹奈則是敏銳而活力四射的騷包傢伙，因此，兩人幾乎無事不可吵。李說：「我們兩個誰都不服輸，總想壓倒對方。」丹奈則說：「我們這樣吵吵鬧鬧已達三十九年之久，就連對推理小說的基本觀念也完全不同。」

怪的是，這對歡喜冤家卻是推理小說史上最成功且最長時間的合作搭檔，他們所創造一系列以推理作家兼業餘神探艾勒里・昆恩為主的數十部推理小說，寫作時間垂半世紀之久，全球行銷約兩億冊，並三次獲得美國推理小說最崇高的愛倫坡獎（以推理小說鼻祖愛倫坡Edgar

Allen Poe 命名）。

安東尼・鮑查（Anthony Boucher）直截了當的指出：「艾勒里・昆恩，即是美國推理小說的同義詞。」

事情是這樣開始的：

這一切開始於一九二八年秋天，地點是曼哈頓一家義大利餐館，這一對年輕的表兄弟，得知*McClure's* 雜誌和Frederick A. Stokes 出版公司合辦獎金七五〇〇美元的推理小說獎，遂食指大動決定聯手一試。於是，他們以艾勒里・昆恩為筆名，並以艾勒里・昆恩為小說中的破案偵探，寫出了第一部長篇《羅馬帽子的秘密》（*The Roman Hat Mystery*）。頒獎之前，*McClure's* 的編輯先私下告訴他們可能獲得首獎，這對兄弟想到處女作竟能一舉成名，自然是樂不可支。

要命的是，錢未到手書未出版，且兩人已買了DunHill 名牌菸斗互贈慶祝勝利，並雄心萬丈打算辭職專事寫作之時，主辦的*McClure's* 雜誌忽然宣佈破產，而買下*McClure's* 的新老闆後來把大獎頒給別人，兩人當場由天堂墮入地獄，所幸原來負責出版的Stokes 公司仍願出版此書，惟酬勞縮水為一人二〇〇美元，在沒魚蝦也好的狀況下，這部開啟半世紀美國推理史的昆恩首部長篇，遂跌跌撞撞出版了，賣了八〇〇〇冊，差強人意。

古典推理的繼承者：

從此，這位既是作家本身又是書中神探的艾勒里・昆恩，便以一年一到二部長篇推理的速度，活躍於一連串謎樣的謀殺案中，迅速取代了古典大師范達因（S. S. Van Dine）及其筆下神探菲洛・凡斯（Philo Vance），成為美國推理小說的代表人物。

基本上，昆恩的小說，繼承了從愛倫坡、柯南道爾一脈相沿至二〇年代起能人輩出的古典正統路線。意即，以某個謎樣的犯罪事件（通常是詭譎的謀殺，甚至一連串的謀殺）為始，眾多的嫌疑及其線索鋪設成迷宮，而由擔任破案工作的「大偵探」（Great Detective），通過嚴謹的理性分析，撥開迷霧，理清真實和假象，找出凶手，完成了社會正義。

正如海克拉夫（Howard Haycraft）所言：「推理小說就是個結局——結局的破案。」古典正統推理小說，大體上是個頗為純粹的智性遊戲，而整個犯罪樂章的真正高峰，通常便在於書末的破案解說，昆恩的小說，除了聰明狡詐的佈局和柳暗花明的解說絲毫不讓前人之外，在他早期的秘密系列，甚至正面向讀者下戰書——在破案之前，有所謂的「給讀者的挑戰」（Challenge To The Reader），這是作者一份極具挑釁意味的啟示，告訴讀者，所有破案有關的線索至此俱已齊備，而這些眾聲喧嘩的線索事實上只可能容許一個破案的解答，只此一個，別無分號，你能嗎？

昆恩和雷恩：

昆恩小說中扮演福爾摩斯式大偵探的，通常是艾勒里·昆恩，其次是哲瑞·雷恩。

書中，艾勒里的本行是推理小說家，扮演華生醫生式的探案搭檔則是他父親——瘦小的紐約警局探長老昆恩。老昆恩的正統警察身份，不僅讓艾勒里方便介入各個謀殺案的核心；老昆恩那種硬橋硬馬的實踐派作風，更清楚襯托出艾勒里佻㒓頑皮，時而閃爍著聰明洞見的探案趣向，這也使得這組小說比線條稍嫌生硬的古典傳統推理，多了層可供「再次閱讀」的盎然風味。然而，作為創造者的丹奈和李卻毫不客氣修理他們筆下這個聰明愛現的了不起偵探，丹奈說：「這傢伙的性格真是討厭極了。」李則說：「他可能是前所未見最喬張作致的人。」

另一位神探雷恩出現得稍晚，他的首次探案發生於一九三二年的紐約市，是為《X的悲劇》——發表時並非以艾勒里·昆恩的名義，改為巴納比·羅斯（Barnaby Ross），書出之後，這兩個愛搞鬼卻頗有生意腦袋的年輕推理作家，還自導自演一場昆恩和羅斯的戰爭，相互揭短，尖酸的攻擊對方小說的弱點，三年後才揭開謎底，把美國推理迷結實的玩弄了一番。

雷恩和昆恩很不一樣，他出場時年已六〇，耳聾而不耳順，是退休的著名莎劇演員，隱居在哈德遜河畔的古堡內，古堡叫哈姆雷特山莊，堡中的僕人以莎劇人物命名，擺設和佈置皆是維多利亞時期的，雷恩自己則除了一身古老的裝扮之外，辦案時動不動就援引一段莎劇對白，非常麻煩。

災難之城

Calamity Town

目次

第四部

第五部

第六部

主要人物表

約翰·萊特	萊維爾國家銀行總裁
荷美·萊特	約翰·萊特的妻子
泰碧莎·萊特	約翰·萊特的姊姊
蘿蘭·萊特	萊特家長女
娜拉·萊特	萊特家次女
派翠西亞·萊特	萊特家三女，小名派蒂
露蒂	萊特家女傭
吉姆·海特	娜拉的丈夫
露絲瑪莉·海特	吉姆的姊姊
卡特·布來福	萊特郡地方檢察官
法蘭克·羅伊	萊維爾記事報總編輯兼發行人
比爾·克強	保險公司推銷員
錫尼·高屈	下村大眾商店老闆
愛金小姐	卡內基圖書館資深管理員
J·P·辛普森	當鋪老闆
麥倫·葛巴克	上村藥房老闆
傑西·佩提古	房地產經紀人
卡蜜兒·佩提古	傑西·佩提古的女兒
艾德·霍奇士	計程車司機
班恩·丹錫	上村圖書雜貨租售服務處老闆

愛貝塔·曼娜絲嘉	娜拉家的女傭
米羅·魏勒比	醫生，萊特家的好友
艾禮·馬丁	法官，萊特家的好友
克麗兒·馬丁	法官太太
愛咪琳·杜普瑞	萊特家的鄰居
洛波塔·羅勃絲	芝加哥記者
安德森	老醉鬼
維克·卡拉提	熱點酒吧老闆
高斯·奧爾森	路邊小館老闆
唐納·麥肯錫	萊維爾個人財務公司總裁
道金局長	萊維爾警察局局長
奇克·薩倫森	驗屍官
布萊迪·哥賓	巡警
李山德·紐伯	法官
艾勒里·昆恩	推理小說作家

第一部

1 昆恩先生發現新大陸

萊維爾車站月台上，艾勒里·昆恩佇立在幾件高及膝部的行李之中，想著：「我這樣活像個船長，哥倫布船長。」這座車站是個赭色磚造的矮胖建築，屋簷下一台鏽痕累累的手推車上坐著兩個小男孩，身上穿著連身工作服，正一面嚼著口香糖，一面搖晃著髒兮兮的腳，面無表情的凝望著他。車站四周的碎石地上到處都是馬糞。鐵道的那一邊有著結構狹促的兩層樓房子，若干歪駝矮胖的商家店面彼此擠成一堆——那是市區，順著一條鋪著方形石板的筆直街道，昆恩先生尚可在一輛漸行漸遠的巴士彼方，看到若干高度更高、占地更廣的建築物。而這座車站的另外一邊，則只有一棟車庫、一輛名為「菲爾餐館」的報廢電車，以及一家有著霓虹燈招牌的打鐵鋪。此外則是一片綠油油、欣欣向榮。

「鄉下看來挺不錯的嘛，」昆恩先生很起勁的自言自語著，「綠色加上黃色。麥稈的顏色。還有藍色的天空、白色的雲。」——比他所曾看過的還要藍、還要白。城市和鄉村在此交會，萊維爾車站將整個二十世紀猛然送到這塊錯愕大地的面前。

「是的，長官，你已經發現它了。欸，腳夫！」

□

荷里斯飯店、厄漢旅店和克爾敦旅館連一個小房間都未能提供給這位外來客，萊維爾突如其來的榮景似乎把昆恩先生甩在後頭了，一位渾身透著「國防工業」氣息的肥胖男子竟當著他的面，搶走了荷里斯飯店的最後一個房間。昆恩先生並不氣餒，他將行李寄在荷里斯飯店，在咖啡屋吃了頓舒適的午餐，同時閱讀了一份《萊維爾記事報》——發行人兼總編輯叫法蘭克·羅伊，他記得有幾個《記事報》裡所提到的人名，似乎在當地頗具知名度。在飯店大廳的香菸攤向馬克·都鐸的兒子葛拉佛買了兩包斐美牌香菸和一張萊維爾的市街圖之後，他頂著豔陽走向鋪著紅色卵石的中央廣場。

走到廣場中心的馬槽旁，昆恩先生停下來瞻仰拓荒之父萊特的銅像。原先以青銅打造的拓荒之父銅像，如今看來已是苔痕斑斑，身旁的石質馬槽也顯然有多年不用了。拓荒之父的鷹鉤鼻上還有不少乾燥結痂的鳥糞。碑文上說，主曆一七〇一年，傑士李·萊特在世外荒煙的印地安人地區發現了萊維爾，開拓荒地、闢建農場，因而繁榮起來。廣場的那一邊，萊維爾國家銀行的總裁約翰·萊特正隔著古樸的門窗對著昆恩先生微笑，昆恩先生亦回報以一笑：嗨，開路先鋒！

隨後他橫越這圓形廣場，發現自己置身於蘇高第男性專門店、拜頓百貨商店、高級酒商當克·麥克里恩，還有保險業的比爾·克強的招牌之中。J.P.辛普森店面上頭有三個鍍金圓球，麥倫·葛巴克開的上村藥局櫥窗內有盛著綠色及紅色液體的高腳杯，他都端詳了一番。轉過身來，他檢視著從中央廣場輻射出去的主要道路。一條幹道比較寬，可看到紅磚建造的鎮公所、卡內基圖書館、公園的一角、高大而迎人的街樹，再遠一些則是一排看似公共事業促進局的簇新白色建築物。另一條幹道商店林立，街上盡是穿著家居服的婦女以及工作服打扮的男子。根據市街圖，昆恩先生確定這條商店街就是中央南路，於是向前走去。他在此發現了《記事報》的本部，從外頭向裡瞧，可以看到老芬尼·貝克正在擦拭著偌大的印刷機，早上的印報工作業已結束。他走進了中央南路，逛了逛生意不惡的廉價商店，一路經過新建郵局大樓、寶石劇場、傑西·佩提古經營的房地產服務處，最後走進艾布朗冰淇淋店，點了一客紐約大學冰，聆聽店裡那票高中年紀的黑皮膚男生與紅臉頰女生們的交談。他聽說週六的「約會」已經一切就緒，地點在格洛夫的跳舞池，猜想那大概是這條路走下去三哩開外的萊維爾鐵路調車場吧，入場券每人一美元，「還有，瑪姬，看在老天的分上，能不能請妳媽媽離停車場遠一點，好嗎？我可不希望再像兩個禮拜之前那樣被逮到，然後就吵了起來！」

昆恩先生在鎮上閒逛著，深深吸入忍冬樹葉的新溼氣味，頗為讚賞。他喜歡卡內基圖書館前廳的那隻老鷹標本，同樣的也喜歡圖書館資深管理員愛金小姐，只是她給了他一道犀利的眼神，好像是說：「你休想在這兒偷走一本書！」他喜歡下村彎彎曲曲的街道，並走進錫尼·高屈的大眾商店，買了一盒老船員牌的可嚼菸草，僅是想藉以聞聞咖啡、膠鞋、食用醋、乳酪和燈油的氣味而已。他喜歡才重新開張的萊維爾機械店，以及下村世界大戰紀念館斜對面的那家棉紡織廠。錫尼·高屈告訴他這家棉紡織廠的沿革。起初它是一家棉紡織廠，之後成了一棟空屋，後來變成一個皮鞋店，之後再度成為空屋。窗戶上的破洞，想必是下村的男童們走到有綠藤纏繞的戴南街聖約翰教會學校途中，夏天扔石頭、冬天擲雪球給砸破的。但現在工廠的四周有大腿上繫著肥大槍套的「特務」們來回巡行著，臉上一絲笑意也沒有。錫尼·高屈說，因此那些男童們便只好大喊一聲：「呀！」將氣出在本區前頭算來第三家，靠近惠士林街轉角的穆勒氏飼料店頭上。至於那家棉紡織廠，倒是得到特別的協助——陸軍的訂單。「現在是戰爭期間，老兄！難怪你會找不到一間客房。此刻就有一個來自聖保羅的姨丈和一個來自匹茲堡的堂弟，來跟我和貝琪一塊兒擠呢。」

事實上，昆恩先生很喜歡這兒的每一件事物。他看了看鎮公所尖塔上的時鐘，兩點三十分。沒有客房，是嗎？他加快了腳步，往回走到中央南路，既不停頓也不瞻顧，然後來到了一家店，招牌上寫著：傑西·佩提古，房地產經紀。

2 災難之屋

昆恩先生進來時，傑西・佩提古正在打盹兒，桌上的文件堆積如山。他才剛從厄漢飯店那兒參加每週一次商會的開會回來，肚子裡裝了不少炸雞。昆恩先生叫醒他。「我姓史密斯，」昆恩先生說，「我才剛到萊維爾，想要租一間有現成傢俱的房子，以月付租金的方式為佳。」

「真是幸會，史密斯先生，」佩提古一面說，一面掙扎著穿上那件軋別丁布料的「制服」夾克，「喔，天氣有一點熱。要有傢俱的房子是嗎？看得出來你是位外來客。萊維爾是沒有連傢俱一起出租的房子的，史密斯先生。」

「那，或許有這樣的公寓——」

「也沒有。」佩提古打了個大呵欠，「對不起。天氣真的熱起來了，不是嗎？」

「是的。」艾勒里說。

佩提古先生背靠著旋轉椅，用一根象牙牙籤往牙縫裡剔出殘餘雞肉，對它用心的審視一番。「住的確是一個大問題，先生。人們大量湧進本鎮，就像穀子擠進碾米機的漏斗一般。尤其是到機械商店裡工作。啊，請等一下！」昆恩先生等待著。「差點就忘了！」佩提古精確的將象牙牙籤上的雞肉殘片彈掉，「史密斯先生，你迷不迷信？」

昆恩先生愣了一下。「我想還不至於。」

「既然如此，」佩提古興奮起來，旋即止住了，「請問您是從事哪一行的？雖然那並不相干，不過——」

艾勒里猶豫了一下：「我是個作家。」

這位房地產掮客張大了嘴巴看著他：「您寫故事嗎？」

「正如您所說的，佩提古先生，寫一些書和一些別的。」

「喔，喔，」佩提古眼睛為之一亮，「真是很榮幸認識您，史密斯先生。史密斯……這就有趣了，」佩提古說，「我私底下也看一些書，但我好像不記得有個作家叫做……叫做——您剛才說您是叫什麼來著，史密斯先生？」

「我還沒說哩，是艾勒里。艾勒里·史密斯。」

「艾勒里·史密斯。」佩提古複誦了一遍，仔細想著。

昆恩先生笑著說：「我寫東西用的是筆名。」

「喔！用的是筆名……？」但佩提古先生看到「史密斯」先生只是一逕的笑著，只好摸了一把下巴，說道：「呃，你能否提供一下個人的履歷呢？」

「在萊維爾先祖個三個月的房子，是否能讓我獲得好評呢，佩提古先生？」

「嘿，你的話很有趣！」佩提古笑道，「請跟我來，史密斯先生。我帶你去看一間你所要找的房子。」

「你剛才問我迷不迷信，用意何在？」艾勒里問，他們坐上佩提古的翠綠色小客車出發了，「那棟房子鬧鬼嗎？」

「呃……不是，」佩提古說，「不過卻有一些古怪的傳聞——這或許可以給你一些創作上的靈感吧，是嗎？」

「史密斯」先生同意這個想法，是有此可能。

「這棟房子在希爾路上，就在約翰・萊特家的隔壁。約翰・萊特是萊維爾國家銀行的總裁，他家是本鎮歷史最悠久的一個家族。事情發生在三年前，約翰三個女兒之中的老二娜拉和那個吉姆・海特訂婚了。吉姆是約翰銀行裡的首席出納員。他不是本地人。好些年以前，他帶著讚譽有加的推薦信函，從紐約來到萊維爾，從助理出納員開始幹起，做得相當不錯。他這個人腳踏實地，沒有什麼不良習性，經常跑圖書館，不大去找樂子，我是指——到路易・卡漢的寶石劇場去啦，或者跟那些男孩子聚在樂隊晚會那兒，看著小姐們上上下下，一邊吃著爆米花，一邊調戲她們兩句之類的。工作上又很賣力——吉姆的辦事能力很強。你說獨立性是吧？嘿，我從沒看過有小伙子像吉姆這麼獨立自主的。我們都非常喜歡他。」佩提古先生嘆了口氣，艾勒里疑惑，如此光明的主題，為何會使他陰鬱下來。

「我想娜拉・萊特小姐一定比任何人都喜歡他。」艾勒里說，藉此潤滑一下故事的輪軸。

「確實如此，」佩提古低低的說，「她很迷那個小伙子。在吉姆出現之前，娜拉是最不出聲音的那種女孩子。老是戴著一副眼鏡，我想那使得她自認對男孩子沒有吸引力，因為當蘿蘭與派蒂和男孩子出去玩的時候，她總是待在屋裡——看書、做針線，或是幫她媽媽料理家務事等等。唔，吉姆徹底改變了她。吉姆不是那種看到一副眼鏡就打退堂鼓的年輕人。娜拉是個漂亮姑娘，吉姆開始追她，她就變了……老天，她整個人都改變了！」佩提古蹙眉道，「我想我扯太多了。不管怎麼說，你了解我的意思吧。吉姆和娜拉訂婚時，全鎮的人都說他們十分登對，尤其是在約翰的長女蘿蘭發生了那件事之後。」

艾勒里立刻問道：「什麼事?佩提古先生。」

佩提古將車子拐進了一條頗寬的鄉間道路。他們已經離市集相當遠了，艾勒里游目四顧，連綿不斷的綠意盡收眼底。

「我還沒有提到蘿蘭吧？」這位房地產掮客曖昧的問道。「呃，這個蘿蘭嘛……她是離家出走的，跟一個訪問劇團的演員私奔了。不久之後，她又回到了萊維爾，人已經離婚了。」佩提古抿緊了嘴唇，昆恩先生明白他不打算多提蘿蘭·萊特的事了。「嗯，不管怎麼樣，」佩提古繼續說道，「約翰與荷美夫婦倆決定送給吉姆與娜拉一棟新裝潢的房子，作為結婚禮物。約翰在自己家附近畫出一塊地，動工興建，就住在兩老隔鄰，因為荷美要娜拉住得越近越好，鑑於她已經……失去了一個女兒。」

「蘿蘭，」昆恩先生點頭道，「就如你所說的，已離了婚，之後又搬回本鎮來，那她不再和父母親住在一起了嗎？」

「不了。」佩提古簡略的說，「因此約翰在自家隔壁為吉姆和娜拉蓋了棟有六個隔間的小屋，荷美則布置了地毯、傢俱、窗幔和銀製餐具等等，然後事情就突然發生了。」

「發生了什麼事？」昆恩先生問。

「老實說吧，史密斯先生，」這位房地產掮客怯怯的說，「除了娜拉·萊特和吉姆·海特之外，誰也不曉得怎麼回事。就在結婚典禮前夕，一切看起來好得不能再好，而吉姆卻忽然離開了本鎮！這是真的，他跑走了。那是三年前的事了，到現在他都沒有回來。」

他們駛上了一條蜿蜒曲折的上坡路，艾勒里看到一片豐美的草坪上，座落著幾棟寬廣古老的房子，四周的榆樹、楓樹、綠柏和楊柳都比房子還高。佩提古先生對這條希爾路皺皺眉頭。「第二天約翰在銀行的辦公桌上發現了一封辭呈，但對於吉姆為何要離開本鎮卻隻字不提。而娜拉本人也一言不發，只管將自己鎖在房間裡，連父親、母親和妹妹派翠西亞也不見，更別提那位從小一手將她姊妹三人帶大的老女傭露蒂了。娜拉只一逕在自己房間裡吼叫著。我女兒卡蜜兒和派蒂·萊特是閨中密友，派蒂將全部的事都告訴了卡蜜兒。派蒂那天哭得很傷心，我猜想她家其他人也都如此。」

「那房子呢？」昆恩先生低聲道。

佩提古將車停在路邊，熄掉引擎。「婚禮取消了。我們都以為吉姆會回來，原先以為只是戀人之間的彆扭，但他並沒有回來。將他們倆拆散的事情一定非同小可！」這位房地產掮客搖搖頭。「好啦，那棟就是剛才所說的新房子，什麼東西都準備好了，只等人搬進去住，但卻沒有人住在裡面。這對荷美可是個可怕的打擊，她對外界說是娜拉不要吉姆的，但是大家一直議論紛紛，後來……」佩提古先生欲言又止。

「嗯？」艾勒里慫恿他講下去。

「後來大家開始在傳，說娜拉……發瘋了，還說這棟有六個隔間的小屋不吉利。」

「不吉利！」

佩提古笑得很不自然。「鄉下人的想法很可笑，是不是？他們竟然認為這棟房子和吉姆與娜拉的婚姻失敗有關係！娜拉當然並沒有怎麼樣。我是說，她並沒有發瘋！」佩提古哼了一下，「事情還沒完。後來吉姆看樣子是不會回來了，約翰就打算將這棟為女兒建造的房子賣掉。買主很快就找到了——是馬丁法官太太的親戚，系出波士頓家族一位叫韓特的男士。這筆生意還是我接的。」

佩提古將聲音壓低道：「史密斯先生，我這可沒有亂說，就在簽約前，我帶韓特先生最後一次來看這房子，正在起居室裡四下觀看時，韓特先生說：『我不喜歡放在那邊的沙發。』然後忽然一臉很驚駭的表情，用手摀住胸口，就當著我的面倒了下來，這是真的！他當場死了！我嚇得有一個禮拜無法闔眼。」他揩了一把額頭。「魏勒比醫生說他是心臟衰竭致死，但鎮上的人可不是這麼說的。他們說毛病就出在這間房子，最初是吉姆跑了，再來是一位買主倒了下來。而更糟的是，有一位在法蘭克・羅伊的《記事報》裡任職的新進記者報導了這件事，他在他那篇文章裡管這房子叫『災難之屋』，真是天才！法蘭克將那傢伙炒魷魚，因為他和萊特一家有交情。」

「真是一派胡言！」昆恩先生笑道。

「結局一樣，這房子無人問津，」佩提古喃喃說道，「約翰想要招租，也沒人想租。太不吉利了，大家都這麼說。你還想租嗎？史密斯先生。」

「想，當然想。」昆恩先生笑著說，於是佩提古再度發動車子。「他們家似乎家運不好，」艾勒里說，「大女兒跑了，二女兒又遭到情感上的重創。最小的那個女兒還正常嗎？」

「你說派翠西亞嗎？」佩提古笑了，「除了我家卡蜜兒之外，她該算是本鎮最美、最精的一個妞了！派蒂正在和卡特·布來福拍拖。卡特是咱們這個郡新任的檢察官……咱們到了！」

這位房地產掮客將他的車駛入一座殖民地式房子的車道上，房子座落在遠離馬路的山坡上。按昆恩先生在希爾路上所見，這是這一帶最大的房子，草坪上種的樹也最高。緊鄰這棟大建築物的旁邊還有棟白色的小屋，窗戶閉得緊緊的。

一路走向寬敞的萊特家大門時，昆恩先生一直注視著那棟他打算租的小屋，門窗緊閉，空無一人。然後佩提古按了一下門鈴，不一會兒老露蒂穿著她那件著名的漿白圍裙前來應門，問他們有啥屁事。

3 「知名作家定居萊維爾」

「我會告訴約翰先生你來造訪。」露蒂說完便走開了，她那圍裙垂在身體的兩側，像是荷蘭帽的帽瓣。

「我猜露蒂知道我們要來租『災難之屋』。」佩提古先生笑道。

「為什麼她看到我時，一副好像見到納粹特務的樣子？」昆恩先生問。

「露蒂大概認為，像約翰·萊特這種身分的人竟要將房子招租，實在頗不恰當吧。有時我還真搞不清楚到底是露蒂還是荷美比較以萊特這個姓氏為榮！」

昆恩先生環顧室內的陳設，挺有人味的，看來不錯的桃心木古董傢俱就有好幾件，外加一座義大利大理石製的壁爐。油畫中至少有兩幅是很有身價的。佩提古看出他的興趣所在，說道：「所有的畫都是荷美親自挑的，她對藝術懂得不少——她和約翰來了。」

艾勒里站起來，本以為會看到一位精力旺盛、不苟言笑的女性，但他見到的荷美並非如此。荷美老是給外來客一種錯誤的印象，事實上她的個頭很小、慈眉善目、和藹可親。約翰·萊特則是個瘦小的鄉紳，面容黝黑，艾勒里初照面便覺投緣。他手上慎重的捧著一本集郵簿。

「約翰，這位是艾勒里‧史密斯先生，他希望能租到一間附有傢俱的房子。」佩提古不太自然的為在場的人彼此介紹了一番。

約翰用尖銳的聲調說他很榮幸能認識史密斯先生，荷美則伸直了手臂，致上一句親切的「你好嗎？史密斯先生。」但是「史密斯」先生從荷美漂亮的藍色眼睛裡，看到一道清洌的目光，當下便知道這位女主人恐怕要比男主人難纏些，於是他獻以最大的殷勤。荷美欠了欠身，將娟秀的手指往頭上的銀絲掠了掠，每當她心情愉快、焦躁不安或喜怒失衡時，都會有這樣的舉動。

「當然啦，」佩提古客套的說道，「我馬上就想到你蓋在旁邊那棟有六個隔間的房子，約翰——」

「我並不想將這棟房子租出去，」荷美冷颼颼的說，「約翰，我想都沒有想過。佩提古先生——」

「也許妳該知道史密斯先生是做哪一行的。」佩提古趕緊說。

荷美愣了一下，約翰將壁爐旁的安樂椅向前挪了一步。「嗯？」荷美問道，「他是哪一行的？」

「史密斯先生，」佩提古滔滔不絕的介紹道，「就是知名的作家艾勒里‧史密斯。」

「知名的作家！」荷美倒吸了一口氣，「我真失禮——放在這茶几上，露蒂！」露蒂端上一盤叮噹作響的加冰五味酒，由葡萄、果汁及檸檬水調製而成，另附了四個高腳杯。「我想你會喜歡我們的房子的，史密斯先生，」荷美應對得很快，「只是一間小小的、讓人自我陶醉的房子，所有的布置全是我挑的。你曾發表過演講嗎？我們這兒有個婦女俱樂部——」

「附近也有不錯的高爾夫球場，」約翰說，「你打算租多久呢？史密斯先生。」

「我相信史密斯先生很就會喜歡上萊維爾，一直住下去的，」荷美插嘴道，「喝點露蒂做的五味酒吧，史密斯先生——」

「問題是，」約翰皺著眉說，「萊維爾發展得很快，也許我很快就能將這房子賣掉……」

「這很簡單，約翰！」佩提古說，「我們可以在租約中註明，屆時如果有人要買這房子的話，史密斯先生會在合理的時間內遷出——」

「別淨談這些無聊的話題吧！」荷美愉快的說，「史密斯先生想看的是咱們的房子。佩提古先生，你留在這裡陪陪約翰和他那發了霉的老郵票吧。史密斯先生，」荷美挽住艾勒里的手，從大房子相伴走到小房子，生怕一鬆手就會讓他飛走似的，「當然啦，傢俱現在是用防塵布套覆蓋著的，但它們確實好看得很。你看，美國早期流行的醒目楓葉圖案，現在還是煥然一新，史密斯先生，很棒吧？」

荷美拉著艾勒里樓上樓下的跑，從地下室到頂層的閣樓，展示花團錦簇的主臥室，為了推銷客廳的美輪美奐，還一一介紹了成組的槭木傢俱、深富藝術氣息的壁龕、掛毯和擺滿了半個架子的書藉……「是，是，」艾勒里微弱的說，「真的很棒，萊特太太。」

「對了，我想你要找個管家吧，」荷美快樂的說，「啊，糟了！你要在哪裡寫書呢？我們可以將樓上第二個房間改成書房，你一定需要個書房吧，史密斯先生。」「史密斯」先生說他一定會整理很美觀。「那你一定是喜歡我們這個小房子了?那太好了!」荷美小聲的說，「你大概是想在萊維爾隱姓埋名吧?」

「妳用的這個形容詞十分別緻，萊特太太……」

「那，除了我們最要好的幾個朋友之外，我肯定不會有人知道你的真實身分的，」荷美笑道，「你計畫寫什麼書呢?史密斯先生。」

「小說，」艾勒里含糊的說，「一部奇情小說，故事的發生地在一個傳統的小鎮裡。萊特太太。」

「這麼說來你是到本地采風囉!那太好了!你竟然挑中了咱們可愛的萊維爾!我得趕快介紹我女兒派翠西亞給你認識，史密斯先生。她是個再機伶不過的孩子，我相信派蒂一定能帶你深入了解萊維爾……」

兩個小時後，艾勒里·昆恩先生在租賃契約上簽下了「艾勒里·史密斯」，租下這棟座落在希爾路四百六十號的房子，包括傢俱，租期六個月，自一九四〇年八月六日起租，預付頭三個月的房屋租金，屆時如有人購買這棟房子，出租人會在事前一個月照會搬遷，每月租金七十五美元。

「你知道嗎，史密斯先生，」當他們離開萊特家時，佩提古說道，「我當時閉住呼吸整整有一分鐘之久。」

「什麼時候？」

「就是當你從約翰手中接過鋼筆，簽下合約的時候。」

「你閉住了呼吸？」艾勒里皺眉道，「為什麼？」

佩提古大笑道：「我想起那個可憐的老韓特在這棟房子裡倒下去翹辮子的事了。什麼災難之屋！根本就是胡扯！你現在還不是健健康康的活著！」

他坐上那輛小包車時依舊樂不可支，一路狂笑著開車到荷里斯飯店幫艾勒里拿行李……讓站在萊特家便道上等待的艾勒里氣個半死。

□

當艾勒里折返新居時，忽然感到脊背有小小的不安。這房子裡有某種東西，現在他已不在萊特太太的掌握中了，那個東西——嗯，空虛、不安，像外太空一般。艾勒里幾乎用上「沒有人味」那個字眼，但一思及此，他立刻頑固的要自己回到眼前的世界。什麼災難之屋！就像把萊維爾稱作災難之城一樣，神經過敏！他脫下大衣，將襯衫袖子捲了幾捲，決定動手整理。

「史密斯先生！」一個聲音驚呼道，「你在幹什麼呀？」當荷美跑進來時，艾勒里很不好意思的放下了防塵布罩，只見她臉頰發紅，灰色的頭髮不再發出光澤，「你一件東西都不許動！愛貝塔，快進來，史密斯先生不會咬妳的。」一位害羞的高大女傭遲疑的走了進來。「史密斯先生，這位是愛貝塔·曼娜絲嘉，我保證你會對她很滿意的。愛貝塔，別光站在那兒，上樓去動手打掃吧！」愛貝塔立刻消失了蹤影。艾勒里只好喃喃的道謝，一屁股坐進印花棉布的沙發裡，任憑萊特太太四下遊走，以過人的精力整理著房間。

「我們很快就會將這兒弄得井井有條的！呃，對了，我想你該不會介意吧。我到鎮上去找愛貝塔時，順道去了一趟《記事報》的辦事處——嘩！看這髒的！——然後和法蘭克・羅伊私下談了一下。就是他們的總編輯兼發行人，你知道吧。」艾勒里聽了，一陣心跳起來。

「還有，我也自作主張替你向羅根的店裡訂了些雜貨和鮮肉，當然啦，你今晚要跟我們一起用餐吧。噢，糟了，我好像忘了……？電力……瓦斯……自來水……沒有，我都想到了。啊，是電話！明天早上我會先辦這件事。嗯，史密斯先生，就像我所說的，不管我們怎麼保密，遲早每個人都會知道你來到萊維爾。當然，法蘭克就會為你來個報導，因為他在跑新聞嘛。所以我想我最好透過私人的關係，要他在報導裡不要提到你是一位大名鼎鼎的作家——派蒂寶貝！卡特！噢，我親愛的，我要告訴你們一件不得了的事！」昆恩先生站了起來，將身上的夾克拉直。她給他的第一印象，是顏色有如陽光之下潺潺溪流的眼睛。

「你就是那位大名鼎鼎的作家吧，」派翠西亞・萊特一邊說，一邊仰頭望著他，「爸爸剛才說媽被什麼事給絆住了，我以為我會碰到一個褲子穿得鬆垮垮的詩人，一副猥瑣的長相，一對憂鬱的眼神，還挺著一個大肚子。沒想到那麼英俊，真是太好了。」昆恩先生趕緊裝出一副溫文儒雅的樣子，舌頭打結的想擠出一兩句話來。

「這裡看起來很棒吧，親愛的？真是抱歉，史密斯先生。」荷美嚷道，「你一定會認為我就像土包子一個，可我實在忍不住。親愛的派蒂——介紹一下卡特吧。」

「卡特！乖乖，真對不起。史密斯先生，這位是布來福先生。」和艾勒里握手的是一位高大的年輕人，一臉的聰明和多慮，或許是憂慮該怎麼抓住派翠西亞·萊特小姐吧。他當下感到有些憐憫。

「我猜，」卡特·布來福客氣的說，「我們對你而言都有些土里土氣吧，史密斯先生。你寫的是小說還是非小說？」

「小說。」艾勒里說。此人來意不善。

「真是太好了，」派蒂又說了一遍，上下打量艾勒里一番。卡特皺緊了眉頭，昆恩先生輕輕笑著，「這間房間我來整理，媽……史密斯先生，假如等一下我們走了之後，你又將擺設改變過來，我也不會感到生氣。不過現在——」

眼看著派蒂·萊特在卡特·布來福狐疑的注視下打點室內的擺設，艾勒里心裡想：「拜託老天爺每天都賞一些這樣的苦難給我吧。卡特老弟，真對不起，到時候我將會和你的派蒂經常為伍哩！」

即使傑西·佩提古很快就從鎮上將行李送回來，還捎來一份新出版的《萊維爾記事報》，他愉快的心情並沒有因此掃興。該報的總編輯兼發行人法蘭克·羅伊只是在技術上對荷美·萊特遵守了信諾。除了「紐約來的艾勒里·史密斯」之外，他並未在新聞記事裡提及史密斯先生，然而那則新聞的標題卻是這麼寫的：「知名作家定居萊維爾」。

4 三姊妹

艾勒里·「史密斯」先生在希爾路的上流社會造成了轟動，連帶影響了當地的知識階層：學過希臘文的圖書館管理員愛金小姐、在萊維爾高中教比較文學的荷姆斯太太，當然啦，還有那位人稱「包打聽」的愛咪琳·杜普瑞，大人小孩都很嫉妒她怎麼會有如此的福氣，竟能與大作家比鄰而居——愛咪琳·杜普瑞的房子就在艾勒里隔鄰。希爾路上的汽車流量陡然增加了，人們的好奇心源源不絕，艾勒里似乎動都不必動，萊維爾巴士公司就會將整輛整輛遊覽車的人送到他家門口。繼而是來自各方的邀請，請喝茶、吃晚飯、共進午餐，以及——愛咪琳·杜普瑞邀的——請他吃早餐，「這樣我們就能在清新怡人的早晨，趁著露水尚未在枝頭消逝之際，共同探討藝術方面的問題。」上村圖書雜貨租售服務處的班恩·丹錫則表示，在此之前，他從未遇過這樣的精緻文具搶購熱潮。

於是每天早上，昆恩先生最期待的就是跟派蒂一起失蹤，她會先打通電話給他，讓他換上輕便的長褲和套頭毛衣，坐上她那輛小敞篷車，開到本郡各處尋幽探勝。她認識萊維爾和史洛坎市鎮的每一個人，介紹他某某人叫做奧哈拉、辛布斯基、強生、道林、高柏格、維紐提、賈格、拉迪斯勞和伯洛別——跑新聞的、機械工、工匠、裝配線工人、農夫、零售商、傭工，黑人、白人和拉丁美洲人，他們的小孩高矮胖瘦不同，外表乾淨程度也互異。萊特小姐的興趣廣泛，昆恩先生在她的介紹下，手上的筆記本沒多久便記下了不少有趣的俏皮話、宴客場合軼聞、十六號公路旁週末夜的爭吵、方塊舞暨爵士樂迷競賽、日正當中白頰梟在吹口哨；煙霧瀰漫、歡笑掀天而且活力充沛，萊維爾版的美國風情畫。

「幸虧有了妳，否則我真不知道該怎麼辦，」一天早上，從下村回來的路上，艾勒里說，「妳似乎對鄉村俱樂部、教會成員的人際關係，以及年輕的一代都十分了解，而且尚不僅如此，妳怎麼會那麼能幹呢，派蒂？」

「你說得沒錯，」派蒂笑道，「可我是主修社會學的——六月才剛拿到學位，碰到那些無可救藥的人，我想我就會情不自禁的想穿梭在其中吧。假如這場戰爭再繼續這麼——」

「牛奶基金？」艾勒里含糊的說，「就是妳想致力從事的那碼子事？」

「胡說！牛奶基金是我媽那個階層在弄的事。我親愛的先生，社會學牽涉的要比鈣質和骨骼發育的關係還要廣。它是關於人類文明的科學，譬如說辛布斯基一家吧——」

「饒了我吧，」昆恩先生投降道，他才剛和辛布斯基一家打過照面，「對了，妳那位地檢處檢察官布來福先生，對於這些事情的想法又如何呢？派蒂。」

「對於我以及社會學的想法？」

「對於妳和我在一起的想法？」

「噢，」派蒂將頭髮在風中一甩，很得意的樣子，「卡特在吃味。」

「唔，請聽我說，我親愛的小姐——」

「別這麼一本正經的吧，」派蒂說，「讓卡特吃點瘧也好，他老是把我看作理當如何似的。我們是從小在一起長大的，吃點醋對他有好處。」

「我不清楚，」艾勒里笑道，「我是否能勝任這愛情刺激品的角色。」

「噢，別這樣說嘛！」派蒂吃了一驚，「我那麼信任你，而且這樣不是比較好玩嗎？」她突如其來的瞟了他一眼，「順便告訴你，你知道現在人家怎樣說你嗎？」

「怎麼說？」

「你曾經告訴佩提古先生說你是個知名作家——」

「『知名』那兩個字根本是佩提古先生擅自加上去的。」

「你還說你發表作品用的不是艾勒里·史密斯這個名字，而是用假名……但你卻沒告訴任何人用的是什麼假名。」

「老天，才沒有！」

「所以大家都說你根本不是什麼有名的作家，」派蒂小聲的說，「很棒的鄉下地方，是不是？」

「是誰這麼說的？」

「大夥兒。」

「那妳認為我是個冒牌貨囉？」

「先別管我怎麼想，」派蒂爭辯道，「可你應該曉得卡內基圖書館有一本全國作家的相片檔案吧，愛金小姐報告說你並不在裡頭。」

「我呸！」艾勒里啐道，「真是一群無聊鬼！我只是還不那麼有名罷了。」

「我也這麼告訴她。我媽卻很生氣他們竟然這麼想，但我就說：『媽，我們又怎麼知道呢？』你知道嗎——我媽竟整個晚上沒辦法闔上眼睛！」

他們都哈哈大笑起來，之後艾勒里說：「我忽然想到，為什麼我還沒見過你姊姊娜拉呢？她好嗎？」

一提到姊姊的名字，派蒂忽然不笑了，艾勒里嚇了一跳。「娜拉？」派蒂用極其平淡的音調複誦一遍，從裡頭聽不出任何意思，「呃，娜拉人很好。咱們哪天早晨去看她吧，史密斯先生。」

那天晚上荷美正式引介這位貴客，受邀的都是至親好友，只有馬丁法官和太太克麗兒、魏勒比醫生、卡特·布來福、泰碧莎·萊特以及《記事報》的法蘭克·羅伊。泰碧莎是約翰唯一尚在人世的姊姊，她是那種頑強固執的萊特家人，一直未能「接受」荷美·布魯菲這個女人。羅伊和卡特·布來福交談著政治話題，兩個人僅是假裝對彼此有興趣罷了。派蒂和艾勒里坐在義大利式壁爐旁的「情人座」，卡特不時將怨毒的眼神投射過去；至於羅伊這位大灰熊似的男子，則老是心緒不安的望著大廳通往二樓的樓梯口。

「法蘭克在吉姆來之前就愛上娜拉了……他現在還是為她著迷，」派蒂說，「後來吉姆·海特出現，並且得到娜拉的愛之後，法蘭克的反應很糟糕。」艾勒里打量那廂坐著的地方報紙編輯，心中同意此人是個危險人物，他那深邃的綠眼珠隱含著殺機。「後來吉姆離開了娜拉，法蘭克就說——」

「嗯？」

「先別管他說了些什麼吧，」派蒂忽然站了起來，「我太多話了。」於是她輕盈的走向布來福先生，去將他另外一塊脆弱的心砸碎掉。派蒂今晚穿的是一襲藍色縐紗禮服，行止間發出輕倩的窸窣聲。

「米羅，這位正是艾勒里·史密斯。」荷美得意的介紹道，她手挽著高大、粗獷的魏勒比醫生。

「不知道你帶來的影響是好還是壞，史密斯先生。」醫生笑道，「我才剛從賈格家接生回來，那些加拿大佬！這回居然生下三胞胎。我這個人和達福醫生唯一的不同，是認定萊特郡還沒有婦女能幹到可以一次養四個小孩。你喜歡咱們這個鎮嗎？」

「我想我已經喜歡上這裡了，魏勒比大夫。」

「這裡是個不錯的地方。荷美，我可以再要一杯酒嗎？」

「好地方？那得看你是不是心胸寬大。」馬丁法官哼道，他挽著克麗兒走了過來。馬丁法官讓艾勒里想起亞瑟·泉恩筆下的托特先生，一個瘦小的男人，有著惺忪的雙眼和一副索然無味的態度。

「失禮，馬丁！」克麗兒嚷道，「史密斯先生，請你別太在意我先生。每次稍微穿正式一點他就感到彆扭，他還會將這筆帳算在你頭上哩。荷美，妳每樣東西都弄得太好了。」

「哪有什麼，」荷美高興的說，「只不過找大家來吃吃便飯罷了，克麗兒。」

「我才不喜歡那些小玩意兒，」法官嚷道，「欸，泰碧莎，妳在那邊哼什麼勁啊？」

「看笑話啊！」約翰的姊姊目光灼灼的看著老法官說，「我真不敢想像史密斯先生會怎麼看我們哩，艾禮。」

馬丁法官無趣的說，如果史密斯先生會因為他不喜歡那些小玩意而看不起他，那麼他也會看不起史密斯先生。這場僵局因亨利·克雷·賈克森前來宣布開飯而瓦解了。亨利·克雷是萊維爾唯一夠格的廚師，當地實施「共產」制度的上流社會太太們只能輪流僱請這位穿著邋遢的大廚，而且大家不成文的規定是，只有是極為特殊的場合，才能僱用亨利·克雷去做菜。

「晚餐業已準備就緒！」亨利·克雷·賈克森宣布道。

□

主菜上到烤小羊與鳳梨果凍之間時，娜拉·萊特忽然亮相了，房間裡登時寂然一片。荷美顫抖的說：「嗨，娜拉，親愛的。」約翰欣喜的說：「娜拉，寶貝。」一面說一面嚼著滿口的鹽酥腰果，克麗兒·馬丁低低呼道：「娜拉，妳好漂亮！」但話才說到一半，聲音卻岔掉了。

艾勒里是頭一個回過神來的人，法蘭克·羅伊則是最後一個，只見他一頭亂髮之下的頸項紅得有若磚塊。只有派蒂的反應最為得體。「妳現在下來吃晚飯正是時候，娜拉！」她快活的說，「哇，我們才剛吃過露蒂弄的美味烤羊肉。史密斯先生，這位是我姊姊娜拉。」

娜拉伸出手來，她的手冷得好像瓷器一般，纖弱而單薄。「媽媽告訴我好多關於你的事呢。」娜拉說道，聲音宛如來自另一個世界。

「可惜教妳失望了吧。」艾勒里笑道，他拉出一張椅子來。

「喔，請別費心！你好，法官、馬丁太太、泰碧莎姑媽……大夫……卡特……」

法蘭克·羅伊聲音沙啞的說道：「嗨，娜拉。」從艾勒里手中接走椅子，雖非粗魯，但亦稱不上禮貌，只是單純的拿過來，放在娜拉的身後。她臉紅了一下，然後就座。在此同時，亨利·克雷端上了可口的果凍，模塑得有若書本的形狀，大家這才開始交談。

娜拉·萊特雙手交疊的坐著，兩手手心朝上，顯得很累的樣子，她那毫無血色的雙唇勉強抿出一絲笑容。顯然她在穿著上下了很大的工夫，糖果條紋的晚禮服色彩光鮮、剪裁合宜，指甲保養得很好，滿頭紅棕色的頭髮絲縷不亂。有那麼一剎那，艾勒里彷彿看到這位戴著眼鏡的小女人在樓上自己的房間裡，庸人自擾的弄著指甲，弄著頭髮，弄著迷人的晚宴服……弄這個，弄那個，每一件事情都是這麼弄著……弄得那麼久且毫無必要，以致遲了一個小時才下來吃晚飯。

而現在她已經做得盡善盡美了，也盡了最大的努力下樓來，整個人卻似乎掏空了，好像花了太多的力氣，卻不那麼值得。艾勒里講話時，她笑容不變的傾聽著，白白的臉蛋略微下垂，果凍和咖啡都沒有動，只偶爾囁嚅著一兩個單音節的字……但她似乎不是感到無聊，只是不由自主的睏乏。

之後，就如出現時那麼的突然，她說道：「對不起，請慢慢用。」然後站了起來。所有的交談再度停止。法蘭克·羅伊跳了起來，幫她將椅子拉到後面。他像個大笨熊似的貪看著她，她向他微笑，向其他的人微笑，然後輕輕的走了……走到從飯廳通往正廳的通道時，腳步加快了些。她消失後，大夥兒立刻恢復了交談，要求再來一點咖啡。

□

周遭烘熱而昏暗，昆恩先生一邊漫步走回自己的房子，一邊領略著夜晚的風景。榆樹的葉子搖曳有聲，天邊的月亮又大又圓，他的鼻子吸滿了荷美·萊特所種花草的香味。但是當他看到一輛小包車停在他屋前的路邊，黑無一人，那種甜美的感覺不翼而飛了。這是一個尋常的夜晚，而某些事情將要發生了。一朵灰溜溜的烏雲掠過了月亮，昆恩先生踩著草坪的柔軟邊緣走向他的蝸居。屋前走廊上有一點火光，高度約為站著的男子的腰際，忽前忽後的搖晃著。

「我想你就是史密斯先生吧？」一個低沈、略帶沙啞的女性聲音說道，稍帶嘲諷的意味。

「哈囉，」他說道，逕自步上走廊的階梯，「我可以將燈打開嗎？這裡好暗——」

「請開燈吧，我跟你一樣都想看看對方呢。」

艾勒里按了一下電燈開關。在一層香菸雲霧後面，她蜷縮在角落的鞦韆上，目光閃爍的望著他。鞣皮長褲緊緊的裹著大腿，上身的開斯密爾羊毛衫襯托出她豐滿的胸脯，給予艾勒里一股世俗、熟透和苦味漸生的強烈印象。她有點神經質的笑了起來，將香菸用手一彈，飛越走廊的欄杆，掉入黑暗之中。

「你現在可以關掉電燈了，史密斯先生。我是個醜八怪，而且我不想讓我的家人發現我就在他們附近，教他們難堪。」

艾勒里服從的熄滅了走廊的燈，說道：「那麼妳就是蘿蘭·萊特了。」那位與人私奔，離了婚回來，萊特家族避而不提的女兒。

「一副什麼都不知道的樣子！」蘿蘭·萊特又笑了，笑到打起嗝來，「對不起，七杯威士忌打七個嗝。你知道嗎，我也很出名哩。萊特家的酗酒女人。」

艾勒里笑道：「我聽過那些惡意的中傷。」

「我本以為會很討厭你的，但是你人還不錯。唉喲！」鞦韆吱吱嘎嘎響著，腳步聲伴隨著一陣變調的笑聲，然後她的手勾了上來，他的脖子上感受到了她手心裡的溫暖和潮溼。他抓緊了她的手臂，免得她摔下來。

「嘿，」他說，「妳喝到第六杯的時候就應該停止的。」

她將手掌貼在他漿白的襯衫上，用力推了一把。「嘩，太棒了！這個男人會認為蘿蘭是個醉鬼哩。」他聽到她蹣跚退回鞦韆上，又發出了吱吱嘎嘎的聲音，「好啦，大作家，你對於我們這些人觀感如何？小不點與巨人、甜與酸、一口爛牙與高級雜誌廣告——很好的寫作材料嘛，是不是？」

「是很不錯。」

「你可來對地方了。」蘿蘭・萊特點著了另一根菸，手中的火焰顫抖著，「萊維爾！蜚短流長、不懷好意、俗不可耐……偉大的美國泥淖。後院的破爛程度比紐約或馬賽多更多。」

「喔，這我就不懂了，」昆恩先生爭辯道，「我花了不少時間這裡走走那裡看看，這裡對我而言似乎挺好的。」

「好？」她大笑道，「你別嚇我！我出生在這裡，這裡聚著一大堆寄生蟲，而且潮溼得很——根本就是髒東西的溫床。」

「那麼，」昆恩先生低低說道，「妳又為什麼要回到這個地方？」

她香菸的尾端很快的亮了三次，「那你別管。你喜歡我的家人嗎？」

「很喜歡。妳蠻像妳那妹妹派翠西亞，皮膚一樣的紅潤。」

「所不同的是派蒂還年輕，而我的亮度正在消逝中。」蘿蘭・萊特沈默了片刻，「我想你會對一個姓萊特的老女人有所尊重吧。我說史密斯修士，我不知道你來萊維爾的目的何在，不過假如你跟我一樣麻痺的話，你最後會聽到不少有關小蘿蘭的……嗯哼……我才不管全萊維爾的人是怎麼看我的，但問題是一個外來客……就不一樣了。好悲哀啊，我竟然還那麼愛面子！」

「我並未聽過妳的家人提到關於妳的事。」

「沒有？」她又笑了，「我今晚好像赤身露體似的。你會聽說我去買醉。沒錯。我曾聽到……呃——我聽到過。你會聽到我出現在鎮上所有糟糕的地方，更慘的是，我是獨自一個人去的。想想看！人家會認為我很『放蕩』哩。事實上只要我爽我就做，然後所有那些希爾路上的母禿鷹們，她們可巴不得要將我撕成碎片了！」

她停了下來，艾勒里問道，「想喝點什麼嗎？」

「現在不用。我並不怪我母親。她的圈子太窄了，跟其他的人一樣，她的社會地位就是她生活的全部。可我若是凡事聽她的，她還是不會滿意的——她的精力充沛，我辦不到。好啦，我不玩總可以吧。這可是我的人生，去他的狗屁規矩！你懂嗎？」她又大聲笑了，「告訴我你了解，怎樣，告訴我。」

「我了解。」艾勒里說。

她停了停，之後說道：「打擾你了，晚安。」

「我很想再看看妳。」

「不必了，再見。」

她的鞋子在黑漆漆的走廊地板上摩擦著。艾勒里再度點亮了電燈，她舉起手遮住眼睛。

「呃，那麼，我到妳住的地方看你好了，萊特小姐。」

「謝謝你，請你不要。我——」她停住了。

下頭黑暗處傳來了派翠西亞・萊特愉快的聲音。「艾勒里嗎？我可以上來跟你抽一根臨睡前的菸嗎？卡特回家去了，我看到你走廊上點著燈——」派蒂也停住腳步，姊妹倆互望了望。

「嗨，蘿蘭！」派蒂嚷道，三步兩步跳上了樓梯，開心的抱住蘿蘭親吻起來，「妳怎麼不告訴我妳要來？」

昆恩先生又快速的熄掉了走廊的燈，但他已看到蘿蘭敷衍的擁住了身材較高的妹妹。

「好了吧，鬼靈精，」他聽到她含糊的說，「妳這樣會弄亂我的頭髮。」

「這可是真的喔，」派蒂笑嘻嘻的說，「你知道嗎，艾勒里，我這位姊姊可是萊維爾出過最迷人的女孩喔！而她卻硬是要穿那些很寒酸的舊褲子，將光芒隱藏起來！」

「妳很會說話，派蒂！」蘿蘭說，「別捧過頭了，沒有用的，妳自己也知道這一點。」

派蒂難過的說：「親愛的蘿蘭……妳為什麼不回家來呢？」

「呃，」昆恩先生說，「我去那邊看看水仙花開得怎樣了。」

「不用了，」蘿蘭說，「我現在就要走了，真的。」

「蘿蘭！」派蒂的聲音有些沮喪。

「你看到了吧，史密斯先生？真是鬼靈精一個。她老是跟那些小鬼頭一樣煩人。派蒂，妳現在立刻停下來。這對我們倆來說都太老套了。」

「我沒事的，」派蒂在黑暗中擤了擤鼻子，「讓我載妳回去吧。」

「不用了，派蒂。晚安，史密斯先生。」

「晚安。」

「我現在改變主意了，高興的時候，儘管來找我喝一杯吧。晚安，鬼靈精！」說完蘿蘭就走了。

待蘿蘭那輛一九三二年小包車的咔嗒咔嗒聲消逝後，派蒂低低的說：「蘿蘭現在住在下村一處才兩個房間的蝸牛殼裡，靠近機械行那邊。她不肯從她老公那兒拿贍養費，那個人一直到死都跟耗子一樣。她也不肯要爸爸的錢。她身上穿的衣服——都已經有六年了，是她嫁妝的一部分。她靠教小孩子彈鋼琴維生，一堂課才五毛五。」

「派蒂，她為何待在萊維爾呢？離過婚後，是什麼原因讓她回來的？」

「不是說鮭魚或者大象或者什麼東西都會返回牠們的出生之地……死去嗎？有時候我幾乎就能感覺到蘿蘭是在……躲避。」派蒂身上的絲質縐紗忽然窸窣了一下，「你老讓我一直說個不停。晚安，艾勒里。」

「晚安，派蒂。」

昆恩先生凝視著眼前的一片漆黑，久久不已。是啦，故事漸漸成形了。他的運氣真好，各種要素這兒都有，豐富而且鮮活。可是犯罪事件——最關鍵的犯罪事件，又在哪裡呢？或許是已經發生了？

艾勒里躺在床上，腦中縈繞著這災難之屋過去、現在和未來的種種。

□

八月二十五日星期天的午後，艾勒里來到萊維爾已經快三個星期了，他坐在門前走廊享受一支飯後的香菸，欣賞一下難得的落日影緻。忽然間艾德·霍奇士的計程車駛上了希爾路，開到隔壁萊特家門前煞住了車，一位沒戴帽子的年輕人從車子裡跳出來。昆恩先生升起一股莫名的焦躁，趕快站起來看個究竟。

那位年輕人大聲對艾德·霍奇士講了些什麼話，然後三兩步躍上門前階梯，按了按萊特家的門鈴。老露蒂前來應門，艾勒里看到她舉起肥胖的胳臂，好像要抵擋揮過來的一拳似的。之後露蒂慌忙轉身，消失在視線之外，那位年輕人緊緊跟隨在後，大門重重的關上。五分鐘後大門又倏地打開，年輕人衝了出來，跌跌撞撞的上了等待著的計程車，大叫道快些開走。

艾勒里緩緩坐下來。那可能就是。他很快就會曉得。派蒂很快就會飛奔過草坪……她不就來了麼……「艾勒里！我猜你一定想不到！」

「吉姆·海特回來了。」艾勒里說。

派蒂愣了一下：「你好厲害！想想哦——已經有三年了！當初吉姆是怎麼離開娜拉的！我真是不敢相信。他看起來老了好多……他大叫著說要見娜拉。她人在哪裡？她為什麼不下來？當然，他知道爸媽對他是怎麼想的，可是這可以等——等娜拉人在哪裡？從頭到尾他一直在可憐的爸爸面前揮著拳頭，踮著一隻腳，像個瘋子似的跳來跳去！」

「然後呢？」

「我就跑上樓叫娜拉。她的臉一下子變白了，然後噗通一聲趴在床上。她說：『是吉姆？』

接著就大哭大叫說什麼她寧願死掉好了，為什麼他就不離遠些，就算他用爬的回來，她也不要看到他——女人家就是那麼無聊。可憐的娜拉！」

派蒂也淚如雨下。

「我知道和她爭辯沒有用——娜拉一鑽起牛角尖來，頑固得要死。所以我就告訴了吉姆，他變得更加激動，想要跑上樓去，爸爸很生氣，拿起高爾夫球桿擋住樓梯口，凶得跟什麼似的，命令吉姆快點滾出去，然後——嗯，本來要是把爸爸打倒，他就可以過關的，可是他衝了出去，大叫說他一定要見到娜拉，即使扔炸彈也在所不惜。前前後後的當兒，我只能試著搖醒媽媽，我媽似乎是具有戰略轉向意味的昏倒了。我現在必須趕快回去！」派蒂說著說著跑走了，之後又停住腳步轉過頭來，「真是莫名其妙，」她慢慢問道，「我為什麼非得要跑來告訴你我家裡最祕密的事呢？艾勒里·史密斯先生。」

「或許，」艾勒里微笑道，「是因為我的長相還不錯的緣故吧。」

「少臭美了。你以為我愛——」派蒂緊急煞車，曬黑的臉頰上起了一陣微微的紅暈。之後便逃跑了。

昆恩先生手指微抖的點燃了另一根菸，天氣雖然很熱，他卻突然感到有些冷。他把未點著的菸屁股丟到草地上去，然後跑進屋裡，把打字機找了出來。

5 愛人回頭

牙齒掉到只剩一顆的車站站長蓋比·華倫一在火車站看到吉姆·海特，就立刻告訴了愛咪琳·杜普瑞。就在艾德·霍奇士將吉姆載到厄漢飯店，老馬看在昔日交情替他弄了個床位的時候，愛咪琳·杜普瑞幾乎已經將這個消息告訴了鎮上的每一個人，只除了那些在松樹林裡野餐，以及在史洛坎湖裡游泳的人之外。

週一昆恩先生張大耳朵在鎮上細心查訪，據他所知，一般人對此事的意見很分歧。傑西·佩提古、唐納·麥肯錫以及其餘扶輪社那些半是鄉村俱樂部、半是商業圈的成員，多半認為吉姆·海特應該給火車撞死。婦女方面則極力排斥這種想法，她們認為：吉姆是一位很優秀的年輕人，不相信我可以跟你打賭，不管他和娜拉三年前發生了什麼事，那都不是他的錯！

法蘭克·羅伊失蹤了。芬尼·貝克說他老闆跑去桃樹林旅行打獵去了。愛咪琳·杜普瑞對此嗤之以鼻，「有趣的是，吉姆·海特才剛回到萊維爾，第二天早上法蘭克·羅伊就剛好跑去打獵。他逃走啦，鐵定是如此。那個吹牛專家！」令愛咪琳扼腕的是，法蘭克並沒有手拿長管獵槍，昂首闊步的沿著萊維爾的大街去搜尋吉姆——就像歐文·威斯特筆下的《維吉尼亞人》

那樣（嗯，主演的是賈利·古柏）。

同一天中午，昆恩先生發現鎮上的問題人物安德森倒臥在下村世界大戰紀念碑底下，這位老醉鬼摸了一把毛渣渣的臉批評道：「盡是些無關痛癢的論調！」

「今早你人還好嗎？安德森先生。」艾勒里關懷的問道。

「好得不能再好了，老兄。我的看法是〈箴言〉裡頭的那句話，在第二十六章吧，我想，那裡頭說：『坑是誰挖的，誰就會栽下去。』當然啦，我特別要提醒那位重新回到這個天殺的社區的吉姆·海特。你向人家扔石頭，老兄，砸到自己的會更痛。」

酒釀以一種奇怪的方式發酵著。回到萊維爾之後，吉姆·海特就把自己鎖在厄漢飯店的房間裡頭；據老馬·厄漢表示，他甚至連用餐都在自己房間裡。原來那位把自己關起來的娜拉·萊特，倒是開始亮相了。當然啦，她並未在公眾場合露面。然而星期一的下午，她就頂著太陽躺臥在涼椅上，看著派蒂和艾勒里在自家後院的草地球場上打了三盤網球賽，為了保護眼睛，她的眼鏡上多加了一層深色的鏡片，臉上一直帶著淺淺的微笑。到了傍晚，她甚至跟著派蒂以及心懷敵意的卡特·布來福逛到隔壁去，「來看看你的書寫得怎樣了，史密斯先生。」艾勒里吩咐愛貝塔·曼娜絲嘉奉上茶和燕麥餅乾招待客人，好像她常常前來造訪似的。再來便是星期二的晚上……

星期二晚上是萊特家的橋牌之夜，通常卡特·布來福會來吃個晚飯，然後由卡特與派蒂搭檔對抗荷美與約翰。然而八月二十七日星期二，荷美卻認為史密斯先生也來參一腳會「比較好」，艾勒里很爽快的答應了。

「今晚我比較想當觀眾，」派蒂說，「卡特乖乖——你跟爸爸一組對抗艾勒里和我媽，我在旁邊負責攪局。」

「快點，快點，我們在浪費時間，」約翰說，「請下注吧，史密斯，由你決定賭多大。」

「賭多大對我並無差別，」艾勒里說，「我不妨將這項榮譽轉給布來福吧。」

「既然如此，」荷美接口說，「我們就賭一比十吧。卡特，為什麼他們就不多發點薪水給檢察官呢？」然後她開心的說，「到時候你若當上了州長……」

「每得一個點數算一分錢。」卡特說道，他那瘦削的臉整個紅透了。

「可是卡特，我的意思並不是要——」荷美嚷道。

「如果卡特要賭一個點數一分錢的話，那不管怎樣就賭一分錢好了，」派蒂堅持的說，「我相信他會贏！」

「嗨！」娜拉說道。她並沒有下來吃晚飯，荷美說是什麼「頭疼」之類的毛病。現在娜拉卻在走廊那兒對著他們笑，她帶著一籃子針線活兒走了進來，在落地檯燈旁邊的大椅子坐下。「我非常希望英國會打贏這次的戰爭，」她笑道，「這可是我打的第十件毛線衣喔！」

萊特夫婦相互交換驚訝的眼神，派蒂則失神的胡亂弄著艾勒里的頭髮。「玩牌吧。」卡特忍氣吞聲的說。

髮際有一隻溫暖的手在撫弄著，卡特的下唇翹得都快可以掛豬肉了，牌局一開始便對艾勒里有利。而事實上，牌才打了兩圈，卡特便將手上的牌摜在桌上了。

「怎麼啦，卡特！」派蒂訝道。

「卡特·布來福，」荷美道，「我不知道哪裡——」

「你究竟怎麼啦？」約翰瞪著他說。

「假如妳別再跳來跳去的話，派蒂，」卡特讓道，「那麼我就能專心打好這一副爛牌。」

「跳來跳去？」派蒂生氣的說，「卡特·布來福，我可是整個晚上都坐在艾勒里的椅子扶手這裡，連一句話都沒說喔！」

「假如妳要玩弄他那頭美妙的頭髮，」卡特怒道，「那妳為什麼不帶他到外頭月光底下好好玩個夠？」

派蒂一雙幾乎要噴火的眼睛轉向他，隨後很慚愧的對艾勒里說，「我相信你會原諒卡特這樣的失態，他原本修養很好的，但是處理了那麼多宗重大刑案之後——」

娜拉忽然失聲尖叫起來，吉姆·海特就站在拱門下頭，那件海灘裝有氣無力的掛在他身上，整件襯衫被汗水溼透了。他像是個渾身充滿無名傻勁的男人，花了吃奶的力氣跑了好一段路——跑得沒頭沒腦。而娜拉的臉已然雲開月霽了。

「娜拉。」娜拉雙頰上的紅霞逐漸擴散轉濃，直到整張臉一團火紅。大家動也不動，一言不發。

娜拉飛撲向他，艾勒里當下以為她在盛怒之下，要向吉姆攻擊，但隨後看到娜拉並沒有生氣，而是驚惶。那是一個女人的害怕，一個放棄了生活的希望而無所依止、雖生猶死的女人的害怕，那是欣喜獲得重生的害怕。

娜拉在吉姆身旁交錯而過，飛奔上樓。吉姆·海特欣喜異常，跟在後頭跑了上去。再下來是一片寂然。大家都變成活生生的雕像了，艾勒里想道。他將手指伸進衣領和脖子之間，汗珠滴滴滑落。約翰與荷美兩夫婦相互以眼神訴說著不為人知的事，一如男人和女人在共同生活了三十年之後所學會的那種。派蒂一直注視著空無一人的走廊，胸脯明顯的一起一伏。卡特則一直注視著派蒂，發生在吉姆和娜拉之間的事以及剛才他和派蒂之間的糾纏，似乎頗令他感到困擾。

之後……之後樓上傳出了聲響：一間臥房的門打開了，一陣匆忙的腳步聲拾級而下。娜拉和吉姆出現在走廊上。「我們打算結婚。」娜拉說道。她好像是一座冰冷的燈，而吉姆觸到了開關，一股熱量由她的體內燃起，向外輻射。

「馬上結婚。」吉姆說道。他的聲音旁若無人，帶著故意的粗魯，像是用粗糙的砂紙磨過似的。「立刻結婚，」吉姆說，「懂嗎？」上自沙黃色頭髮的髮根，下至喉結底部，整個人紅通通的。但他依然目光閃爍的望著約翰與荷美，帶著一種頑固的、神經過敏的挑釁意味。

「啊，娜拉！」派蒂喊道，一擁上前向娜拉吻了又吻，開始又哭又笑。荷美的笑容僵在臉上，不能動彈。約翰喃喃唸道：「我真不敢相信。」旋即起身走向女兒，抓住她的手，又抓住吉姆的手，站在那兒不知所措。卡特說：「這時候結婚真是再妙不過了，你們這兩個昏了頭的！」說著伸手摟住了派蒂的腰。娜拉並沒有哭，只是一逕望她的母親。最後荷美僵住的身體終於完全解凍了，她跑向娜拉，將派蒂、約翰和卡特推向一旁，一面親吻娜拉、親吻吉姆，一面歇斯底里的說了一些無意義的話，但在此情此景之下，也只有這樣的話語才是最佳的表達吧。

昆恩先生悄悄溜走了，他覺得自己有一點形孤影單。

6 婚禮

荷美辦這場婚禮的方式，好像一位將軍在指揮所裡作兵棋推演，周遭有許多代表敵方兵力的地圖和數據。娜拉和派蒂到紐約辦嫁妝，荷美則找了第一衛理教堂的司事湯瑪斯先生討論技術上的問題，和上村的獨眼美國花卉專家共商園藝上的細節，去跟辦伙食的瓊斯太太接洽宴客事宜，向旅行業的董雷西先生詢問度蜜月的計畫，以及到銀行與約翰探討自己家裡的財務安排等等。

但這些只不過是後勤作業的雜項工作罷了。戰情會議的重頭戲是應付那些萊維爾的太太們。「親愛的，那根本就像是在演電影！」荷美滔滔不絕的對電話那頭說，「當初只不過是戀愛中男女之間的小爭吵罷了——喔，是的，親愛的，我知道人家在說些什麼！」荷美冷冷的說，「可是我的娜拉並不想抓住任何人。我想妳就忘記去年那個從巴哈伯來社會登記處工作的英俊小伙子……當然不會！我們為什麼要辦一場靜悄悄的婚禮？親愛的，他們會在教堂裡結婚……當了新娘當然就要……對，去南美洲玩六個禮拜……喔，約翰將會找吉姆回銀行上班……喔，不是，親愛的，是個主管的職務……當然囉，親愛的！妳認為我嫁娜拉時能不邀請妳到場觀禮嗎？」

八月三十一日星期六，吉姆回到萊維爾後的一個禮拜，吉姆和娜拉在第一衛理教堂杜立德牧師的福證下結成連理。約翰伴著新娘進入禮堂，吉姆的男儐相是卡特·布來福。儀式結束後在萊特家的庭園草地上舉行酒會，由二十位穿著白色對襟短上衣禮服的黑人侍者服務，現場供應的甜酒還是約翰於一九二八年從百慕達帶回來的配方調製而成的。以純棉新裝魅力大放送的愛咪琳·杜普瑞，頭上戴著薔薇花蕾紮成的花冠，蜻蜓點水般往來於各方賓客之間，指出荷美·萊特將這樣的場面安排得如此的「精巧」，真是再「高明」不過了，而吉姆眼睛四周的黑暈看起來不是很有趣嗎？你想過去三年來他是不是在藉酒消愁呢？多浪漫啊！克麗兒·馬丁相當大聲的說道，有些人真是與生俱來的問題製造專家。

庭園酒會進行間，吉姆與娜拉從小門逃走了。艾德·霍奇士要載著這對新人到史洛坎鎮趕搭對號快車，他們將在紐約過夜，星期二搭船到里約。當這對開溜的新人鑽進艾德的小包車時，卻被四處東張西望的昆恩先生瞄到了。淚眼晶瑩的娜拉緊抓著丈夫的手，吉姆則是一臉的肅穆與昂然，小心翼翼的送妻子上車，生怕一不留神就會弄傷她似的。

昆恩先生也看到法蘭克·羅伊，他在婚禮的前一天結束「打獵之旅」回來後，便捎了一封便箋給荷美，為他無法參加婚禮和酒會感到遺憾，因為當天晚上他要北上，出席在首府召開的報業發行人會議。他的社會版記者葛拉迪·海明渥斯，將會在《記事報》的頭版報導婚禮的新聞。「請代為告知娜拉，我深深祝福她幸福美滿。你的法蘭克·羅伊。」

照理說應該在三百哩外的法蘭克・羅伊，卻悄悄的來到萊特家後院草地網球場旁，躲在楊柳樹後面。昆恩先生心頭震了一下。派蒂那時候說什麼來著？「法蘭克將整件事情搞得很糟。」而且法蘭克・羅伊是個危險人物……就在吉姆與娜拉從廚房出來搭上小包車時，楓樹後頭的艾勒里真的撿起了一塊石頭。但是垂楊柳樹只是靜靜的窸窣著，計程車一走，法蘭克・羅伊便離開躲藏的地方，大步走向房子後頭的樹林。

□

婚禮結束後的星期二晚上，派蒂・萊特拖著沈重的步伐登上了艾勒里住處的前廊，故作輕鬆的說，「好啦，吉姆與娜拉現在已經在大西洋的某個角落了。」

「在月光下手牽著手。」

派蒂嘆了口氣，艾勒里在她身邊的鞦韆上坐下，肩並著肩一起盪來盪去。「你們家今晚的牌局怎麼了？」艾勒里終於問道。

「噢，我媽取消了。她累壞了——幾乎從禮拜天開始就一直躺在床上。可憐的老爸手捧集郵簿到處逛來逛去，茫然若失。說真的，我無法了解——什麼叫做失去一個女兒呀？」

「我以為妳姊姊蘿蘭——」

「蘿蘭不肯來。媽媽去下村找過她。咱們別談……蘿蘭的事吧。」

「那麼咱們該談誰的事？」

派蒂悶哼道：「談你。」

「我？」艾勒里一愣，隨後笑道，「答案是可以。」

「嗯？」派蒂嚷道，「艾勒里，你少逗我！」

「絕無此事。令尊大人有個麻煩，娜拉既然結了婚，而這房子原本是設計要給她住的，現在卻租給了我。他一定是在想──」

「喔，艾勒里，你真細心！我老爸真不曉得該怎麼辦哩，真是膽小！所以他要我找你談。吉姆和娜拉想要住在他們的……呃，我的意思是說，事情的發展真是始料未及。他們很快就會度蜜月回來，但是這對你並不公平──」

「公平得很，」艾勒里說，「我會立刻搬走。」

「噢，不行！」派蒂說，「你有六個月的租期，正在寫小說，我們真的沒有權利這麼做。我爸爸覺得很不好意思──」

「胡扯，」艾勒里笑道，「妳這頭髮弄得我神經兮兮的，它不是凡人身上的，我是說它好像生絲做的，裡頭住著螢火蟲。」

派蒂坐直起來，然後骨碌碌的移動到鞦韆椅的邊邊去，又將裙角拉到膝蓋以下。

「你說什麼？」派蒂聲音怪怪的說。

昆恩先生四處摸口袋找火柴。「就是這樣嘛。妳的頭髮就是──很不尋常。」

「喔。我的頭髮不是人身上的。它就是很不尋常，」派蒂嘲諷的道，「唔，既然如此，我得走了。卡特在等我呢。」

昆恩先生倏地站了起來。「別去惹卡特！星期二那一次還不夠嗎？我想妳母親會想將房子重新整理一番，所以我要離開萊維爾，因為這兒鬧房屋荒——」

「噯，我真笨，」派蒂說，「差點忘掉最重要的一件事。」她下了鞦韆椅，伸了伸懶腰，「我爸媽都想邀你來當我們家的房客，住多久隨你。再——見！」

說完她就走了，留下昆恩先生待在災難之屋的前廊上，心情寬慰了不少。

7 鬼節：面具

吉姆和娜拉於十月中旬度蜜月回來，正值此際，包爾山的山坡彷彿被人放了把火似的，鎮上隨處都可聞到樹葉蒸發出的蘋果酒味。在史洛坎鎮舉辦的州慶大會熱鬧到了極點：傑斯·瓦全飼養的黑白乳牛芬妮四世在稀有品種項目獲得了首獎，為萊維爾增光不少。孩子們在比賽外出時不戴手套，看看誰的手凍得最大最紅。天上的星星冷冷清清，到了晚上有人哼著歌兒看著黑暗的星空。鄉間可以看到矮矮胖胖的南瓜排列著神祕的隊伍，像是從火星下凡的橘紅色小人兒。而在鎮公所當官的艾摩斯·布魯菲卻不早不晚的在十月十一日死於動脈血栓，他是荷美遠房的表親，所以這麼忙碌的日子裡，甚至還要加上這麼一樁普通「重要」的秋日葬禮。娜拉和吉姆帶著夏威夷的風情步下了火車，吉姆對他的老丈人笑道：「哇！歡迎的場面就這麼一點而已嗎？」

「這幾天鎮上的人關心的是另外一件事，吉姆，」約翰說，「明天要辦入伍登記。」

「老天爺！」吉姆說道，「娜拉，我竟忘得一乾二淨了！」

「噢，天哪！」娜拉低呼道，「這下我可要擔心另一件事了！」她緊抓住吉姆的手，一起走上山丘。

「整個鎮都興奮得過山頭了，」荷美說，「娜拉寶貝，妳看起來好極了！」

娜拉的確是好極了。「我重了十磅哩。」她笑道。

「婚姻生活過得如何？」卡特·布來福問。

「你為何不也結個婚，自己體會體會？卡特。」娜拉問道。「哇，派蒂，妳好漂亮！」

「家裡頭供著一位伶牙俐齒的三流作家，」卡特抱怨道，「我哪有什麼機會。」

「不公平的競爭喲。」吉姆笑道。

「他住家裡呀，」娜拉嚷道，「媽，妳信上提都沒有提！」

「看他那麼體貼的放棄掉租期，」荷美說，「這是我們最起碼做得到的。」

「這傢伙蠻不錯的，」約翰說，「你們可曾帶點什麼郵票回來嗎？」

派蒂不耐的說：「娜拉，別管這些大爺們吧，咱們去找個地方……聊聊。」

「等妳看了我和吉姆帶回來的——」載著一家人坐的轎車回到萊特家時，娜拉的眼睛大了，「吉姆，你看！」

「想不到吧！」大房子旁邊的那棟小屋在十月的陽光下發亮。屋子整個重新粉刷過了：潔白的護板牆、暗紅色的百葉窗及窗框、剛剛整地造園完成的聖誕樹綠色調的院子，使新居看起來像是賞心悅目的禮盒。

「看起來真棒。」吉姆說道，娜拉笑望著他，將他的手捏了一把。

「先等一等，孩子們，」荷美笑道，「看看裡頭再說。」

「徹頭徹尾的嶄新格調，」派蒂說，「就等你們這對鴛鴦住進愛巢。娜拉，妳哭個什麼勁啊！」

「太漂亮了。」娜拉哭道，抱住了父親和母親。之後她拉著丈夫的手進去屋裡尋幽探勝，經歷了三年驚恐不安的日子，這棟房子一直空在那裡，只有昆恩先生曾在裡面小住過。

□

新婚夫妻回來的前一天，昆恩先生徹夜打包行李，並且搭上當天正午的火車。在這種情形之下，失蹤一下是明智之舉，派蒂說這顯示他「人品不錯」。不管他離去的理由為何，昆恩先生在十月十七日回來了，那是全國各地徵兵登記的第二天，隔鄰那棟小房子裡歡笑且吵鬧，絲毫看不出之前曾被人稱為「災難之屋」。「我們得謝謝你放棄了這間房子。」娜拉說，她的鼻子沾上了打掃時的汙垢。

「你臉上那一百瓦的亮度就是我收到的犒賞。」

「拍馬屁！」娜拉嗔道，拉了一下她那漿白的小圍裙，「我看起來——」

「很令人激賞。咱們那位快樂的新郎呢？」

「吉姆到山下的車站去將他的東西運上來。從紐約的住處回到這裡之前，他已經將他的書、衣服和物品託大眾快遞送到萊維爾，就一直寄放在車站的保管處裡。說著說著他可不就來了！吉姆，你東西都拿到了嗎？」

吉姆從艾德·霍奇士的小包車內向外招了招手，裡頭塞滿各式各樣的箱子，有手提箱、釘牢的木箱和一個衣櫃。艾德和吉姆將它們搬進了屋內。艾勒里說吉姆的氣色真好，吉姆伸手與他握了握，感謝他「那麼體貼的搬了出去」，接著娜拉要「史密斯」先生留下來共進午餐。可是「史密斯」先生只笑著說，等到娜拉和吉姆都安頓好了，他一定會前來叨光。當要離開時，又聽娜拉說道：「吉姆，你怎麼有那麼多亂七八糟的箱子！」而吉姆咕噥著說：「還沒打包之前，你絕對沒想到自己竟然會有那麼多書。艾德，待會兒請你幫忙將這些木箱子搬到地下室去，好嗎？」

最後進入艾勒里眼簾的，是吉姆和娜拉兩人相擁在一起的情景。昆恩先生笑了笑。假如這對新人屋子的牆壁裡頭隱藏著不幸的話，那麼一定是躲得非常好。

□

艾勒里發憤進行著他的小說，除了吃飯時間外，他都躲在頂樓那間荷美交給他使用的避難室裡。荷美、派蒂和露蒂都可以聽到他那台打字機敲到夜深時分。他很少看到吉姆和娜拉，雖然如此，吃晚飯的時候他仍會側耳傾聽這一家人談話之間的異狀。但吉姆和娜拉似乎過得很快樂。吉姆發現銀行裡為他安排了一間專用的辦公室，裡頭新添一張橡木辦公桌，桌上放著新製的黃銅職銜牌，寫著「副總裁：海特先生」。從前的老顧客紛紛前來向他祝賀，也對娜拉表達關懷，莫不抱著某些特別的希望。

小房子也門庭若市，希爾路上的婦女熙來攘往，娜拉一逕奉茶待客，陪著笑臉。那些尖銳的眼精偵伺著屋內四處的角落，想發現有沒有灰塵，結果都失望了，然而她們仍不死心，娜拉對她們受挫的好奇心吃吃的笑。荷美十分以她這位嫁出去的女兒為榮。

昆恩先生因此認為自己真是個想像力豐富的傻瓜，災難之屋已因重生而深深埋入了記憶的底層。即然現實生活並不合作，他開始計畫在自己的小說裡構想一個犯罪案件。因為他很喜歡其中的每一個角色，因此他非常快樂。

□

十月二十九日來而復逝，這一天是華府公布徵兵抽籤的日子。吉姆和卡特·布萊福抽到的籤號都太大了，三十日一大早，馬克·都鐸的兒子葛拉佛瞧見昆恩先生突然出現在荷里斯飯店，找尋一份紐約發行的報紙，讀著讀著，他聳聳肩，將報紙丟在一邊。

三十一日是個瘋狂的日子。希爾路上的人整天都在應付神祕的電鈴聲，人行道上隨處都是五顏六色的恫嚇性記號。夜晚來臨時，奇裝異服的小鬼開始在街道上出沒，他們的臉畫上了油彩，一面跑一面小鳥似的拍著翅膀。當姊姊的都在抱怨粉盒與口紅不翼而飛，因此許多小鬼頭上床睡覺前都挨了屁股。真是個充滿歡樂與小精靈的日子，昆恩先生在吃飯前到住處附近走了走，但願能再年輕一次，這樣他也能享受一下鬼節的歡娛了。走回萊特家時，他看到隔壁海特家燈火通明，便下意識的走了過去，按下電鈴。

沒想到前來開門的是派蒂，而非娜拉。「我以為你不理我了哩，」派蒂說，「我們真難得看到你。」艾勒里上下打量她好一會兒。「又怎麼啦？」派蒂忸怩的道，「你真是個壞東西！娜拉，咱們那位大作家來了。」

「請進！」娜拉從客廳叫道。他發現她正拚命的抱住了一大堆書，並試圖再從地板上亂堆著的書架裡撿起幾本來。

「嘿，我來幫妳好了。」艾勒里說。

「噢，拜託，不行，」娜拉說，「你用看的就好了。」說完她顫危危的登上樓梯。

「娜拉想將樓上第二個房間改成書房給吉姆用。」派蒂解釋道。

派蒂將地板上的書堆高，伸手抱起來，艾勒里只好傻傻的檢視著書架上的書名，接著娜拉又下來搬書了。「娜拉，吉姆人呢？」艾勒里問道。

「還在銀行，」娜拉說著，彎下腰去，「開個什麼折騰人的主管會議。」正說著，她手上新捧起的書最上頭那本滑落了下來，緊接著又是一本，再一本，娜拉慌忙蹲下來制止這場山崩。有一半的書又掉回地板上了。

派蒂說道：「噢，娜拉，妳看！有信！」

「信？在哪裡？書這麼——在這裡？」從娜拉懷裡跌落的書中，有一本又大又厚的棕色布面線裝書，內頁掉出幾個信封。娜拉好奇的撿起來，這些信並未封緘。

「噢，是三個老掉牙的信封，」派蒂說，「咱們繼續搬吧，否則我們會搞不完，娜拉。」

但娜拉皺了皺眉頭。「每一封裡頭都有東西嘢，派蒂。這些都是吉姆的書，我想我……」她從其中一個信封裡抽出一張摺起來的便箋，將它展開，慢慢的看著。

「娜拉，」昆恩先生說，「怎麼一回事？」

娜拉含糊的說：「我看不懂——」說著將便箋塞回信封。她取出第二個信封的便箋，看著，塞了回去；再看第三封……當她將便箋放入第三個信封時，忽然面色如土。派蒂和艾勒里互望了望，疑惑著。

「哇！」

娜拉轉過身去，驚叫失聲。大門口有個戴紙面具的男子蜷縮在那裡，他的雙手在怪異的臉龐前面虛抓著，很飢餓似的一張一握。娜拉慢慢的翻了白眼，然後噗通倒地，手中仍抓著那三封信。

「娜拉！」吉姆趕緊將那可笑的鬼面具取下來，「娜拉，我不是故意要——」

「吉姆你這個笨蛋，」派蒂嚷著搶上前去跪在娜拉僵直的身邊，「你以為很好玩是不是！娜拉——娜拉！」

「小心，派蒂！」吉姆緊張的說；她將娜拉軟軟的身體抱了起來，小跑步上樓。

「她只是暈過去了，」當派蒂衝進廚房時，艾勒里說，「她沒事的，派蒂！」而派蒂卻跌跌撞撞的拿著一杯水出來，一路走一路溢出來。「我來吧！小姐。」艾勒里從她手中接過杯子，快步上樓，派蒂急急尾隨在後。

他們看到娜拉正歇斯底里的躺在床上，吉姆直搓著雙手，咕噥著責備自己。「對不起。」艾勒里說，他用肩膀將吉姆擠向一旁，將杯子湊向娜拉發紫的嘴唇。她想將他的手推開。他打了她一巴掌，她於是放聲大哭；不過她將水喝下去了，咳個不停。之後她躺回枕頭，雙手遮住了臉。「統統走開！」他啜泣著。

「娜拉，妳現在沒事了嗎？」派蒂焦慮的問。

「沒事了，請你們走開。讓我一個人靜下來。請走開好嗎！」

「快點走吧，」吉姆說，「請讓我們兩個靜一靜。」

娜拉將摀住臉的手放下來，她的臉看起來腫腫的。「你也出去吧，吉姆。」

吉姆驚訝的望著她，派蒂不由分說將他拉了出來。艾勒里帶上了門，皺起眉頭，三個人一同下樓。吉姆打開酒櫃，給自己到了杯威士忌，復又沮喪的將酒灑在地上。「你知道娜拉很神經質的，」派蒂頗不以為然的說，「假如你今晚沒喝那麼多酒的話——」

吉姆一下發怒道：「誰喝醉了？我不准妳告訴娜拉我在喝酒！懂嗎？」

「知道了，吉姆。」派蒂冷靜的說。他們都在等著。派蒂不時走到樓梯口往上看。吉姆來來回回繞著圈子。艾勒里無聲的哼著一首曲調。突然間娜拉出現了。

「娜拉！妳有沒有好一點？」派蒂嚷道。

「沒事了。」娜拉微笑的走下樓梯，「真是對不起，史密斯先生。我只是突然之間被嚇到了。」

吉姆將她摟在懷裡：「噢，娜拉——」

「沒事了，親愛的。」娜拉笑道。

那三封信不見蹤影了。

8 鬼節：血紅色書信

當吉姆與娜拉晚餐後來到大門口時，娜拉似乎相當愉快。

「派蒂跟我講了那個愚蠢的假面具的事了，吉姆·海特，」荷美說道，「親愛的娜拉，妳真的都沒事了嗎？」

「當然啦，媽媽。我不過是糊里糊塗被嚇一跳罷了。」

約翰困惑而神祕的瞧著他的女婿。吉姆似乎有一點不好意思，似笑非笑。

「卡特人呢？派蒂。」荷美問道，「他今晚不是要跟我們一起去區民活動中心嗎？」

「媽，我頭在痛。我已經打電話給卡特說我要早點上床了。晚安！」派蒂很快的跑進房子裡了。

「一起去吧，史密斯，」約翰說，「演講的人不錯——還是個戰地記者咧。」

「謝謝你，萊特先生，可惜我還得弄我的小說。祝你們大有所獲！」

吉姆的新車駛下山後，艾勒里·昆恩先生步出萊特家大門，在橙紅色的月光下靜悄悄的走過草坪。他環繞娜拉的房子一周，檢視窗戶一番。全部暗暗的。那麼說愛貝塔已經離開了——

星期二晚上她休假。艾勒里用萬能鑰匙將廚房的門打開，進入後鎖上，小心的打開了手電筒，由前廳走向正廳。他不聲不響的走上樓梯，上了二樓後，他不禁皺起眉來，娜拉房間的門下面有一道光亮！他仔細傾聽。房間裡頭有抽屜被打開，隨即又關上。是小偷嗎？抑或另一場鬼節的惡作劇？艾勒里像握短棒似的握著手電筒，一腳將房門踹開。派翠西亞·萊特小姐尖叫了一聲，她原本在俯身察看著娜拉梳妝台最下面一格抽屜，不禁彈了起來。「哈囉。」昆恩先生放心的說。

「你這個神經病！」派蒂喘著氣說，「我以為我完蛋了。」在他不懷好意的注視之下，她臉紅道，「最起碼我也有個藉口！我是她妹妹。而你呢……你卻是個偷窺狂，艾勒里·昆恩先生！」

艾勒里搖搖頭。「妳這鬼靈精！」他讚許道，「妳早就知道我是誰了。」

「那當然，」派蒂哼道，「我還聽說你有一次演講什麼〈現代社會中推理小說的地位〉，頗自以為是的嘛。」

「衛勒斯理說的？」

「是莎拉·勞倫斯。我猜你那時很英俊吧。『榮華如斯而換』，你別那麼擔心嘛，我不會讓你的化名曝光。」昆恩先生吻了她。「唔……」派蒂支吾著說，「感覺不錯。不過時間不對……好了，拜託，艾勒里。找別的時候吧。艾勒里，那些信——我只能相信你一個人。換了爸媽會擔心出病來——」

「那卡特·布來福呢？」昆恩先生無精打采的說。

「卡特噢，」萊特小姐臉紅了一下，「他嘛……嗯，我不希望卡特發現有什麼事情不對勁。假如真有什麼事的話，」她立刻補充道，「我不知道究竟發生什麼事。」

艾勒里說：「那倒是實話。唇膏的味道不錯。」

「快擦掉吧。你說得沒錯，」派蒂沮喪的說，「我在想……為什麼娜拉不說信裡頭寫了些什麼呢？」她忍不住說道，「為什麼她今晚回到客廳裡沒帶著它們？為什麼她要將我們統統趕出她的房間？艾勒里，我實在……很害怕。」

艾勒里在她冰冷的手上捏了一把：「咱們找找看吧。」

結果他在娜拉裝帽子的盒子裡發現了那些信。帽盒就放在娜拉衣櫃裡的架子上，裡頭有一頂帶著淡紫色薄紗的小花帽，帽子底下放了些衛生紙，那三封信就藏在裡面。

「藏在這裡實在是不高明。」昆恩先生嘆息的說。

「可憐的娜拉，」派蒂說，她的嘴唇發白了，「給我看！」艾勒里將那三封信拿給她。每一封信右上角貼郵票處，都有一個紅色蠟質鉛筆寫上去的日期。派蒂看了皺起眉來。艾勒里從她手中取過信封，按所寫的日期排出先後的次序。日期是十一月二十八日、十二月二十五日、元月一日。「這三封信，」派蒂想了想說，「都是寫給『露絲瑪莉·海特小姐』的。她是吉姆唯一的姊姊，我們還不曾見過她。但奇怪的是這上面沒有寫上收信人的住址……」

「沒有必要，」艾勒里雙眉深鎖的說，「最奇怪的是用色筆寫信。」

「噢，吉姆老是用紅色細字的蠟質色筆代替鉛筆——這是他的習慣。」

「那麼，信封上他姊姊的名字是吉姆親筆寫的？」

「是的，無論在哪裡我都可以認出吉姆的筆跡。老天，這裡面到底寫什麼呢?艾勒里。」

艾勒里取出第一個信封裡的信，信在娜拉暈倒時被她抓得有一點皺了。內容也是吉姆的字跡，派蒂說，用的也是相同的紅色蠟質色筆：

十一月二十八日

親愛的姊姊：我知道有很久沒聯絡了，但妳應能想像到我被事情纏住了。在此我沒空多寫，因為我太太今天生病了。病似乎不嚴重，但我真的不曉得該怎麼辦。如果妳要問我，可連醫生也不知道那是什麼毛病哩。讓我們期待一切安然無恙吧。當然啦，我會繼續與妳通信的。快點回信給我好嗎？

吉姆

「我看不太懂，」派蒂緩緩的說，「娜拉的身體從未像現在那麼好，媽和我最近兩天才提起過。艾勒里——」

「娜拉最近去看過魏勒比醫生嗎？」

「沒有。除非是……可是我敢說她並沒有。」

「我了解了。」艾勒里用一種不置可否的腔調說。

「更何況，這日期——十一月二十八日，那是一個月之後的事了。艾勒里！吉姆怎麼知道……？」派蒂欲言又止，然後她沙啞的說，「我們看第二封吧！」

第二封的內容比第一封短，但卻是用同一支紅色鉛筆寫的，筆跡也相同。

十二月二十五日

姊姊：我並不想讓妳擔心，但我必須讓妳知道。情況更糟了，我太太病得很嚴重。我們正在盡一切的努力。

吉姆草上

「吉姆草上，」派蒂複誦了一遍，「草上——而日期是十二月二十五日！」艾勒里此時眼睛一片陰霾，躲躲藏藏。「可是在娜拉根本沒有生病的情況下，吉姆怎麼知道她的病更重了？」派蒂嚷道，「而且是在兩個月前！」

「我想，」昆恩先生說，「我們最好看第三封信。」說著他抽出第三封信來。

「艾勒里，寫些什麼？……」

他將信交給她，開始在娜拉的房間裡走來走去，點燃了一根菸，吐著短促、不安的煙霧。

派蒂張大了眼睛看信。和前面兩封相同，內容是吉姆的筆跡，用的一樣是紅色鉛筆。上面寫的是：

元月一日

最親愛的姊姊：她死了。是今天過世的。我的妻子，死了。好像她從未過似的。她臨終的時候——我不能再多寫了。如果可以的話，請來看我好嗎？

吉姆

艾勒里說：「這不是現在發生的事，小朋友。」接著伸手摟住派蒂的腰。

「那它又是什麼意思？」她哭道。

「妳別抽抽噎噎的吧。」派蒂轉過身去，摀住了臉。

艾勒里將信放回信封，又將它們放回原先收藏起來的地方。他將帽盒放回衣櫃的架子上，關上適才派蒂翻過的梳妝台抽屜，並將娜拉用的小鏡子擺正。四處再看了看，然後他帶著派蒂離開了房間，將房門上天花板的燈熄掉。「門還開著嗎？」他問派蒂。

「關上了。」她答道，聲音悶悶的。

是他關上的。「等一下，那一本棕色的厚書在那裡——就是傍晚的時候從裡頭掉出三封信的那本書？」

「在吉姆的書房裡。」派蒂似乎很困難的說出了她姊夫的名字。

艾在那間娜拉為她丈夫將臥室改成的書房裡，他們在剛剛安置好的書架上發現了那本書。艾勒里打開雲母燈罩的檯燈，光線在牆上留下長長的影子。「東西都是新的，」艾勒里喃喃的說將書從架子上抽出來，「封面的布還沒開始褪色，書頁邊緣還很乾淨。」

「是什麼書？」派蒂小聲的問。

「艾吉坎寫的《毒物學》。」

「毒物學！」派蒂害怕的張大了眼睛。

艾勒里仔細的檢查了一下裝訂的地方，然後他讓書在手中分開，它很聽話的攤開到一面有摺頁的地方——他發現只這一頁有摺頁。書脊有一道和冊頁平行的細縫，一攤開正好是有摺頁的那一面。那三封信當初想必就夾在這兩頁裡頭吧，艾勒里想道。他開始閱讀其中的內容。

「吉姆，」派蒂著急的說，「和這本毒物學的書有什麼關係？」

艾勒里看著她。「這兩頁談的都是各種不同的砷化物——其分子式、藥效、出現在組織和器官上的症狀、解毒劑、致命的藥量、砷中毒患者的治療方法。」

「中毒！」

艾勒里將書擺在檯燈下最亮的地方，手指著書上的斜體字：三氧化二砷（As_2O_3），然後指向一段文字，說明三氧化二砷是「白色、無味、有毒」，並且交代了致命的藥量。這段文字底下有一道紅色蠟質鉛筆輕輕畫上去的線。

一個清晰的聲音從乾燥雙唇中不甘不願的發出，派蒂說道：「吉姆計畫要謀殺娜拉。」

第二部

9 火焚的祭品

「吉姆計畫要謀殺娜拉。」

艾勒里將書擺回書架。他背對著派蒂說道：「別亂講。」

「你也看到那些信了！你還讀過！」

昆恩先生嘆息了。他們在黑暗中走下樓，他的手攬著她的腰。屋外是一輪蒼老的月亮，有寒星點點。派蒂抵著他顫抖著，他將她摟得更緊了。他們漫步橫越銀白色的草地，憩息在最高大的那棵榆樹下頭。「妳先看看天空，」艾勒里說，「然後把剛才的話再告訴我一遍。」

「別跟我扯什麼哲學！或什麼詩歌！這裡可是古老的美國，時間是發神經的一九四〇年。吉姆他瘋了，他一定瘋了！」說著她哭起來了。

「人類的心靈——」昆恩先生想說，但又停了下來。他本來想說，人類的心靈是個奇特而奧妙的裝置。但他忽然想到這樣說太模稜兩可了。實際的情形……看起來很糟。非常的糟。

「娜拉有危險，」派蒂啜泣道，「艾勒里，我現在該怎麼辦？」

「時間會將某些事實真相抖出來的，派蒂。」

「可是我不能眼睜睜的任由它去！娜拉——你也看到娜拉的反應了，艾勒里，她嚇得臉都綠了。而她卻……裝做好像什麼事都沒發生。她已經下定決心了，你沒看到嗎？她下定決心不去信它。假如你現在拿那些信在她鼻子底下搖來搖去，娜拉是什麼事都不會承認了！她的心才打開了一秒鐘，現在又緊緊關上了，而且她是在欺騙上帝。」

「是的。」艾勒里說，用臂膀安撫著她。

「他原本那麼愛她！你全部都看到了。那天晚上他們走下樓，說他們決定要結婚，你也看到他臉上的表情。吉姆當時很快樂。而他們度完蜜月回來的時候，他似乎更加快樂。」派蒂低低的說，「他也許是瘋了。也許整件事情就是那麼回事。一個危險的瘋子！」艾勒里一言不發。「我怎麼能告訴我媽？或者我爸爸？他們會嚇壞了，而且這麼做一點好處也沒有。然而——我必須如此！」

黑暗中，一輛汽車一顫一顫的往山上開來。

「派蒂，妳的思考裡頭加進了感情的因素，」艾勒里說，「在這種情況下，需要仔細的觀察和高度的警覺，以及一根訓練有素的舌頭。」

「我不懂……」

「一個錯誤的指控，妳所破壞的不僅是吉姆和娜拉的生活，甚至妳父母親的生活也會賠進去。」

「你說得對……而且娜拉等了那麼久才——」

「我認為咱們還有時間，等待的時間。我們要仔細觀察，細心的看，同時這是我們之間的一個祕密……我說的是『我們』嗎？」艾勒里似乎有點悔意，「我似乎把自己也捲進去了。」

派蒂心急的說：「你不會現在退出吧？我想這是當然的。我是說，打從一開始不對勁的時候，我就一直信任著你。艾勒里，請你一定要救救娜拉！你對這種事情那麼在行，我求你不要袖手不管！」派蒂搖著他的手。

「我剛才說的是『我們』，不是嗎？」艾勒里有點氣惱的說。好像有什麼事情不對勁。剛才聽到一個奇怪的聲音，什麼東西忽然停了下來。一輛車嗎？剛才不是有一輛車嗎？它並沒有從這裡開過去……「妳要哭就哭吧，但哭完了就不許再哭，懂嗎？」這回換他搖著她。

「我懂，」派蒂哭泣道，「我是個不懂事的傻瓜，真對不起。」

「妳並不傻，可是妳必須軋上一角，不能說錯話，神色不能露出端倪，言行舉止也不能出錯。對全萊維爾的人而言，這三封信是不存在的。吉姆是妳的姊夫，妳喜歡他，妳要為他與娜拉的結合感到快慰。」她的頭抵住他的肩膀點了點。「我們不能將此事告訴妳父親、母親或法蘭克·羅伊或是——」

派蒂抬起頭來問道：「或是誰？」

「不，」艾勒里皺眉說，「我不能替妳做這樣的決定。」

「你是指卡特。」派蒂直言無諱的說。

「我是指萊特郡的檢察官。」

派蒂沈默了。艾勒里也不說話。月亮現在更加低垂了，一朵烏雲侵入了月亮的胸際。「我不能告訴卡特，」派蒂含混的說，「我想都沒有想過。我無法告訴你為什麼，也許那是因為他和警方有關，也許因為他並不是我家的人——」

「我也不是妳家的人。」昆恩先生說。

「你不一樣！」

毫無來由的，昆恩先生領受到一股帶著涼意的欣喜。但他不動聲色的說：「不論如何，請妳充當我的千里眼與順風耳，派蒂，盡可能的和娜拉在一起，不要引起她的疑心。要不聲不響的注意吉姆。還有，請盡可能的安排我參加妳家的家庭聚會。我這樣講妳懂嗎？」

派蒂終於對他破涕而笑：「我原本很笨，可現在覺得似乎還沒那麼糟，現在我們站在這棵樹下，月光照著你的右邊臉頰……你知道嗎，艾勒里，其實你很英俊——」

「那麼天殺的，」黑暗中一個男人的聲音咆哮道，「妳為什麼不現在就親吻他！」

「卡特！」派蒂一下縮進榆樹下的黑暗裡。

聽得出布來福的呼吸聲就在附近某處——又深又短促的呼吸聲。真是荒謬透頂，昆恩先生想道。凡是腦筋清楚的人不小心碰到這種場合，都應該避到一旁的。不過這起碼澄清了剛才那個忽然停止的聲音，是個小小的惱恨，原來那正是卡特·布來福開的車子。

「嗯，他是很英俊嘛。」派蒂從大樹背後說道，艾勒里暗自發笑。

「妳騙我，」卡特嚷道。他現身了，沒戴帽子，連他栗色的頭髮也帶著怒氣，「妳別盡躲在樹叢後面，派蒂！」

「我沒有躲，」派蒂彆扭的說，「而且這也不是樹叢，而是一棵大樹。」她也從黑暗處出來了，兩個人侷促不安的互望著。昆恩先生沈默而開心的看著他們。

「妳在電話裡告訴我妳頭痛！」

「沒錯。」

「妳又說妳正要上床！」

「我是啊。」

「妳別狡辯了！」

「為什麼不行？反正你提出的問題無關緊要，布來福先生。」卡特的手在不太友善的星空下揮動著。「妳說謊，好撇開我。妳不要我到這裡來，以便跟這個三流作家約會！這妳不敢否認吧！」

「這點我否認。」派蒂的聲音變溫和了，「我是對你說了謊，但我沒有跟艾勒里約會。」

昆恩先生在一旁說道：「那倒是真的。」

「你一邊涼快去吧，史密斯！」卡特吼道，「我是一直憋住氣，否則早就讓你躺平在草地上了！」

「史密斯」先生笑了笑，不吭一聲。

「好嘛，就算我是嫉妒好了，」卡特喃喃唸道，「但是妳也不必偷偷的來呀，派蒂！假如妳不要我的話，儘管說嘛。」

「這件事跟要不要你沒有關係。」派蒂怯怯的說。

「那好，妳要不要我？」

派蒂的眼睛垂了下來。「你沒有權利問我這個——此時此地。」她的眼睛忽然閃了一下，「好，你不希望偷偷摸摸的，是嗎？」

「好吧！隨妳好了！」

「卡特……！」

他語帶不屑的咆哮回來：「我受夠了！」

派蒂向白色的大房子飛奔而去。

昆恩先生眼看著她苗條的身子飛奔過草地，心中想道：就某個角度而言，這個結局還比較好……甚至更好。你並不知道你為什麼要蹚這灘渾水。這位卡特·布來福先生，等你下次碰到他時，搞不好他已經成為你的敵人了。

第二天早上，他在飯前散步回來時，看到娜拉和她母親站在萊特家大門口竊竊私語著。

「早安！」他開心的說道，「昨晚的演講還不錯吧？」

「內容相當有趣。」看到娜拉愁容滿面，而荷美心事重重的樣子，艾勒里便往屋裡走去。

「史密斯先生，」荷美說，「噢，親愛的，我不知道該怎麼說出口！親愛的娜拉——」

「艾勒里，昨晚這裡發生了什麼事？」娜拉問。

「發生了事？」艾勒里一臉茫然。

「我指的是派蒂和卡特。你在家裡——」

「派蒂哪裡不對勁嗎？」艾勒里接著問道。

「是啊，她早上不肯下來吃早飯，也不回答任何問題，看起來悶悶不樂——」

「一定是卡特不對，」荷美忽然說道，「昨天晚上她說她『頭痛』，這裡面一定大有玄機！拜託你，史密斯先生，如果你曉得任何事的話——我們昨晚去區民活動中心之後，如果發生了任何她的母親應該知道的事——」

「派蒂跟卡特鬧分手嗎？」娜拉焦慮的問，「不，你沒有必要回答，艾勒里。我可以從你臉上看出來。媽，妳乾脆找派蒂談一談。她不能老是如此對待卡特。」

艾勒里隨娜拉回她那間小屋，才一走到萊特太太聽不到的範圍，娜拉便說：「想必你和這件事有關。」

「我？」昆恩先生問道。

「嗯……你看不出派蒂和卡特在談戀愛嗎？我希望你幫幫忙，不要讓卡特吃味——」

「布來福先生，」昆恩先生說，「他連派蒂舌頭舔過的郵票都會嫉妒呢。」

「我知道，他又是如此容易激動的人！噢，老天！」娜拉嘆道，「看我把事情搞砸了。請你原諒我好嗎？到我家來吃早餐好嗎？」

「這兩個問題的回答都是：好的。」而當他攙扶著她走上前門的階梯時，心中卻想到自己是多麼的罪過。

吉姆開口閉口都是政治，而娜拉……娜拉的態度出奇的好。她絕口不提此事，艾勒里想道。他看著聽著，發覺不出她有絲毫的偽裝。他們很像是沈醉在新婚期間幸福生活中的人們，當遇到昨天傍晚那樣的偶發事件時，都會將之當作幻覺的處理掉。

派蒂和愛貝塔一塊兒興沖沖的跑來了，她們還帶了雞蛋。「娜拉！太好了，」她說，好像什麼事都沒發生似的，「妳可以賞一兩個蛋給一個快餓癟的丫頭嗎？早安，吉姆！艾勒里！露蒂並不是沒有弄早餐給我吃，她有啦。可我就是忍不住要來騷擾一下你們這對鴛鴦……」

「愛貝塔，再擺一副餐具吧，」娜拉說，然後她向派蒂笑道，「妳今天早上真會說話！艾勒里，請坐。現在蜜月已經過去了，我老公已經不作興為我的家人站起來客套一番了。」

吉姆把注意力移過來。「誰——派蒂嗎？」他笑了笑，「嘿，妳長大了！讓我瞧瞧。是嘛，可不是個迷人的妞。史密斯，我真嫉妒你。假如我還是個王老五的話——」

艾勒里看到娜拉臉上一片烏雲快速掠過。她為丈夫添了點咖啡，派蒂則嘰呱個不停。她不算是絕佳的演員——無法直視吉姆的眼睛。話雖如此，勇氣可嘉。那三封信的陰影依然深深困擾著娜拉……但她的表現卻是無懈可擊。是的，派蒂說得沒錯。娜拉已下定決心不去想那三封信，以及它們的涵義了。她利用派蒂與卡特之間小小的危機，幫助自己不去想。

「親愛的，妳要的蛋我親自來弄好了，」娜拉對派蒂說，「愛貝塔很能幹，但她怎麼知道妳的蛋要用小火煮四分鐘？失陪一下。」娜拉離開飯廳，到廚房去和愛貝塔一道了。

「那個娜拉，」吉姆打趣道，「她可真會大驚小怪是吧。嘿！現在幾點了？我上班要遲到了。派蒂，妳哭了嗎？妳講的話也很有趣嘛。娜拉！」他喊道，「送信的來了沒有？」

「還沒有！」娜拉從廚房回答道。

「誰哭了？我嗎？」派蒂虛弱的說，「你少——少討厭了，吉姆。」

「好吧，好吧，」吉姆笑道，「反正那不干我的事。哈！貝利可來了。失陪一下。」郵差按了門鈴，吉姆跑向前廳去應門。他們聽到他打開了前門，又聽到老貝利先生清脆的招呼聲：「早安，海特先生。」吉姆玩笑似的回答，門小聲「碰」了一下，然後是吉姆緩慢的腳步聲，好像是一面往回走，一面瞅著一封一封的郵件。當他走入他們的視線範圍時停住腳步，只見他的眼睛注視著郵差剛剛送來的其中一封信。他的臉色很難看，接著就三步併作兩步跑上樓去了。他們聽到他的腳步聲咚咚的踏著樓板，之後是一聲重重的關門。

派蒂瞪著吉姆離去的空位發呆。「吃妳的粥吧。」艾勒里說。

派蒂臉紅了一下，低下頭來掃蕩盤上的東西。艾勒里站了起來，不聲不響的走到樓梯口，不一會兒又回到餐桌前坐下。「他在書房裡面，我想。我聽到他鎖上門……不！現在不行。娜拉人在屋子裡。」

派蒂一大堆話如鯁在喉。「吉姆人呢？」娜拉送蛋來給妹妹時問道。

「在樓上。」艾勒里說，伸手取了一片吐司。

「吉姆？」

「來了，娜拉。」吉姆又在樓梯間出現了。他的臉色依然蒼白，但極力控制著。他加上了外套，手裡拿著幾封大大小小尚未拆封的信件。

「吉姆！有什麼事不對勁嗎？」

「不對勁？」吉姆笑道，「我沒看過像妳那麼愛起疑心的女人！哪裡會有什麼不對勁？」

「我不知道。可是你的臉色那麼蒼白——」

吉姆親吻她。「妳應該去當護士才對的！喔，我得出門了。噢，對了，這裡有一些信，都是些垃圾郵件。再見啦，派蒂！史密斯！回頭見。」吉姆急匆匆的出了門。

早餐過後，艾勒里說要到屋後頭的林子裡「散散步」，因而告退了。半小時後派蒂加入了他。她繫了條爪哇頭巾，快步跑過林間草叢，一面跑還一面回頭看，好像有人在背後追的樣子。「我以為我無法從娜拉那裡脫身哩，」派蒂喘著氣，找到一個樹根坐了下來，「呼！」

艾勒里若有所思的抽著菸。「派蒂，我們得找到吉姆剛才接到的信看一看。」

「艾勒里……這樣做有什麼目的？」

「它使吉姆的心情受到很大的影響，不可能是件巧合。今早這封信跟其他的疑點多少有些關聯。妳能設法將娜拉引離開家嗎？」

「她今天早上要和愛貝塔到上村買東西。那不就是那一輛旅行車！我以前在底特律看過，分得出它的聲音。」

昆恩先生小心踩熄了菸蒂。「那麼，好吧。」他說。

派蒂輕踢著一根小樹枝，她的手顫抖著，然而她奮然從樹根上一躍而起。「我覺得自己好卑鄙，」她嘆道，「但除此之外我們又能怎樣？」

「我懷疑我們能發現什麼，」艾勒里說道，派蒂用自己配的鑰匙開了娜拉家的門，引他進入。「吉姆跑上樓後就將門鎖上，他不想讓人知道他在做什麼……不管他做的是什麼。」

「你認為他將這封信銷毀了？」

「恐怕如此。但無論如何我們總要看看。」

進了吉姆的書房，派蒂背抵著房門，她看起來很虛弱。艾勒里望空吸了吸氣，然後直接走向壁爐。壁爐裡很乾淨，只除了有一小塊灰燼之外。「他燒掉了！」派蒂說。

「不過並不徹底。」

「艾勒里，你發現了什麼！」

「一塊沒被燒掉的小紙片。」

派蒂跑了過去，艾勒里小心翼翼的檢視著一片焦黑的殘紙。「那是信封的一部分嗎？」

「是封緘處，有回信的地址。可是地址已經被燒掉了，留下來的只是寄件人的姓名。」

派蒂唸道：「『露絲瑪莉·海特』，是吉姆的姊姊！」她的眼睛睜大了，「是吉姆的姊姊露絲瑪莉！艾勒里，他那些關於娜拉的信就是寫給她的。」

「是的。」艾勒里將燒焦的紙片放進皮夾裡。「但我想了想卻無法肯定。假如信裡頭是他姊姊的答覆，那他為何如此困擾呢？不是的，派蒂，這裡頭別有隱情，我們不知道的隱情。」

「但那是什麼呢？」

「那，」昆恩先生說，「就是我們應該找出來的。」他攙著她的手臂，大略看了一下四周，「咱們離開這裡吧。」

□

那天晚上他們都坐在萊特家前門的走廊上，看著落葉被風吹過草坪。約翰與吉姆正激動的辯論著總統的選情，荷美急著打圓場，娜拉和派蒂膽小如鼠的在一旁聆聽。艾勒里自個兒坐在角落，吸著菸。

「約翰，你又不是不知道我們不喜歡聽這些政治上的爭議！」荷美說道，「老天！你們的脖子都紅透了——」

約翰咕噥道：「吉姆，咱們這個國家就要出現獨裁政治了，你記住我這句話吧——」

吉姆笑了笑。「你會把話吃回去的……好啦，媽！」然後他不經意的說，「噢，對了，親愛的，今天早上我收到我姊姊露絲瑪莉的一封信，我忘了告訴妳。」

「真的？」娜拉高興的說，「太好了。她在信上怎麼寫呢？親愛的。」

派蒂靜悄悄的走近艾勒里，坐在他腳邊的暗處。他的手放在她的脖子處，有點黏黏的。

「都是一些平常事。她還說她想見見妳——妳們全家人。」

「噢，我早該想到的！」荷美說，「我非常想見見你姊姊，吉姆。她會來嗎？」

「噢，我正想著是不是要請她來，可是——」

「就馬上請她來嘛，吉姆，」娜拉說，「你知道我要你邀請露絲瑪莉到萊維爾來，已經說了好幾十遍了。」

「那麼妳都沒有問題吧，娜拉？」吉姆接著問道。

「當然沒有問題！」娜拉笑道，「你是怎麼一回事？你給我她的住址，我今天晚上就寫信給她。」

「不用費心，親愛的。我自己來寫好了。」

半小時後當他們獨處時，派蒂對艾勒里說：「娜拉很害怕。」

「是的，她只是在演戲罷了。」艾勒里用手按住膝蓋轉著圈圈，「今天早上讓吉姆那麼異樣的那封信，想必就是他剛才提到他姊姊寄來的那封。」

「艾勒里，吉姆在隱瞞什麼事情。」

「這點無庸置疑。」

「如果他姊姊露絲瑪莉只是寫說要來這裡走走，或是諸如此類的瑣事……為何他要把信燒掉？」

昆恩先生沈默了好一下子，末了他悶哼道：「去睡覺吧，派蒂。讓我好好想想。」

十一月八日，富蘭克林·狄蘭諾·羅斯福連續第三度當選美國總統的四天之後，吉姆·海特的姊姊抵達萊維爾。

10 吉姆與三流酒吧

「露絲瑪莉·海特的穿著，」葛拉迪·海明渥斯在《萊維爾記事報》社會版寫道，「顯眼入時，一襲真皮的法國式鞣皮外出裙搭配無袖短上衣，夾克是光彩出眾的銀狐毛皮質料，加上最時髦的森林綠狐毛緣飾射手帽，綠色鞣皮短靴，以及……」

那天早晨，艾勒里·昆恩先生剛好散步……到了萊維爾車站。所以他看到露絲瑪莉·海特步下火車，前頭有位差役扛著一具旅行皮箱，她像電影明星般的在大太陽底下擺了好一會兒身段。他看到她款款走向吉姆，親吻他，然後轉向娜拉，熱情的擁抱她，對外堆出一張俊俏的臉頰；昆恩先生也看到那兩個女人之間有說有笑，吉姆和那差役則提著客人的行李，拿到吉姆的車上。昆恩先生觀風測候的眼睛雲霧蔽天。

那天晚上在娜拉家，他得到一個印證自己第一印象的機會。他發現露絲瑪莉·海特對於鄉野大地之旅並無欣喜之情；她純粹是都會型的，旁若無人兼意興闌珊，而又試圖掩飾這兩者。同時她又具有懾人的吸引力。荷美、派蒂與娜拉立刻對她生厭，這點艾勒里可從她們對待她極度客氣的態度上解讀出來。至於約翰則是被迷住了，生趣盎然的獻著殷勤，荷美在眉目間透過無聲的話語叱責著他。那天夜裡，艾勒里輾轉難眠的將露絲瑪莉與那天大的疑團聯想在一起，但是沒有成功。

□

吉姆這些天來都在銀行裡忙碌著，艾勒里想，他似乎太放心的將接待他姊姊的問題交給娜拉了。娜拉很盡職的載露絲瑪莉到鄉間四處去逛，帶她看「風景」。但娜拉在維護體貼的女主人形象方面遭到了小小的困難，派蒂私下對艾勒里說，因為露絲瑪莉對每件事情都帶著高傲的態度，她老是在說「老天，住在這麼無聊的地方，妳怎麼還快樂得起來呢，海特太太！」

而女主人必須忍受的折磨尚不止此……這位客人經常想要喝茶，在屋子裡還正經八百的戴著帽子和白手套，要陪她去打麻將，要在月光下的草地上烤香腸，要陪她在教堂裡和人應酬，……太太小姐們對她都很冷淡。愛咪琳·杜普瑞說露絲瑪莉·海特有一股莫名所以的「交際」調調，克麗兒·馬丁說她穿的衣服太「那個」了，而鄉村俱樂部的麥肯錫太太則說她是個天生的婊子，你看就是有那些笨男人對她流口水！萊特家的女人發現她們竟不得不起而捍衛她，這實在很不容易，因為她們私下都同意那些控訴。

「我真的希望她走，」露絲瑪莉來到後的幾天，派蒂對艾勒里說，「這樣說很令人難堪對不對？可是我真的如此希望。而且她現在還叫人把她的皮箱送來呢！」

「但我認為她並不喜歡這裡。」

「這我也無法理解。娜拉說她應該是來個『旋風式』的拜訪，但露絲瑪莉的表現卻好像打算要在這裡待上一整個冬天哩。而且娜拉又不好掃她的興。」

「吉姆怎麼說？」

「他沒對娜拉說，可是——」派蒂壓低了聲音，四下看了一遍——「顯然他對露絲瑪莉說了些什麼，因為就在今天早上，我剛好聽到他們在飯廳裡頭爭論，那時娜拉被困在餐具室裡，而他們都以為她在樓上。那個女人脾氣好大！」

「他們爭論些什麼？」艾勒里好奇的問。

「我進去的時候已經快結束了，也沒聽到什麼重要的事，但是娜拉說，他們吵得……很可怕。娜拉不肯告訴我她聽到了什麼，可是她十分難過——她的表情看起來就跟讀到從《毒物學》書裡掉出來的那三封信時一樣。」

艾勒里喃喃說道：「真希望我聽到這些爭論。為什麼我就沒辦法確實掌握到某些狀況？派蒂，妳是個不及格的助理偵探！」

「是的，先生。」派蒂難過的說。

露絲瑪莉的大皮箱在十四日送到了，由經營地方快遞行的史提夫·波拉里親自送來——裡頭塞得滿滿的，好像是一些進口的晚禮服。史提夫扛著它走上娜拉家門前的步道，昆恩先生站在萊特家前廊看著他走進了娜拉的家，幾分鐘後出來，身邊多了位穿著紅、白、藍三色睡衣的露絲瑪莉，看起來好像是一位剛入伍的新兵。艾勒里看到露絲瑪莉在史提夫·波拉里的送貨簿上簽了字，然後轉身回到屋裡。史提夫面帶笑容的走下步道——派蒂說，史提夫的眼睛是全下村最豬哥的。

「派蒂，」艾勒里急切的說，「妳和那位送貨的熟嗎？」

「史提夫嗎？你想認識史提夫的話，也只有讓他送東西給你了。」

史提夫將送貨簿扔進駕駛座，準備爬上卡車。「那妳去干擾他、親吻他、勾引他、跳脫衣舞——怎麼做隨妳，只要讓他的視線離開那部卡車兩分鐘就好！」

派蒂立刻喊道：「噢，史——提——夫！」然後跑下簷廊的階梯，艾勒里在後漫步跟隨。希爾路上四望無人。

派蒂一挽住史蒂夫的手臂，就迅速送給他一個小女孩的笑臉，她說她那部鋼琴啊，她竟不知道有哪個男人壯到可以將它搬到她想放的地方，當然啦，這下她看到了史提夫……史提夫和她一起走入了萊特家，挺神氣的。艾勒里跳兩跳從卡車前座將送貨簿抓出來，然後從皮夾子取出一片燒焦的紙，開始快速翻看著送貨簿裡的簽名……派蒂和史提夫再度出現時，昆恩先生正蹲在荷美的花圃前，帶著一種詩人特有的傷感檢視著敗壞凋零的花朵。史提夫走過他身旁時，丟給他一個鄙夷的表情。

「現在你得將鋼琴搬回原處了，」派蒂說，「真抱歉——我應該可以想到其他沒這麼重的東西的……再見了，史提夫！」卡車冒出一股黑煙後駛走了。

「我猜錯了。」艾勒里悶哼道。

「猜錯什麼？」

「關於露絲瑪莉。」

「別故弄玄虛了！你為什麼要我將史提夫引離卡車？這兩者一定有牽連，昆恩先生！」

「我從老天爺那裡得到一個靈感，祂說：『這個名叫露絲瑪莉的女人似乎和吉姆·海特不太一樣。他們似乎一點也不像姊弟——』」

「艾勒里！」

「噢，那是有可能的。可是我的靈感錯了。她的確是他的姊姊。」

「從史提夫·波拉里的卡車裡印證出來的嗎？你這個天才！」

「我對照他的送貨簿，那女人在簿子上面簽了名。我有真正的露絲瑪莉的簽名，妳記得嗎？我親愛的華生。」

「我們在吉姆書房裡發現的信封殘片——那是他姊姊的信燒剩下的部分！」

「完全正確，我親愛的華生醫師。而殘片上的『露絲瑪莉·海特』和送貨簿上的簽名『露絲瑪莉·海特』出自同一手筆。」

「這讓我們，」派蒂沮喪的說，「又回到了原點。」

「不對，」昆恩先生晦澀的笑了一下，「在此之前，我們只是相信這個女人是吉姆的姊姊，而現在我們知道了。即使是妳那顆懵懂的心，也能分辨這兩者的不同吧，親愛的華生？」

□

露絲瑪莉·海特在娜拉家裡待得越久，這個女人就越讓人無法理解。吉姆在銀行裡越來越忙，有時甚至沒有回家吃晚飯。然而露絲瑪莉對於她弟弟疏於顧家的關心，似乎尚不及她弟媳婦的一半。這位姓海特的女人舌頭布滿了刺，它散播的毒素不止一次教娜拉傷心、落淚——在她的房間裡，獨自一個人。這是昆恩先生親愛的間諜向他報告的。在派蒂與荷美面前，露絲瑪莉收斂多了，只一逕聒噪著她曾經去哪裡「暢遊」過——巴拿馬、里約、檀香山、峇里島、班夫，衝浪、滑雪、登山，以及「令人興奮的」男人——後者談得尤其多——直到萊特家的婦女開始感到不堪、厭倦乃至怒目以待。

而露絲瑪莉卻還是沒搬走。

為什麼要這樣呢？有一天昆恩先生坐在他工作室的窗戶旁思索這個難題，露絲瑪莉·海特正走出她弟弟的家門，紅色的嘴唇上斜斜的叼著一根香菸，身上穿著一條馬褲、一雙俄羅斯紅靴和一件拉娜透納式的毛衣。她在前廊站了一會兒，用馬鞭很不耐煩的抽打了靴子一下，正在與萊維爾嘔氣呢。然後她漫步走進了萊特家後面的樹林。

一段時間後，派蒂開車載著艾勒里；艾勒里告訴她看到姓海特的女人一身騎馬打扮走入林子裡。

派蒂將車轉入十六號公路的寬敞水泥路上，開得很慢。「無聊，」她說，「無聊得令人沮喪。那個打鐵的傑克·布希米爾會在某個地方讓她坐上馬——昨天是她第一次出去，卡蜜兒·佩提古告訴我說，她在前往雙峰的路上一路走一路哭，就像——這可是她說的——一個死了丈夫的女人。卡蜜兒這個傻瓜，她以為露絲瑪莉只是比較愛裝模作樣罷了。」

「妳呢？」昆恩先生請教她。

「她那副懶洋洋的樣子只是作假而已——骨子裡她可是躁動不安的，而且跟柚木一樣死硬。你不這麼認為嗎？」派蒂斜斜的看了他一眼。

「她十分迷人。」艾勒里迴避道。

「所以她是一棵專吃男人的野蘭花，」派蒂不屑的說。悶不吭聲的開了零點八哩之後，她說，「艾勒里，這整件事你想通了沒——吉姆的異常行為，露絲瑪莉的那三封信、來訪，露絲瑪莉不喜歡這裡卻又一直待著……？」

「沒有，」艾勒里說，但又補充，「尚未想通。」

「艾勒里——你看！」他們開車來到一間庸俗的酒吧，那是外面塗著白色灰泥的一樓平房，牆上有巨幅的魔女跳舞的圖案，屋頂上一朵一朵燃燒的火焰炸向天空。尚未點亮的霓虹燈管字樣告訴顧客，這是維克·卡拉提所經營的「熱點」。旁邊的停車場空盪盪的，只停了一輛小汽車。

「你注意看停在那裡的那輛車子。」

艾勒里皺眉道：「看起來很像。」

「就是他的。」派蒂駛進入口，兩人跳出了車子。

「可能是在談生意喔，派蒂。」艾勒里不確定的說。

派蒂頗不以為然的看了他一眼，然後推開前門。酒吧裡面裝飾著鉻黃與深紅的皮製材料，除了酒保之外，另有一名工友在郵票圖案的舞台上拖地板。那兩個人都好奇的看著他倆。「我沒看到他。」派蒂小聲的說。

「也許他在其中一個小房間裡……也許沒有。」

「後面的房間……」

「我們先坐下來再說。」

他們在最裡面的一桌坐下，酒保打著呵欠走了過來：「兩位想點些什麼？」

「我要自由古巴。」派蒂說道，不安的四處張望著。

「蘇格蘭威士忌。」

「好的。」酒保漫步走回吧台。

「妳在這裡等一下。」艾勒里說。他站起來，往後面走，像在找什麼。

「你應該走那邊。」拿著拖把的男子說道，手指一道上頭標有「男士」的門。但是艾勒里卻推開一道半開半掩的、紅色與金色相間的門，門上有一副頗大的銅質把手，門無聲的被推開了。

後頭這個房間是賭場，吉姆·海特坐在椅子上，趴伏在空無一人的賭輪盤桌上，他的額頭伏在一隻手上。遠處的牆邊，一名嘴巴叼著半截雪茄的魁梧男子手上拿著電話，側身對著艾勒里。「對啦，我要找海特太太，笨蛋。」那名男子有一對濃密的眉，幾乎在印堂處連接在一起，臉色則是灰灰的，鬆弛無力。「告訴她，我是維克·卡拉提。」

他所說的「笨蛋」可能是愛貝塔。艾勒里直挺挺的靠著那面紅色與金色相間的門。「海特太太嗎？我是『熱點』的卡拉提，」這位店東以溫和的低音說道，「是……不，我沒有搞錯，海特太太。妳先生他……請等一等。他現在就在我店裡的娛樂室裡，人趴下了……我的意思是說喝醉了……請妳不用擔心，海特太太。妳老公沒事，他只是喝了幾杯烈酒，然後就醉了。我現在該拿他怎麼辦？」

「打擾一下。」艾勒里和悅的說。

卡拉提將他的大腦袋轉了過來，上下打量著艾勒里。

「請稍等一下，海特太太……嗯？請問你有什麼事？」

「讓我跟海特太太說，」艾勒里說道，從那人毛絨絨的手中接過了電話，「娜拉嗎？我是艾勒里·史密斯。」

「艾勒里！」娜拉吃了一驚，「吉姆怎麼啦？他人還好吧？你怎麼剛好會在——」

「不用緊張，娜拉。派蒂和我開車經過卡拉提的店，發現吉姆的車停在外面。現在我們在店裡頭，吉姆沒事。他只是喝多了些。」

「我立刻開車到那裡——那輛旅行車——」

「妳不必麻煩了。派蒂和我在半小時內會把他送回家。不必擔心，妳聽到了嗎？」

「謝謝你。」娜拉低聲道，掛斷電話。

艾勒里掛好電話轉過身來，看到派蒂正彎下身子搖著他。「吉姆，吉姆！」

「沒有用的，小朋友，」卡拉提煩躁的說，「他真的喝醉了。」

「你們該好好檢討檢討，怎麼能讓他喝成這個樣子！」

「寶貝，妳別發火好嗎。他可是自個兒找上門來的，我這裡有賣酒的執照，他想買酒喝，他就能買。你們把他弄走吧。」

「你又怎麼知道他是誰？怎麼知道打電話給誰？」派蒂氣咻咻的問。

「他以前來過這裡，此外我還搜過他的身。妳別一臉懷疑的看著我。喂，豬，快滾！」

派蒂為之氣結。「對不起。」艾勒里說，他視若無睹的走過卡拉提的身旁，忽然間一轉身用力踩了卡拉提的腳。那名男子痛得彎下了腰，手急急伸向後口袋。艾勒里一記右鉤拳猛擊卡拉提的下巴，再推了一把。卡拉提的頭猛然抬起往後倒，正踉蹌著，艾勒里另一隻手又往他的腹部重重一擊。卡拉提呻吟著倒在地上，雙手抱著肚子，驚慌的往上看。「你才是豬。」艾勒里說，然後用力將吉姆拉離開椅子，一手托起背部，一手抱住雙腿往外走。派蒂拿起吉姆被壓扁的帽子，跑到前頭將門推開。

回家路上由艾勒里開車。在敞篷車上，大風吹著他的臉，派蒂又不斷搖著他，吉姆清醒過來，兩眼無神的瞪著他們。

「吉姆，你怎麼做出這做出這樣的傻事？」

「嗄？」吉姆哇出這一個字，又閉上了眼睛。

「現在是下午，你應該在銀行裡呀！」

吉姆在座椅裡蠕動著挪低了身體，口中喃喃說著什麼。「他已經不省人事了。」艾勒里說道，他的眉間有一道深深的凹縫。照後鏡裡，他看到有一輛車正快速的想超車——是卡特·布來福的車。派蒂發覺了，轉過頭去。然後她又很快的轉過頭來。艾勒里放慢速度，讓布來福超過去。但布來福並未超車。他將車慢慢停向路邊，按了下喇叭。他的身邊坐著一位瘦削的北方人，滿頭灰髮和一張紅潤的臉，眼睛小而有神。艾勒里乖乖的將車靠邊停住，布來福也煞住了車。

派蒂說道：「噢，哈囉，卡特，」聲音帶著不安，「道金先生你也好！艾勒里，這位是萊維爾警察局的道金局長。」

道金局長說道：「你好，史密斯先生。這位是艾勒里·史密斯先生。」語氣相當和善，艾勒里點點頭。

「有什麼不對勁嗎？」卡特·布來福有點笨拙的問，「我看到吉姆好像——」

「噢，卡特，你們的效率真高啊，」派蒂和藹的說，「簡直就是倫敦警察廳，要不就是聯邦調查局。艾勒里，你說是吧？檢察官和警察局長在一起——」

「沒什麼不對勁，布來福。」艾勒里說。

「一杯蘇打水加上睡他一夜好覺才會沒事吧，」道金冷冷的說，「去了卡拉提那裡嗎？」

「也不過就是這麼一回事，」艾勒里說，「好了，假如你們不介意的話，兩位先生，海特先生可能急著想回去睡覺了。」

「我能幫上什麼忙嗎，派蒂……」卡特靦腆的說，「事實上，我一直像打電話給妳——」

「你想打電話給我。」派蒂糾正道。

「我是說——」

吉姆在派蒂和艾勒里中間蠢動著，口齒不清的想說些什麼。派蒂關心的問：「吉姆，你覺得怎樣了？」他又張開了眼睛。依舊是茫然無神，但是那失志的背後有某樣東西霎時教派蒂和艾勒里都感到害怕。「欸，他這個樣子很不好，那個姿勢。」道金說。

「放鬆下來，放鬆，吉姆，」艾勒里柔聲道，「睡一下吧。」

吉姆的眼睛從派蒂移向艾勒里，再移向另外一輛車上的男人，但是卻認不出任何一位。而他含糊其詞的自言自語卻讓人能夠聽懂了。「太太……我的太太……詛咒她……喔！天殺的女人……」

「吉姆！」派蒂大叫道：「艾勒里！快帶他回去！」

艾勒里立刻鬆開了手煞車，但吉姆卻不受制止，他猛然站了起來，帶著病容的蒼白臉頰變成了紅色。「除掉她！」他吼道，「等著瞧吧！我要除掉那個賤人！殺死那個賤人！」

道金局長眨了眨眼睛，卡特・布來福則是大吃一驚，張著嘴想要說點什麼。但是派蒂不由分說的將吉姆拉了下來，艾勒里馬上開車上路，將布來福的車拋向後方。吉姆開始哭了起來，哭著哭著又睡著了。派蒂縮著身體盡可能的離他遠點。「你聽到他剛才說的話嗎?艾勒里。你聽到了嗎?」

「他醉得昏天黑地了。」艾勒里猛踩油門

「那麼這是真的了,」派蒂悲慘的說,「那些信——露絲瑪莉……艾勒里,我告訴你,露絲瑪莉和吉姆已經採取行動了!他倆是一夥的——卡特和道金局長都聽到他講的話了!」

「派蒂,」艾勒里眼睛看著路,「早先我並不想問妳這個,可是……娜拉是不是擁有為數可觀的錢或者財產在她自己名下?」

派蒂緩緩潤溼嘴唇。「噢……不。事情不應該是……那樣的。」

「這麼說她的確有囉。」

「是的,」派蒂輕聲的說,「這是我祖父的遺囑,我爸爸的父親。當娜拉結婚時,她便自動繼承一大筆錢,用信託的方式保管。蘿蘭和那名演員私奔後不久,我祖父萊特先生便過世了——因為發生了那種事,他老人家將蘿蘭的那一份取消,而將他的遺產給了娜拉和我。當我結婚的時候,我也可以得到那一半的——」

「娜拉可以繼承到多少財產呢?」艾勒里問。他看一下吉姆,但吉姆正在酣睡。

「我不知道。可是有一次爸爸告訴我,那財產多得娜拉和我一輩子都花不完。噢,老天——娜拉!」

「妳現在要是哭的話,」艾勒里嚴厲的說,「我就將妳丟下車去。對妳和娜拉而言,這項繼承是祕密嗎?」

「在萊維爾保住祕密?」派蒂說道,「娜拉的錢……」她大笑起來。「這好像是一場爛電影。艾勒里——我們現在怎麼辦?」她笑個不止。

艾勒里將派蒂的車拐進了希爾路。「把他弄上床去。」他低低說道。

11 感恩節：第一次警告

第二天早上還沒八點，昆恩先生就去敲娜拉家的門。娜拉的雙眼腫腫的。「真是多謝你了——昨天。多虧你將吉姆弄上床去，而我卻一直傻傻的——」

「別胡說，」艾勒里風趣的說，「當老公的第一次喝得爛醉回家，自從夏娃之後沒有一位新婚妻子會不以為天塌下來了。咱們那位闖了禍的丈夫呢？」

「在樓上刮鬍子呢。」娜拉弄著餐桌上的烤麵包機，手顫抖著。

「我可以上去嗎？或許這個時候我不該在臥房外面晃來晃去，吵到妳先生的姊姊——」

「噢，露絲瑪莉不到十點是不會起床的，」娜拉說，「在天氣這麼好的十一月早晨！請儘管上去吧——告訴吉姆你對他的觀感！」

艾勒里笑著走上樓。他敲了一下主臥室的門，門半開著，吉姆的聲音從浴室傳來：「娜拉嗎？喔，親愛的，我知道妳是我的心肝寶貝，會原諒——」當他看見艾勒里時，一時語無倫次起來。吉姆正刮臉刮到一半，已經刮過的部分有些發青，眼睛睜得大大的。「早安，史密斯。請進。」

「我只是來打擾一下，看看你是不是好一點了，吉姆。」吉姆轉過身來，吃驚道：「你怎麼知道我喝醉酒了？」

「我怎麼知道！別對我說你不記得了。嘿，是派蒂和我送你回來的。」

「老天，」吉姆呻吟了一下，「我正奇怪哩。娜拉都不跟我講話了。我錯怪她了。噯，真是感謝你，史密斯。你在哪裡找到我的。」

「十六號公路上卡拉提的店裡。『熱點』。」

「那家小酒吧？」吉姆搖搖頭道，「難怪娜拉臉臭臭的。」他不太好意思的笑道，「昨晚我的情況很糟吧！娜拉那麼費心照顧我，卻不和我講話，真是不會演戲！」

「吉姆，昨天回家的路上你可也說了不少蠢話哩。」

「蠢話？我說了些什麼？」

「噢……好像是要『除掉』哪個混蛋之類的。」艾勒里輕描淡寫的說。

吉姆眨眨眼，又轉回去照著鏡子。「一定是醉得糊塗了，我想。否則我一定是說要除掉希特勒。」艾勒里點點頭，他的眼睛看著刮鬍刀，有點顫抖。「我可一點兒也想不起來了，」吉姆說，「完全不記得了。」

「如果我是你的話，以後就不會這樣喝醉酒，吉姆，」艾勒里和氣的說，「這並不關我的事，但是……唔，假如你再講出那樣的話，別人很可能產生誤會。」

「是啊，」吉姆說道，手摸著刮過鬍子的臉。「我想他們會的。噢，我的天！我絕不會再犯。」

「告訴娜拉吧，」艾勒里笑道，「就這樣吧。早安，吉姆。」

「早安，再次謝謝你。」

艾勒里笑著離開了。但當他走到樓梯口時，他的笑容消失了。他覺得客房的門好像比他先前上來時，打開了一個手掌的寬度。

□

昆恩先生發現他的小說越來越難進行了。首先是因為氣候，鄉居附近到處都是紅色橙色的景緻，以及漸漸變黃的綠意；白天和夜裡都觸摸得到結霜，意味著瑞雪將提早降下；夜晚來得很快，帶著劈劈啪啪的聲音。鄉野深處的幽境使人情不自禁的想去漫步一回，領略那枯枝敗葉踩在腳底碎裂的感覺。尤其是在太陽下山之後，當夜幕籠罩四方，遙遠的農舍亮起了燈，某些幽暗的穀倉不時傳來馬匹嘶鳴與狗兒長嗥的聲音。魏爾西·賈力瑪運了五卡車的火雞到鎮上賣，旋即銷售一空。「是的，先生，」昆恩先生告訴自己，「到處都是感恩節的氣氛了——希爾路四百六十號例外。」

再來則是派蒂，她最近別過頭來悄悄看人的習慣性動作已經演變成慢性病了。她老是公然膩著艾勒里，荷美已開始在心裡進行某項祕密計畫了，至於平日只對房地產抵押的瑕疵以及稀有郵票感到興趣的約翰，也若有所思的看在眼裡……這些都使小說的創作倍感吃力。

但是更占時間的，是不動聲色的注意著吉姆和娜拉。海特家的日常生活越來越不妙了。吉姆和娜拉已不再「相敬如賓」，吵架吵得很厲害，十一月的風將他們辛辣的聲音一路送過來，穿越緊閉的門窗，送入了萊特家。有時他們吵的是露絲瑪莉，有時是吉姆的酗酒，有時則是關於錢。在娜拉的家人面前，吉姆與她都繼續演著恩愛夫妻的戲碼，但每個人都知道發生了什麼事。

「吉姆又多了一個新歡，」一天早上派蒂向艾勒里報告說，「他在賭博！」

「真的？」艾勒里問。

「娜拉今天早上和他談的就是這件事。」派蒂憂心不已，身體都無法坐直，「而他竟承認了——還對她吼。緊接著他就向她要錢。娜拉哀求他告訴她哪裡不對了，但娜拉越是哀求，吉姆就越憤怒。艾勒里，我想他是瘋了。我真的這麼認為！」

「這不是答案，」艾勒里固執的說，「這種事情有一個模式，他的行為並不像，派蒂。如果他肯說出來就好了，可他又不說。昨天晚上艾德·霍奇士開車載他回來，我在前廊等著——娜拉上床去睡了。吉姆已經喝得差不多了，可是我正想套他的話時——」艾勒里聳聳肩，「他立刻轉身而去……派蒂。」

派蒂愣了一下：「嗯？」

「他在當首飾。」

「當首飾！誰的首飾？」

「今天午飯的時候他離開銀行，我跟蹤他。他鑽進了辛普森的當鋪，在中央廣場那兒，他好像當了一枚鑲了紅寶石的環形胸針。」

「那是娜拉的東西！是泰碧莎姑媽送她當高中畢業禮物的！」

艾勒里抓住她的手。「吉姆自己沒什麼錢，是嗎？」

「只除了他賺的錢之外。」派蒂抿了抿嘴，「前兩天我爸爸找他談工作上的事，吉姆顯得愛理不理的。你知道我爸爸的個性，溫和得像隻綿羊，那使他非常難堪，但吉姆就是不甩他，可憐的爸爸只好眼睛眨了眨走開。你有沒有看到我媽媽當時的表情？」

「目瞪口呆。」

「即使是對我，我媽也不會承認哪裡不對了。對至何人都不會，任何人！而娜拉卻比他們任何一人都慘！鎮上的人——愛咪琳·杜普瑞比誰都忙！他們都在竊竊私語……我恨他們！我恨這個鎮，我恨吉姆……」

艾勒里只好擁住她。

□

娜拉用一種傾力一搏的拚勁來籌備感恩節——當身邊的事物動搖不安之際，一個女人試圖緊緊抓住自己的世界的拚勁。兩隻從魏爾西·賈力瑪那兒買來的大號火雞，數量多到荒謬程度的糖炒栗子，採自包爾山，有待搗碎的蔓越莓，還有為數壯觀的蕪菁、南瓜、糖果……在在需要調製、料理、加工，有的需要愛貝塔的協助，有的不需要……在在都需要花下心血。她的家裡充滿了珍饈美食，除了愛貝塔之外，娜拉謝絕任何人的協助，派蒂不行，荷美不行，甚至老露蒂也不行，那幾天這位年老的管家只好走來走去，嘀咕著「這些少不更事卻自以為是的新媳婦們」。

荷美輕輕按著眼睛說：「約翰，自從我們結婚以來，我頭一次沒有準備家庭晚宴。親愛的娜拉——妳的餐桌布置得太漂亮了！」

「也許這一次，」約翰笑道，「我不會消化不良了。把火雞和菜都端上來吧！」

但是娜拉將他們都趕到客廳去了——準備工作尚未臻完美。表情凝重的吉姆想留下來幫忙，娜拉面無血色的向他微笑，請他跟在後面退出去。

昆恩先生漫步走到海特家的前廊，於是當蘿蘭·萊特從步道上出現時，他便成為第一個迎接她的人。

「哈囉，」蘿蘭說，「你這位混吃混喝的大閒人。」

「哈囉，彼此彼此。」

蘿蘭還是穿著相同的長褲，相同的緊身毛衣，頭髮上繫著相同的絲帶，唇線扭曲的口中發出的仍是相同的酒味。「你別那樣子看我，外地來的！我是應邀而來，真的，娜拉邀我來的，一家人團聚以及什麼的。前此種種一筆勾消，我這個人是很寬宏大量的。可是你還是一樣的混吃混喝，一點都沒變。怎麼沒來看本姑娘？」

「忙著寫小說。」

「你胡說，」蘿蘭大笑，斜倚著他的臂膀將身體穩住，「假如你真的在寫，也沒有一個作家會一天工作好幾個小時的啦。按照我的直覺，你是在跟派蒂談戀愛吧，想必沒錯。你可以再惡劣些。她不只人長得漂亮，腦筋更機伶。」

「我可以更惡劣些，可是我卻什麼也沒做哩，蘿蘭。」

「喔，很高尚嘛。嗯，管他的，兄弟。失陪了，我得進去將我家人纖細的感情戳一戳。」

於是蘿蘭很小心的走進了她妹妹的屋裡。昆恩先生在前廊稍事停留，也走了進去。觸目所及是一派歡樂的景象，但在細心的觀察下卻不難看出荷美甜美的笑容背後內心的混亂，約翰從吉姆手中接過馬丁尼時還微微顫抖。派蒂硬是將一杯酒給了艾勒里，於是艾勒里舉起酒「敬一個很棒的家庭」，對此，大家都表情嚴肅的喝下了酒。

正說著，娜拉臉紅紅的從廚房出來，將他們往飯廳裡請；他們都盡職的盛讚一番，餐桌的擺設猶如雜誌上的圖片般典雅繽紛……露絲瑪莉的手挽住了約翰的胳臂。

正當吉姆要將第二道火雞大餐端出來時，事情發生了。娜拉傳盤子給她母親時忽然大喘著氣，整盤食物滑落在圍裙上，她最寶貝的史潑氏瓷盤掉在地板上摔碎了。吉姆抓住椅子的扶手，娜拉人雖站著，手掌卻用力按著桌布，嘴巴因可怕的痙攣而扭曲。

「娜拉！」

艾勒里一個箭步跳到娜拉面前，她虛弱的推了他一把，舌頭舔著嘴唇，唇色白得猶如新買來的桌布。然後她大喊一聲拔腿就跑，雙手使出驚人的力道掙脫了艾勒里的抓握。他們聽到她踉踉蹌蹌的跑上樓，房門碰的一聲關上了。

「她臉色不對！娜拉生病了！」

「娜拉——妳在哪裡？」

「快打電話給魏勒比醫生，快一點！」

艾勒里和吉姆同時上到二樓，吉姆像個瘋子似的四下張望，但昆恩先生已經在敲打浴室的門了。「娜拉！」吉姆喊道，「把門打開！妳怎麼啦？」

派蒂隨後來到，再來是其他的人。「魏勒比醫生隨後就到了，」蘿蘭說道，「她人在哪裡？快離開這裡吧，你們這些男生！」

「她發瘋了嗎？」露絲瑪莉驚慌的說。

「快把門撞破！」派蒂指揮道，「艾勒里，快撞開它！吉姆——爸爸——快幫他的忙！」

「站到一旁去，吉姆，」艾勒里說，「你在這裡礙手礙腳的！」

但是才撞了一下，娜拉就尖叫道：「假如誰敢進來的話，我就——我就……不准進來！」

荷美只能喵喵叫了，像是一隻生病的貓，約翰則不斷的說：「糟了荷美，糟了荷美，糟了荷美……」

試了三遍，門總算撞開了。艾勒里飛身衝入浴室，娜拉正靠在洗臉槽旁，渾身顫抖、虛弱、發青，張口吞下一大匙又一大匙的鎂乳劑。她轉頭給了他一個奇異的勝利微笑，然後就身體一癱，暈倒在他的懷裡。

但是稍後當她被放在自己的床上時，她開始吵鬧。「我覺得我像是一隻——一隻動物被關在動物園裡！求求妳，媽——請大家離開這裡！」除了萊特太太和吉姆，他們都離開了。艾勒里聽到娜拉在樓上跺著腳，她的聲音高亢尖銳，說的話顛三倒四的，「不，不，不！我不要他！我才不要看到他！」

「可是親愛的，」荷美嚷道，「魏勒比醫生——當然就是將妳迎接到這個世界上來的那位醫生——」

「假如那個老——老傢伙敢靠近我，」娜拉尖叫道，「那就別怪我出此下策！我會自殺！我馬上就去跳樓！」

「娜拉！」吉姆哀叫道。

「快離開這個房間！媽，妳也一樣！」

派蒂和蘿蘭飛奔到臥房門口，情急的對母親說：「媽，她已經歇斯底里了。讓她一個人待在那裡吧——她會安靜下來的。」荷美很不情願的離開了，吉姆也跟著出來，他的眼睛發紅，似乎陷於困惑之中。

他們聽到娜拉在裡頭嘔吐，然後哭了起來。

魏勒比醫生上氣不接下氣的趕來了，約翰告訴他這是一場誤會，把他打發走了。

□

艾勒里輕輕的將他的門掩上，但在開燈之前他已發現房間裡面有人。他按了開關，問道：

「是派蒂嗎？」

派蒂蜷著身體倒臥在他的床上，臉旁的枕頭上有一處溼痕。「我一直在等你。」派蒂在燈亮時眨了眨眼睛，「現在幾點了？」

「已經過了午夜了。」艾勒里又將燈熄滅了，坐在她身旁，「娜拉人還好嗎？」

「她說她很好。我猜她會沒事的。」派蒂沈默了一會兒，「你到哪裡去了？」

「艾德・霍奇士載我去了康哈文一趟。」

「康哈文！距離這裡有七十哩呢，」派蒂倏地坐了起來，「艾勒里，你去那裡做什麼？」

「我帶娜拉盤子裡的食物給一個化驗室化驗。我知道康哈文有一家很好的化驗室。而……」

他停了一下，「如妳所說，距離萊維爾一共是七十五哩遠。」

「你有沒有──他們──？」

「他們並沒有發現什麼。」

「那麼可能是──」

艾勒里從床上坐了起來，在黑暗的房間裡走來走去。「每一樣東西都有可能，雞尾酒、湯、開胃菜。要怎麼猜可以，我看那是沒有用的。不管她是從哪裡吃到的，總之在她的食物或飲料裡。砷化物中毒，所有的症狀都是如此。幸虧她記得喝下鎂乳劑——那是砷中毒的緊急解毒劑。」

「而今天是……感恩節，」派蒂呆呆的說道，「吉姆寫給露絲瑪莉的信——日期寫著十一月二十八日……就是今天。『我太太生病了。』我太太生病了，艾勒里！」

「什麼，派蒂。妳可得想清楚些……這有可能是巧合。」

「你這麼認為嗎？」

「那也許是消化不良的突發性症狀。娜拉的心裡頭不安，她看過那些信，她看過《毒物學》裡頭畫過線的內容——那或許純粹是心理上的反應。」

「是……」

「我們的想像力會使我們脫離現實。不管怎樣，我們還有時間，假如某種模式的確存在的話，今天只是開始而已。」

「是……」

「派蒂，我向妳保證好了：娜拉不會死的。」

「噢，艾勒里。」她在黑暗中擁住他，將臉埋在他的大衣裡，「真高興你人在這裡……」

「妳快點離開我的房間吧，」昆恩先生溫柔的說，「要不然令尊大人可要拿著霰彈槍來找我了。」

12 聖誕節：第二次警告

第一場雪降下來了。山谷裡的呼吸吐息都化成了白煙。為了幫助窮苦的農民，荷美近來忙於冬令救濟的事情，山丘頂上的天空一片藍亮，男童們都在巴望著池塘快點結冰。而娜拉呢……娜拉和吉姆之間依然成謎。娜拉已從感恩節那天的「微恙」康復過來，蒼白了些，消瘦了些，更神經質了些，但卻鎮靜自若。偶爾她似乎驚懼不安，但是對任何人吭都不吭。她母親這麼試探她：「娜拉，有什麼事不對勁嗎？妳可以跟我講——」

「哪有什麼不對。大家是怎麼啦？」

「可是吉姆喝酒喝得那麼凶，親愛的。全鎮的人都知道這件事，」荷美吞著口水說，「那已經快變成一個——一個天大的醜聞了！還有妳和吉姆老是吵架——那可是個事實……」

娜拉抿著她那小巧的嘴，「媽，這是我自己的生活，妳就讓我自己來操心好了。」

「可妳爸爸在擔心——」

「抱歉，媽，這是我個人的生活。」

「讓你們吵架嘔氣的原因是露絲瑪莉嗎？我看她老是把吉姆找去，跟他竊竊私語。她還要跟你們一起住多久？親愛的娜拉，我是妳母親，有什麼難言之隱妳可以私下告訴我——」但娜拉卻哭著跑走了。

派蒂憂形於色。「艾勒里，那三封信……它們還放在娜拉衣櫃的帽盒子裡。昨天晚上我又偷看了一次，我就是忍不住。」

「我懂。」艾勒里嘆道。

「你也一直在留意嗎？」

「是的。派蒂，她反覆地讀，信上頭很清楚的留下了手漬——」

「但娜拉為何不肯面對現實呢？」派蒂嚷道，「她知道十一月二十八日是第一波的攻擊——第一封信上就是這麼寫的！可是她卻不願意給醫生看，不肯採取任何措施來保護自己，又拒絕人家幫助她……我實在無法理解她！」

「或許，」艾勒里小心的說，「娜拉害怕面對醜聞。」派蒂睜大了眼睛。「妳曾告訴我，幾年前吉姆在婚禮前夕棄她而去的時候，她是如何退出這個世界的。妳姊姊的尊嚴在小鎮人家中，有著一道深刻的傷疤，派蒂。她無法忍受遭人議論。萬一這件事情傳開的話——」

「你說得對，」派蒂帶著猶豫的口吻道，「我真笨，竟不能早一步看出這一點來。她故意視而不見，像孩子一樣。眼不見為淨。你說得很對，艾勒里。她所害怕的就是這個城鎮！」

□

聖誕節前夕的星期一傍晚，昆恩先生坐在樹林邊緣的一處樹樁上，端詳著希爾路四百六十號。沒有月亮的靜夜，遠處傳來的聲響清脆明晰。吉姆和娜拉又起爭執了，昆恩先生搓著冰冷的手。爭執的關鍵在於錢，娜拉的聲音很尖銳。他把錢花到哪裡去了？他把她那塊寶石胸針怎麼了？「吉姆，你必須跟我講清楚。這種事不能再這麼繼續下去了，絕不可以！」

吉姆的聲音起初喃喃不已，但隨後也高亢起來，像是爆發的岩漿。「妳不要一而再、再而三的逼問我！」

昆恩先生仔細傾聽著新的線索，但沒有一件不是他已經曉得的事。一對新人在冬夜裡相互吼叫著，而他卻傻傻的挨著凍聽壁腳。他從樹樁處站起來，沿著樹林的邊緣走向萊特家，走向溫暖的地方。但他忽然間停住了。災難之屋——這個渾名在這些天來是多麼貼切呀——的前門重重的摔上了。艾勒里在雪地裡拔腿快跑，身形隱沒在大房子的陰影裡。吉姆·海特步履凌亂的在門前車道上破雪前進，他跳進了車中。艾勒里跑到萊特家的車房，之前他與派蒂·萊特打了個商量：她平時一向都將鑰匙插在她那輛敞篷車的鑰匙孔裡，以備他緊急使用。吉姆的車以可怕的速度開下了希爾路，一路上雪花四濺，艾勒里緊緊跟隨在後。他沒有將派蒂的車前燈打開，光靠吉姆車上的燈便能看清楚了。十六號公路……維克·卡拉提的店……

當吉姆搖搖晃晃的從「熱點」出來，再度鑽進他的車時，已差不多快十點了。從車子搖晃與蛇行的樣子，艾勒里知道吉姆喝得相當醉了。他要回家了嗎？不。車子轉往鎮上去了。到鎮上去！哪裡呢？

來到下村中心一處寒傖的木造民宅前，吉姆的車停下了，他踉踉蹌蹌的進了走廊。一個二十五瓦的燈泡寂寞的亮著，藉著微明，艾勒里看到吉姆爬上樓梯，敲著掛上破爛畫板的門。

「吉姆！」蘿蘭・萊特叫道。門關上了。

艾勒里悄悄走上樓梯，每走一步都先探探腳下會發出呻吟的木板。登上駐腳處後，未經遲疑，他迅速走到蘿蘭門前，耳朵貼向那塊薄薄的畫板。「可是妳一定得答應我，」他聽到吉姆嚷道，「蘿蘭，請不要丟下我不管。我快要絕望了，快絕望了……」

「我不是告訴過你了嗎，吉姆，我哪有什麼錢，」蘿蘭冷靜的說，「坐下來吧，就這裡。你這個醉鬼。」

「我可醉了不是。」吉姆大笑道。

「你絕望什麼呢？」蘿蘭柔聲問道，「怎樣——你有沒有好一點？來吧，吉姆，有什麼話儘管跟蘿蘭說……」海特哭了起來，哭著哭著聲音像被蒙住了，艾勒里知道他的臉一定抵進了蘿蘭的懷裡。蘿蘭母親般的低語漸漸模糊起來。但她忽然被弄痛了似的透不過氣來，害得艾勒里差一點就破門而入。「吉姆！你幹嘛推我！」

「老套了！乖乖，告訴蘿蘭哦，是嗎？快把妳的手拿開吧！妳休想要我告訴妳任何事！」

「吉姆，你現在最好回家去吧。」

「妳究竟肯不肯給我錢？」

「可是吉姆，我已經告訴過你……」

該——」

「沒有人要給我錢！真該死，連老婆都不給我錢。妳知道我該怎麼做嗎？妳知道嗎？我應

「什麼？吉姆。」

「沒有，沒有……」他的尾音拖得長長的。然後是一陣長長的靜默，顯然吉姆醉倒了。艾勒里好奇的等著，接下來他聽到蘿蘭微細的呼喚聲，而後吉姆氣息濃重的醒了。「把妳的手拿開！」

「吉姆，我並不是——你剛才睡著了——」

「妳在搜我的身！妳想找什麼？嗄？」

「吉姆，你……別這樣。你弄痛我了。」蘿蘭極度控制著她的聲音。

「想痛我就讓妳痛！我要讓妳試試看——」

昆恩先生將門打開了，裡頭是一間簡陋而乾淨的房間，正中央的地毯補補釘釘，蘿蘭和吉姆在上頭亂蹦亂跳。他的手摟著她，乘著醉意想將她壓倒在地上，她則用手抵著他的下巴。他的頭被推得往後仰，眼睛閃爍不定。「海軍陸戰隊來了，」昆恩先生嘆了口氣，一把將吉姆從蘿蘭身上拉開，將他放倒在凹陷的沙發上。吉姆雙手搗住了臉，「妳有沒有怎麼樣？蘿蘭。」

「沒有，」蘿蘭喘著氣說，「你一個人嗎？剛才你聽到了些什麼？」她將上衣拉平，整了整頭髮，臉略微偏了去。她從桌上拿了瓶琴酒，若無其事的放進碗櫥裡。

「只聽到你們扭打成一團，」艾勒里氣定神閒的說，「我是前來一趟拖延了好久的拜訪。

吉姆他怎麼啦？」

「喝醉酒了。」蘿蘭這下正著臉向著他了，她已恢復了鎮定，「可憐的娜拉！想不到他會來這裡。你認為這個傻瓜愛上我了嗎？」

「能回答這個問題的只有妳自己，」艾勒里微笑道，「好啦，海特先生，我想你最好向你的大姨子道聲晚安，然後讓你的老朋友載你回家。」

吉姆坐在那兒抖著腿，一會兒他不抖了，整個人噗地倒在沙發上，蝦著身睡著了，像是個黃頭髮的破布娃娃。「蘿蘭，」艾勒里接著說，「這件事情妳知道多少？」

「什麼事情？」她的目光與他相遇，但並沒有透露任何訊息。

過了一會兒，艾勒里笑道：「無安打、無跑者、無失誤！我看只好改天自己一個人衝破這漫天迷霧了！晚安。」

他用肩膀扛起了吉姆，蘿蘭把門打開。

「兩部車子？」

「他的和我的——或許應該說是派蒂的。」

「明天早上我會將吉姆的車開回去，車停在外頭就可以了，」蘿蘭說道，「還有，史密斯先生——」

「什麼？萊特小姐。」

「記得下次再來。」

「也許吧。」

「但下一次，」蘿蘭笑道，「記得要先敲門。」

約翰這次以前所未有的堅定態度，向家人表達他的意志。「荷美，別再弄東弄西了，」他說，細瘦的食指向著她比手畫腳，「這次的聖誕節讓別人來忙吧。」

「約翰·萊特，你這人到底是在——？」

「我們到山區去吃聖誕大餐，晚上在山莊過夜，請比爾·約克升火烤栗子吃，我們一家人好好玩玩。」

「約翰，你那是什麼餿主意！娜拉將我的感恩節占了去，現在你又要我放棄聖誕節，我怎能聽得下去。」

然而看了她丈夫的眼色之後，荷美知道他並不是說說而已，因此不再多言。

艾德·霍奇士受雇將聖誕節禮物送上包爾山頂的比爾·約克山莊，並由他代送一封短簡，提及晚宴、住宿和「特別料理——」老約翰對整件事極力保密，像個小男孩似的咯咯笑著。

吃過耶誕夜晚餐後，他們預備分兩輛車直接上包爾山。萬事俱備——後車胎已加上了雪鍊，老露蒂也打發去休假了，大夥兒都在萊特家外頭踱來踱去，只等吉姆與娜拉的加入……娜拉家的門打開了，卻只見露絲瑪莉·海特一個人出來。「老天爺，吉姆和娜拉人呢？」荷美喊道：「再不出發，我們就到不了山莊了！」

露絲瑪莉聳聳肩：「娜拉不想去。」

「什麼！」

「她說她不舒服。」

他們發現娜拉倒臥在床上，人仍很虛弱，且全身泛綠，吉姆則漫無目的的在房間裡走來走去。

「娜拉寶貝！」荷美叫道。

「妳又病了！」約翰駭道。

「我沒事，」娜拉說，但說這話本身可花不少力氣，「我只是胃不舒服罷了，你們儘管到山上去吧。」

「我們才不會這麼做，」派蒂生氣的說，「吉姆，你有沒有打電話給魏勒比醫生？」

「她不讓我打。」吉姆有氣無力的說。

「不讓你打！你究竟是——一個男人還是一條蟲——？她又會有什麼好說的？我這就到樓下去——」

「派蒂，」娜拉吃力的說，派蒂停下腳步，「不要。」

「娜拉，妳聽我說——」

娜拉睜開了眼睛，眼中燃燒著熊熊烈火。「我不要看醫生，」娜拉咬牙切齒的說，「我說最後一次，我不要受到打擾，你們聽懂了嗎？我人很好。我——人——很——好！」娜拉咬緊了嘴唇，然後很辛苦的繼續說道：「就這樣嘛，拜託，上山去吧。假如明天早上我好一點了，吉姆和我會上山去加入你們的——」

「娜拉，」約翰清了清嗓子，說，「現在該是咱們來段老式的父女間對話了……」

「不要管我！」娜拉尖叫道。

他們只好照辦。

□

聖誕節當天，艾勒里和派蒂開車上包爾山，向山莊的比爾•約克要回禮物，帶回萊維爾。禮物被散置在毫無佳節歡樂的氣氛裡。

荷美一整天都待在房裡。派蒂弄了「耶誕夜大餐」：吃剩的小羊肉和一大盤薄荷果凍，但荷美並沒有下樓來用餐，而約翰才吃了兩口就放下刀叉，說他並不餓。所以只好由派蒂和艾勒里兩個人吃。之後，他們過去探望娜拉。娜拉在睡覺，吉姆出去了，而露絲瑪莉•海特則蜷臥在起居室裡，讓一本 Look 雜誌和一盒巧克力陪著她。派蒂問起吉姆，她只是聳聳肩。大概又和娜拉吵了一架跑走了吧。娜拉人還好……還很虛弱，一個人待在房裡倒也沒事。一個人悶在這個雞不拉屎、鳥不生蛋的小鎮裡，能碰到什麼令人興奮的事兒？真他媽的萊維爾！無聊透頂的耶誕節！說到最後，露絲瑪莉自顧自看她的雜誌去了。

派蒂跑上樓去看看娜拉以求心安，下樓時她猛眨眼兒，艾勒里遂又帶她到外面去。「我試著想跟她說話——她根本都沒睡。我……差點告訴她我知道那三封信的事！艾勒里，她讓我嚇壞了。她好像想讓我知道什麼事！」艾勒里搖搖頭。「可她就是不肯說，然後又歇斯底里了。

而且她病得好嚴重！我跟你說，」派蒂低語道，「那個時間表正在著手進行。艾勒里，她昨天又中毒了！」

「妳的情形和娜拉一樣，越來越糟了，」艾勒里說，「上去打個盹兒吧，派蒂。女人家偶爾生場病也不行嗎？」

「我要回去照顧娜拉。我再也不要讓她一個人孤伶伶的了。」

派蒂跑回去之後，艾勒里下山走了很久，心中十分不快。昨天，當其他人都上樓去看娜拉的時候，他悄悄的進了飯廳。飯桌上留下的餐盤尚未收拾掉，他試吃了一下娜拉盤子裡剩餘的醃牛肉雜燴。試吃了一小口，卻很快的有了反應。他感到劇烈的腹痛，噁心得想吐。他立刻取出隨身攜帶的瓶子，喝下好幾口——含有鎂乳的氫氧化鐵，砷中毒的正式解毒劑。無庸置疑，有人將砷化物放進了娜拉所吃的醃牛肉雜燴裡，而且只放在娜拉的食物裡。另外兩盤裡的食物他都試吃過了，並無異狀。殺人模式已經在進行了。最早是感恩節，再來是聖誕節。因此死亡的日期是設定在新年當天。

艾勒里想起了他對派蒂的承諾：救她姊姊的命。

他在雪地裡蹣跚走著，思潮起伏，有些想法似乎是有了眉目，但卻沒有下文。

13 新年：最後晚餐

耶誕夜之後的四天，娜拉都躺在病床上。但十二月二十九日她出現了，生氣蓬勃且精神開朗……太快活了些，她同時宣稱自己的病已經完全好了，就像某些上了年紀的女士；雖然她糟蹋了大家的聖誕節，但她將為此做個補償，因此她要邀請大家共度除夕夜之宴！聽到這些，即使吉姆也為之眼睛一亮，還笨手笨腳的親吻了她。眼見斯情斯景，一股無名的情愫填滿了派蒂的胸臆，使她為之語塞，轉身而去。但娜拉回吻了吉姆，這是幾個禮拜以來他們初次以愛侶間古老而祕密的眼神互望著對方。

娜拉的精神突然好轉，荷美與約翰都大喜過望。「娜拉，這個主意太棒了！」荷美說，「那麼整件事就由妳來包辦吧，我連一根手指頭也不介入。當然啦，除非妳希望我……」

「不要，當然不要！」娜拉笑道，「這是我的宴會，一切要由我來做主。噢，親愛的，」娜拉伸手摟住派蒂，「妳這個禮拜幫了好大的忙，我真是過意不去……什麼事情都丟給你做！妳能原諒我嗎？」

「別說傻話了，」派蒂不悅的說道，「假如妳人一直這麼活蹦亂跳的話，我什麼事都能原諒！」

「看來娜拉的心情好極了，」當派蒂將此事告訴艾勒里時，艾勒里說，「娜拉要邀請哪些人？」

「我們全家、馬丁法官夫婦、魏勒比醫生，娜拉甚至還想邀請法蘭克·羅伊哩！」

「唔，叫她也邀請卡特·布來福吧。」

派蒂臉變白了。「卡特？」

「嗯哼，暫時把斧頭擱一邊吧，這可是新年啊——」

「但為什麼要邀卡特？那個王八蛋竟然連張耶誕卡也沒有寄給我！」

「我希望布來福也能在這裡除夕守歲，不管怎麼彆扭，請妳把他也找來吧。」

派蒂與他的眼睛互視。「如果你堅持的話——」

「我堅持。」

「我會請到他的。」

□

卡特在電話上告訴派蒂他會「試著」趕來——很謝謝她的邀請——真的覺得很意外——不過他當然已經收到很多「邀請函」了——可是——噢，好吧——他會「設法」趕來。是的——是的，沒有問題。我會趕來……

「噢，卡特，」派蒂忍不住說道，「為什麼朋友之間不能和好相處呢？」但卡特已經掛斷了電話。

報社老闆兼總編輯法蘭克·羅伊早早便來了，他一出現便老大不高興的樣子，打招呼只使用單音節的字眼或者乾脆免了，他也是第一個向「吧台」報到的，那是在廚房外頭臨時設置的名堂，在娜拉的餐具室裡。

或許有人會說，昆恩先生今晚對烹調的事務那麼感興趣實在很不尋常。他老像遊魂似的在廚房裡出沒，看看愛貝塔、看看娜拉、看看爐子和冰塊盒、看看有何人進出廚房、看看他們在周遭弄了些什麼吃的喝的東西。他一方面盡量讓自己不那麼礙眼，一方面又一副熱衷的樣子，當愛貝塔離開去參加她立陶宛朋友辦的除夕晚會之後，娜拉嚷道：「老天，艾勒里，你真的是個顧家的男人嘛，是不是？來，吃點橄欖吧。」於是昆恩先生吃起橄欖來了，此時吉姆正在毗鄰的餐具室裡調製飲料，昆恩先生吃橄欖的地方很便於觀看男主人的一舉一動。

娜拉準備了一套豐盛的自助餐，頭幾道是法式小菜、紅燒肉、芹菜捲心加佐料以及雞尾酒。不久之後，艾禮、馬丁法官可就對泰碧莎姑媽說話了，他頗不以為然的瞪著她：「來吧，泰碧莎，喝點飲料放鬆一下，那會讓妳挺舒服的。來吧——喝杯曼哈頓雞尾酒——對妳會有好處的。」

但約翰的姊姊卻怒叱道：「無賴！」並開始向克麗兒·馬丁唸了一篇關於老傻瓜喝酒之危險性的演講。一直像湖上女神般四處游移的克麗兒則雙眼矇矓的說，泰碧莎說得真是對極了，然後繼續啜飲她的雞尾酒。

蘿蘭沒出現。娜拉邀請過她，但蘿蘭在電話中說：「真對不起，老妹，我有我自己的慶祝計畫哩。祝妳新年快樂！」

露絲瑪莉・海特在一角招蜂引蝶，要男士們為她拿這個倒那個的——當然，她對他們沒興趣，只不過覺得無聊，更因為她覺得或許有必要保持練習……最後派蒂看到老好人魏勒比醫生快步走開去為露絲瑪莉倒另一杯酒，說道：「為什麼男人就不能看穿那樣一個女人？」

「或許，」昆恩先生漠然的說，「是太、太純粹的肉慾遮蔽了他們的眼光。」說完他再度漫步走向廚房——去監視吉姆，派蒂迷惑的眼睛發現到的。這已經是第十二次了。

萊維爾這個「美滿」家庭歡樂今宵的注目焦點不在他們的歡愉之情，而在於露絲瑪莉，一位外來客，她做了使人無法抗拒的壞影響。喝下許多杯曼哈頓雞尾酒之後，她已頗有醉意了，泰碧莎姑媽對之深感痛惡。她的興高采烈尤其感染到男士們，使得談話越來越吵，場面變得有點不可收拾，使得吉姆必須兩度造訪餐具室，拿裸麥威士忌和苦艾酒調製新的飲料，而派蒂也不得不加開罐酒釀櫻桃。昆恩先生也兩度出現在吉姆身旁，笑著伸出援手。

卡特・布來福迄未現身，派蒂一直留意門鈴的聲音。有人扭開了收音機，娜拉對吉姆說：「親愛的，我們自從蜜月過後就沒再跳過舞了，來吧！」吉姆一副無法置信的表情，隨後笑容在他的臉上漾開，他抱住了她，帶著她狂舞起來。艾勒里突然走進廚房為自己調了杯酒——這是他今晚的第一杯酒。

還有十五分鐘就是午夜了，露絲瑪莉戲劇性的揮舞著她的手，吩咐道：「吉姆！我還要一杯酒！」

吉姆快樂的說：「妳不覺得自己已經喝夠了嗎？露絲瑪莉？」令人驚訝的是，吉姆自己只喝了一點點。

露絲瑪莉面露不悅。「快給我一杯吧，煞風景！」吉姆聳聳肩，走向廚房，背後跟隨了馬丁法官的忠告，「小伙子，把酒統統倒在一起吧！」同時還有克麗兒·馬丁的咯咯大笑。

從客廳到廚房有道門，廚房和餐具室之間則有個拱門，而飯廳到餐具室也有座門，昆恩先生就站在客廳的這道門旁邊，點了一根香菸。門半開著，他的視線可以從飯廳穿越餐具室。吉姆走到餐具室，輕輕吹著口哨，一邊忙著混合裸麥威士忌和苦艾酒。他才剛調好一組曼哈頓雞尾酒，正要找酒釀櫻桃時，有人敲廚房裡的後門。艾勒里心中一緊，但是按捺住了衝動，不讓視線移開吉姆的手。

吉姆離開了雞尾酒，走到後門。「是妳啊，蘿蘭！我以為娜拉說……」

「吉姆，」蘿蘭匆促的說，「我必須來找你──」

「我？」吉姆似乎大惑不解，「可是蘿蘭──」

蘿蘭將聲音壓低，艾勒里無法聽清楚她說了什麼。吉姆的身體將蘿蘭擋在門外，不論發生了什麼事，指顧之間就結束了，蘿蘭出人意外的走了，吉姆將後門關上，有點漫不經心起走過廚房，回到餐具室。他將櫻桃放入每一個玻璃杯裡。

盤子裡滿滿的載著飲料，吉姆小心的端著走進客廳，艾勒里說：「又去調酒了？吉姆。」

吉姆露齒而笑，於是兩人一同走進起居室，受到一陣歡呼。

「就快要十二點了，」吉姆高興的說，「我給每位一杯酒，大家來為新的一年乾杯吧。」

他將盤子端進房間，大家都拿了一杯。

「拜託，娜拉，」吉姆說，「喝個一杯不會怎樣的啦，再說我們也不是天天過年！」

「可是吉姆，你真的認為——」

「這杯拿著。」他給了她一杯酒。

「我不知道我……吉姆——」娜拉先是遲疑了一下，然後從他手上接過了酒，笑著。

「妳可要小心喲，娜拉，」荷美提醒道，「妳知道自己的身子還沒完全好。噢！我有點醉了。」

「醉態可掬。」約翰大獻殷勤，親吻起荷美的手。荷美開玩笑的打他。

「噢，我喝一口不會怎樣的啦，媽。」娜拉發出異議。

「統統不要動！」馬丁法官喊道，「現在開始咱們的新年倒數計時，嗒——嗒！」收音機登時傾瀉出潮水般的喇叭聲、鐘聲和吵鬧喧囂，淹沒了老法官的吶喊。

「敬新的一年！」約翰起哄道，在場的人都喝了酒，連泰碧莎姑媽也喝了，娜拉勉為其難的啜了一口，皺起了眉頭，吉姆看了咆哮一聲哈哈大笑，吻她。

那便是要大家相互親吻的信號了，正當昆恩先生掙扎著想將所有事物盡收眼底之際，驀然發現有一雙溫暖的手攫住了他。「新年快樂，」派蒂柔聲說，然後她將他轉過來，親吻他的嘴。室內忽然間暗了下來，只剩蠟燭光使人略感暈眩；昆恩先生笑了笑，低頭再吻，但派蒂卻從他的懷裡被魏勒比醫生拉了去，「我也可以嗎？」艾勒里發現自己的嘴巴竟啄到了空氣，蠢透了。

「我還要！」露絲瑪莉尖叫道，「再來一杯！咱們都醉他一場吧——有什麼好怕的！」她手拿著空酒杯嬌媚的向馬丁法官晃了晃，法官回以詫異的眼色，伸手攬著克麗兒。法蘭克．羅伊連喝了兩杯雞尾酒。吉姆說他要到地下室再找一瓶裸麥威士忌來——樓上這裡的均已告罄。

「我的酒呢？」露絲瑪莉又嚷道，「這裡是什麼貴寶地？新年竟然沒酒喝！」她生氣了。「誰手上有酒？」娜拉正從她面前走過，要去關收音機。「嘿！娜拉！妳手上有酒……！」

「可是露絲瑪莉，這杯我已經喝過了——」

「給我喝！」

娜拉面有難色，將未喝完的酒給了露絲瑪莉，她像是個中老手似的一飲而盡，然後踉踉蹌蹌去找沙發，傻笑了一下便癱了下去。沒過多久便睡著了。

「她竟然打鼾，」法蘭克．羅伊煞有介事的說，「這麼漂亮的小姐竟然打鼾。」他和約翰拿起報紙蓋在露絲瑪莉的身上，只露出一張臉；約翰忽然背誦起（橋上的詩人賀瑞斯）來，沒有人在聽，直到臉上有點酡紅的泰碧莎數落他是另外一個老傻瓜為止；然後約翰逮住了他的姊姊，忘情的帶著她在屋子裡跳起舞來，跳的是很不和諧的倫巴舞。每一個人都說自己有點醉了，這次過年可真的是很棒不是？獨獨只有艾勒里・昆恩先生未加入大夥兒，他又徘徊在大廳通往廚房的門口，觀察吉姆・海特調雞尾酒。

□

午夜過了三十五分鐘，起居室響起了一聲怪異的尖叫，然後是更為怪異的沈默。吉姆端著盤子從廚房出來，艾勒里對他說：「那多半是隻鬼在哭吧。他們又在弄什麼啦？」於是兩個大男人趕快進入起居室，魏勒比醫生正彎腰看著露絲瑪莉・海特，她依然躺在沙發上，身上半蓋著報紙。昆恩先生心裡感到有一個細小、銳利的東西在刺。

魏勒比醫生身體站直起來，他的臉變白了。「約翰。」老醫生用舌頭舔了舔嘴唇。

約翰愣愣的說：「米羅，我的老天！這小女人喝醉了。她只是有點……不舒服，像其他喝醉的人一樣。你不必一副好像——」

魏勒比醫生說：「她死了，約翰。」派蒂一下軟癱在沙發裡，好像全身的力氣剎那之間離開了她，剛才的那一聲尖叫正是她發出來的。在數聲心跳之間有一個聲音在房間裡迴盪，遍布各個角落，那是魏勒比醫生破爛而低沈的「死」字，它穿越寧靜的心靈，沒有留下意義。

「死了？」艾勒里沙啞的說，「是……心臟病突發嗎？大夫。」

「我認為，」醫生生硬的說，「是砷中毒。」

娜拉失聲尖叫，一陣暈眩倒下去，頭「咚」的一聲撞在地板上。這時候活潑愉快的卡特・

布來福進來了，他說：「本來想設法早點趕來——派蒂在哪裡？——大家新年快樂……他媽的這是怎麼回事！」

□

「你讓她吞下去了嗎？」艾勒里·昆恩在娜拉房間門外問道。他看起來有點縮小了，鼻子像根刺般的挺出。

「這你不用擔心，」魏勒比醫生嘶啞的說，「有啦，史密斯，我給她了……娜拉也中毒了。」他驚奇的看著艾勒里。「你為什麼剛好有氫氧化鐵呢？那是砷中毒一般公認的解毒劑。」

艾勒里簡潔的說：「我是個魔術師，你沒打聽過嗎？」說完就下樓去了。死者的臉現在已用報紙蓋住了，法蘭克·羅伊瞪著那些報紙。卡特·布來福和馬丁法官正用低沈而沙啞的語調交談。吉姆·海特坐在椅子上，用一副很苦惱的樣子搖著頭，好像想搞懂這件事情，但卻不能夠。其他的人在樓上陪著娜拉。「娜拉怎麼樣了？」吉姆問。

「病了。」艾勒里在起居室裡忽地靜默下來，布來福和法官停止了交談，不過，法蘭克·羅伊仍繼續讀著覆蓋在死者身上的報紙。「但幸運的是，」艾勒里說，「最後那杯雞尾酒娜拉只喝了一兩小口。她是病了，不過魏勒比醫生認為她會好起來的。」他在最靠近走廊的椅子上坐下，點燃了一根菸。

「這麼說就是那杯酒囉？」卡特·布來福用一種不能置信的聲音說，「不過那是當然的。

兩個女人都喝了同一杯酒——中的都是同一種毒。」他的聲音變高了。「但那杯雞尾酒是娜拉的！毒藥是衝著她來的！」

法蘭克·羅伊頭也不回的說：「卡特，你少發表演講了吧！吵得我煩死了！」

「先別那麼急，卡特。」馬丁法官用一種十分蒼老的聲音說道。但卡特高亢的說：「那杯有毒的雞尾酒是要對付娜拉的。酒是誰調的？誰端進來的？」

「胡說八道，」報紙發行人說道，「你滾一邊去吧，福爾摩斯先生。」

「我調的，」吉姆說，「是我調的，我想，」他環顧他們。「那杯酒有問題，不是嗎？」

「有問題！」年輕的布來福臉色發青，立刻走上前去揪住吉姆的衣領，將他從椅子上猛然拉了起來，「你這個天殺的凶手！你想毒死你老婆，不料卻意外把你姊姊弄死了！」

吉姆目瞪口呆的看著他。「卡特……」馬丁法官虛弱的說道。

卡特鬆手，吉姆跌倒在地，眼睛仍然望著他。「我又能怎麼辦？」萊特郡的檢察官聲音窒息的問道。他走到走廊找電話，途中跌跌撞撞的碰到昆恩先生冰冷的膝蓋。卡特打電話到警察局找道金局長。

第三部

14 宿醉

希爾路上歡慶依然，道金局長跳出他那輛破車，在一九四一年的星空下踏上海特家門前潮溼的步道。愛咪琳·杜普瑞的家漆黑一片，而老艾摩斯·布魯菲家玻璃窗陰影內的暗處帶著悲意。不過所有別的家庭——李文斯敦家、米京斯家、波芬柏格家、葛拉洪家以及其他人家——俱皆燈火鮮明，隱約傳來歡樂的喧嘩。

道金局長點點頭：如此甚好。不會有人察覺哪兒不對勁了。道金是個身材瘦削的鄉下男子，大眾臉，一雙淡而沒有生氣的眼睛由鷹鉤鼻分隔開來，長相很像一隻老烏龜，除非你注意到他有一張詩人的嘴，而除了派翠西亞·萊特，全萊維爾沒有人注意到這一點；至於對道金太太而言，局長的臉或許是亞伯拉罕·林肯與上帝的最佳部分組合也說不定。每個星期天在上村西李維塞街的第一衛理教堂裡，道金那熱情洋溢的男中音，正是唱詩班中的第一把交椅。他的脾氣很好，夫妻之間甚為相得，在此情形之下，生活又有什麼事會比唱歌更重要呢？局長經常如此笑道。事實上，道金正是在新年除夕自家的歡唱會舉行到一半的時候，被布來福檢察官的電話鈴聲打斷了。

「是中毒，」道金隔著露絲瑪莉・海特的屍體，嚴肅的對卡特・布來福說，「我懷疑這裡的人在除夕夜是否玩得太過火了。中的是哪一種毒，丈夫？」

魏勒比醫生說：「砷中毒，某種砷化物，我無法告訴你是哪一種。」

「老鼠藥，是嗎？」局長緩緩的說，「我想這件案子會使咱們的檢察官很為難——是吧，卡特？」

「棘手得要死！這些人都是我的朋友。」布來福在發抖，「道金——下手辦吧，看在老天的份上。」

「那當然，卡特。」道金局長說，眨著他淺灰色的眼珠子目光灼灼的望著法蘭克・羅伊，「嗨，羅伊先生。」

「嗨，」羅伊說道，「現在我可以去編我的報紙了嗎？」

「法蘭克，我告訴過你——」卡特不悅的說。

「假如你肯幫忙的話，那就不要走。」道金笑容中帶著歉意的對報社的總編輯說。「謝啦。好啦，為什麼吉姆・海特的姊姊會吃下老鼠藥呢？」

卡特・布來福和魏勒比醫生告訴他事情的經過。昆恩先生看著聽著，像個坐在舞台劇一角的觀眾，心想萊維爾的道金局長多麼像紐約的警察啊，看他那副與生俱來的權威氣質……道金面容莊重的傾聽著他轄區居民不安的聲音，淺灰色的眼珠子不斷轉呀轉……轉過去看了那個「史密斯」三次，「史密斯」先生則是一動也不動的坐著。有意思的是，除了剛進門時的匆匆一瞥外，道金局長相當漠視海特的存在，海特像一塊肉似的癱坐在椅子上。

「原來如此，」道金點點頭說，「是的，先生，」道金說，「唔。」他邁開蹣跚的步伐走向廚房。

「我無法相信，」吉姆・海特突然呻吟道，「這是件意外。我怎麼會知道那玩意兒被摻到裡面去了？也許是哪個小鬼，從哪扇窗戶鑽進來，開了一個這樣的玩笑。那怎麼得了，這可是謀殺啊！」

沒有人回答他的話。吉姆將指節扳得喀啦喀啦響，眼睛像貓頭鷹般的注視著沙發上覆滿的報紙。

滿臉通紅的巡警布萊迪從外頭走了進來，有點上氣不接下氣的樣子，拚命使自己看起來不那麼尷尬。「我是接到電話來的，」他並沒有特別說給誰聽，「老天。」他將身上的制服整了整，跟在局長後頭輕輕的走進廚房。

兩名警察再度出現的時候，布萊迪兩手兜滿了廚房「吧台」裡的瓶子、杯子和一些有的沒的。他離開了，不久之後又回來了，手上空空如也。道金默默的指著客廳裡的雞尾酒杯，有些已經喝乾，有的喝到一半。布萊迪一個一個的將它們收拾起來，把他的大盤帽當作容器，用紅潤的手指只接觸到杯口的邊緣，細心的將它們拿起來放進帽裡，好像那些東西是剛產下的鴿蛋。局長點點頭，布萊迪躡腳走了。「那些是要拿去採指紋的，」道金局長對著壁爐說，「你永遠拿不準的。當然啦，也要拿去化驗。」

「什麼！」昆恩先生不由自主的嚷道。

道金的眼光第四度透視「史密斯」先生這個人。

「怎麼，史密斯先生，」道金局長說，他的臉上笑著，「咱們似乎老是在尷尬的場合上碰面是吧。唔，一共兩次，對吧。」

「我不懂你的意思？」「史密斯」先生一臉空白的說。

「那天在十六號公路上，」局長嘆氣道，「我和在場的卡特同坐一輛車，那天吉姆·海特好像喝了不少酒，是吧？」吉姆站了起來，旋又坐下。道金並不看他。「你是位作家，史密斯先生，是嗎？」

「是的。」

「全鎮的人都知道。你剛說的『什麼』是什麼意思？」

艾勒里笑了。「抱歉。萊維爾——指紋……我太笨了。」

「你是說化驗工作嗎？噢，當然啦，」道金說，「這裡不比紐約或芝加哥，但本郡的地方法院可是棟新建築，裡面很有一些設備，你或許可稱之為『意想不到的角落』。」

「我對於意想不到的角落甚感興趣，局長。」

「很榮幸認識一位真正的現役作家，」道金說，「當然啦，在場還有咱們的法蘭克·羅伊，他可絕對比你們口中的笨詩人賀瑞斯要強多了。」羅伊大笑，四下望了望，像在找喝的。然後他止住了笑，眉頭深鎖。「你有沒有發現什麼事，史密斯先生？」道金問道，瞥了一眼羅伊寬大的背。

「今晚一位叫露絲瑪莉•海特的女人在這裡死了。」艾勒里聳聳肩，「這是我唯一能提供的事實。恐怕我幫不了什麼忙，再說被害人的遺體還躺在這裡。」

「被人下毒，魏勒比醫生這麼說，」道金溫和的說，「那是另一個事實。」

「噢，是啊。」艾勒里謙卑的說。魏勒比醫生皺起眉頭丟給他一個疑問，他假裝沒有看到。小心點，魏勒比醫生記得當娜拉•海特亟需砷化物中毒的解毒劑時，你忽然拿出來的那一小瓶氫氧化鐵，……咱們這位好醫生會不會告訴咱們這位好警察，說有一位對這個家庭、這些人和這件案子而言都算是陌生人的傢伙，竟然很詭異的身上帶著氫氧化鐵這麼一種藥劑，更怪的是，一個女人被毒死了，另一個女人受到了重創，而氫氧化鐵恰好正是這種毒藥的正式解藥？魏勒比醫生轉過身去。他懷疑我知道關於萊特家族的某件事，艾勒里想。他是這個家族的老朋友，三個女兒都是他迎接到這個世上來的……他很不安。我該不該私下告訴他，解藥是我買的，因為我答應派蒂，絕不能讓她姊姊娜拉死掉，使他更加不安？昆恩先生嘆息了。整件事情越來越複雜了。

「這一家的人，」道金局長問，「他們到哪裡去了？」

「在樓上，」布來福說，「萊特太太堅持要娜拉——海特太太——搬去萊特家。」

「她必須搬過去，道金，」魏勒比醫生說，「娜拉的情形很嚴重，她需要妥善的照顧。」

「我無所謂，」局長說，「假如檢察官也認為無所謂的話。」

布來福立刻點點頭，咬著嘴唇。「你要不要訊問他們？」

「噢，這個時候嘛，」局長緩緩的說，「萊特家的人被折騰成這樣，我看不宜再增加他們的痛苦了。起碼現在不要。所以假如你不反對的話，卡特，咱們今晚就到此為止吧。」

卡特呆板的說：「就這樣吧。」

「那麼明天早上我們就在這個房間找大家來聚一聚，」道金局長說，「由你通知萊特家的人，卡特。盡量弄得非正式一點。」

「你要繼續留在這裡嗎？」

「還要再待一會兒，」道金局長懶洋洋的說，「我得叫人來把被害人的遺體弄走。我想還得打電話給鄧肯老頭的葬儀社。」

「這裡沒有停屍所嗎？」昆恩先生不由自主的問道。

道金局長的眼睛又做了一次打量。「噢，這裡沒有，史密斯……好吧，羅伊先生，用你的報紙安撫鎮上的人，叫他們別緊張，好不好？我猜，照這個情況一定會引起很多人呼爹喊娘的……這裡沒有的，史密斯先生。我們得借用正規專業的葬儀社。你知道嗎，」他嘆道，「萊維爾過去從來沒發生過凶殺案，而我在這裡當警察局局長都已經快二十年了。醫生，你能幫個忙嗎？薩倫森驗屍官正在松樹林度他的新年假期哩。」

「驗屍的工作由我來吧。」魏勒比醫生簡短的說，然後起身離去，連個晚安也沒說。

昆恩先生站起來。卡特・布來福橫越房間，停住，回頭看。吉姆・海特仍然一動也不動的坐在椅子上。布來福動怒的說：「你還坐在這裡幹什麼？海特。」

吉姆緩緩抬起頭。「什麼？」

「你總不能一整個晚上都坐在這裡吧！你難道不上去看看你太太？」

「他們不讓我見她，」吉姆說，他大笑，拿出一條手帕擦眼睛，「他們不讓我去看她。」他從椅子上跳起來，衝上樓去。他們聽到一扇門重重關上的聲音——他進了他的書房。

「明早見了，各位。」道金局長說道，眼睛注視著艾勒里。

他們讓局長一個人留在凌亂的客廳裡，和露絲瑪莉·海特的屍體作伴。昆恩先生也想留下來，但道金局長的眼神似乎不希望有人作陪。

元旦早上十點整，當大家又聚在凌亂如故的客廳裡時，艾勒里才又見到了派翠西亞·萊特……所有人都到了，只除了娜拉，她在另一棟房子裡，臥病在以前睡的床上，闔上的威尼斯百葉窗後面，有露蒂在守候著。魏勒比醫生早上已經看過娜拉了，他不許娜拉離開房門一步，就連下床也不可以。「妳現在可是一隻生了病的小母雞了，娜拉，」他很嚴肅的向她說，「露蒂，妳要記住。」

「她要亂動就得先通過我這一關。」老露蒂說。

「可是我媽媽呢？吉姆人呢？」娜拉嚷道，掙扎著要從床上起來。

「我們……我們要到外頭耽擱個幾分鐘，娜拉，」派蒂說道，「吉姆沒事——」

「吉姆一定也發生什麼事了！」

「妳別操那麼多心好不好。」派蒂生氣的說，飛奔離去。

艾勒里在娜拉家的簷廊下等待派蒂到來。「我們進去之前，」艾勒里很快的說，「請聽我解釋——」

「我不怪你，艾勒里。」派蒂的臉色憔悴得幾乎和娜拉一樣。「事情也許會更糟的。被殺的人有可能是……娜拉。只差那麼一點。」她顫慄著。

「我為露絲瑪莉感到難過。」艾勒里說。

派蒂茫然的看著他，然後進屋去了。艾勒里在簷廊下梭巡著。這是個灰色的一天，灰得有如露絲瑪莉・海特的臉：灰而且冷，像是一具屍體……有一個人消失了——法蘭克・羅伊。愛咪琳・杜普瑞在門前經過，停住，觀察道金局長停在路旁的車子，皺起眉來……她緩緩起步，伸直脖子看向那兩棟房子。一輛汽車駛上山來，法蘭克・羅伊從車內跳出，然後是蘿蘭・萊特，他們一起跑上步道。「娜拉！她還好嗎？」蘿蘭嚷道。艾勒里點點頭。蘿蘭衝進屋去。

「我讓蘿蘭搭我的便車。」羅伊說道，他的呼吸也很急促，「她正往山上走來。」

「大家都在等你呢，羅伊。」

「我想，」報社老闆說：「你或許會覺得很好玩吧。」他大衣的口袋裡有一份打溼了的《萊維爾記事報》。

「像這樣的早晨，我並不覺得有什麼事情是好玩的。蘿蘭知道了嗎？」他們走進屋裡。

「不知道。她說她只是散散步，目前為止鎮上還沒有人曉得這件事。」

「他們會的，」艾勒里冷冷的說，「當你的報紙上市之後。」

「你的觀察可真他媽的入微，」羅伊嚷道，「不過我很欣賞你。聽我的勸，搭頭一班火車離開吧。」

「我喜歡這個地方，」艾勒里笑道，「為什麼要離開？」

「因為這是個危險的城鎮。」

「怎麼說？」

「當消息傳開之後，你就知道了。昨天晚上參加這場晚宴的人都會被講閒話。」

「行得正，坐得直，」昆恩先生道，「就不怕被人講。」

「你這樣想是很高尚。」羅伊聳聳他那寬厚的肩膀，「我可不以為然。」

「你擔心什麼?你自己就不是個簡單的人物。」

「你會聽到不少有關我的事。」

「我已聽了不少。」

「我真不懂，」報社老闆憤怒的說，「我為什麼要站在走廊跟一個傻瓜胡扯！」他重重的踩著地板走進客廳。

「毒藥，」魏勒比醫生，「是三氧化砷或一氧化砷，你愛怎麼想都可以。總之，是『白色』的砷化物。」

大家圍繞成一個不規則的圓圈坐著，像是在玩碟仙。道金局長站在壁爐前面，手拿一根紙條捲成的小棒剔著牙。「請繼續說，醫生。」道金說道，「你還發現了什麼？你剛才說對了，我們昨晚在化驗室裡化驗過了。」

「那東西在醫藥上大部分是用作代替物或補藥，」醫生語詞平板的說，「我們在處方上所開過的劑量從未超過六點五毫克，當然，從雞尾酒杯底的沈澱物並不能分辨——做到最起碼的準確——但是從毒藥發揮作用的速度來判斷，我估計那杯子裡有三到四克的砷化物。」

「據你所知……這玩意兒最近曾開給任何人當處方嗎？大夫。」卡特·布來福低聲問道。

「沒有。」

「我們發現到的東西比較多一點，」道金局長一臉鄭重的說，他環顧了一下。「那東西極有可能是一般的老鼠藥。而且除了海特太太和她丈夫的姊姊所喝的那杯雞尾酒外，別的東西裡頭都沒有那毒藥的蹤跡——別人的玻璃杯裡沒有、裸麥威士忌裡沒有、苦艾酒裡沒有、那罐調酒用的櫻桃裡沒有，其他別的玻璃製品裡也沒有。」

昆恩先生舉手問道：「你在下了毒的雞尾酒杯上發現了誰的指紋？道金局長。」

「海特太太的、露絲瑪莉·海特的、吉姆·海特的。沒別人的了。」艾勒里看得出他們所要傳遞的無聲訊息。娜拉的……露絲瑪莉的……吉姆的……此外再沒有別人的。真是令人讚嘆。昨晚大家離開之後，道金局長並沒有閒著。他採了被害人的指紋。他找到幾件無疑是屬於娜拉·海特的東西，也許是在她臥房裡找的吧，從中取得她的指紋。雖說吉姆·海特也整夜待在屋子裡，可艾勒里敢打賭吉姆並未受到打擾。和娜拉一樣，屋子裡有太多他的東西了。非常的妥善，非常的細心。這讓昆恩先生感到十分困擾——道金局長辦案方式如此的妥善與細心。他瞄了一眼派蒂，她正專注的望著道金，好像是被局長催眠了似的。「你驗屍的結果有何發現？醫生。」道金客氣的問。

「海特小姐死於三氧化砷中毒。」

「很好，大夫。嗯，現在咱們來做個總結吧，」道金局長說，「假如各位不反對的話。」

「儘管講吧，道金。」約翰不耐煩的說。

「好的，萊特先生。一如我們所知，兩位女士都中了那杯雞尾酒中的毒。問題是，酒是誰調的？」在場無人吭聲，「噢，這個我知道，是你，海特先生。是你調了那杯雞尾酒。」

吉姆·海特沒有刮鬍子，眼底一片混濁灰暗。「是我嗎？」他的喉嚨裡好像哽到東西，試著清了好幾下，「如果你要這麼說的話——我是調了那麼多杯——」

「是誰從廚房裡端著飲料出來的？」道金局長問道，「包括那杯被下了毒的酒？是你，海特先生。我沒說錯吧？因為這是我所獲悉的情報。」

「如果你是暗示——」荷美很不客氣的說。

「好吧，萊特太太，」局長說道，「也許我錯了。不過雞尾酒是你調的，海特先生，由你端出去，所以看來你是唯一有可能將老鼠藥下在酒中的人。不過那只是看起來如此而已。昨天晚上你在調完酒到端進客廳的時間裡，有沒有可能暫且將雞尾酒放在一旁，自己去做別的事，即使只是幾秒鐘而已？」

「你聽好，」吉姆說道，「也許我是瘋了。也許昨晚發生的事令我慌張失措。但你是什麼意思？難道我涉嫌想毒死我太太？」

像是一股清風吹進了氣氛氤氳的房內，空氣再度變得清新起來。約翰的手從眼睛旁邊垂落下來，荷美恢復了氣色，而派蒂也注視著吉姆。

「那是胡說八道！道金局長。」荷美冷冷的說。

「你有沒有？海特先生。」道金問道。

「那盤雞尾酒當然是我端到這裡來的！」吉姆站了起來，開始在局長面前走來走去，像是位演說家。「我在調製曼哈頓雞尾酒——最後那一整盤——並準備加入酒釀櫻桃的時候，曾經暫時離開餐具室幾分鐘。事情就是如此！」

「很好，」道金起勁的說，「現在我們談到節骨眼了，海特先生。有沒有人趁你沒看到或不注意的時候從客廳跑進去，在雞尾酒中下毒？我是指，當你人不在餐具室的時候。」

新鮮的空氣又不見了，他們再度處於令人窒息的氣氛當中。是否有人從客廳偷偷進入餐具室——

「我沒有在雞尾酒中下毒，」吉姆說，「因此一定是有人偷偷跑進去。」

道金迅速轉身過來。「當海特先生在廚房裡調製最後一道雞尾酒時，誰離開了客廳？這點非常重要，請注意。請大家仔細想！」艾勒里點了根香菸。一定有人注意到他和吉姆同時消失，這是避免不了的……但是他們立刻私下交談起來，艾勒里猛吐了幾口煙圈。「當時的情況下，大家都沒走開，」局長說道，「喝了那麼多酒，又正在跳舞，房間暗了下來，可蠟燭又繼續點著……但是，」道金忽然補充道，「那並沒有什麼不一樣。」

「你這話什麼意思？」派蒂迅速問道。

「我的意思是說，這並不是重點所在，萊特小姐。」這回道金的聲音變得相當冷，使得屋內的溫度降了下來。「癥結在於：端出來的雞尾酒是誰分配給大家的？回答我這個問題！因為誰將雞尾酒端出來，在酒裡頭下毒的人就是誰！」

精彩極了，大傻瓜，昆恩先生想著。你把你的聰明才智浪費在搞不出名堂的地方了……我所知道的事你並不知道，但你卻同樣的敲中最根本的要點。你該好好運用你的智慧才是……

「是你將它們端出來的，吉姆·海特，」道金局長說道，「不會有人下毒時將老鼠藥放進其中一個杯子裡，而讓上帝決定誰該挑中那一杯酒！不會這樣的，那樣太說不過去了。你太太拿了那杯被下了毒的雞尾酒，而那杯酒是你遞給她的，是不是？」

現在他們的呼吸都沈重起來，像是在大浪之中游泳，吉姆的眼睛紅透了。「是的，酒是我拿給她的！」他嚷道，「這樣你滿意了嗎？你這該死的大偵探！」

「相當滿意。」局長溫吞的說，「而問題是，海特先生，有一件事你並不知道。當你離開客廳去再調一點飲料，或者去拿別的什麼的。你並不知道你姊姊露絲瑪莉會吵著要另一杯酒喝，而且你也沒料到你太太會將那杯只喝了幾口的酒給她，那杯你預計她會整杯喝掉的酒，你姊姊將那杯酒一把拿了過去，然後一口氣喝下。結果沒殺死你太太，反倒殺死了你姊姊！」

吉姆嘶啞的說：「你當然不能相信是我計畫幹這件事情的，道金。」

道金聳聳肩。「海特先生，我只知道我的第六感告訴我的事。這件事的事實說明你，也只有你，有那個——他們都管它怎麼說的——機會。所以你或許沒有他們所謂的動機——這我可不清楚，你有嗎？」

這是個解除武裝的問題——男人對男人的。昆恩先生心中充滿了讚嘆。絕妙的策略。

吉姆喃喃說道：「你想知道為什麼我結婚才幾個月就想殺死我太太。你去死吧。」

「那不是回答。海特先生，你能夠幫幫忙嗎？你可有什麼理由？」

約翰抓緊了椅子的扶手，看了看荷美。但這麼做並未得到回應；只有驚悚。

「我女兒娜拉，」約翰囁嚅的說道，「在嫁給吉姆之時——根據她祖父的遺囑——便繼承了十萬美元的遺產。如果娜拉死了……吉姆將會得到這筆錢。」

吉姆頹然而坐，看了過來，又看了過去。道金局長向布來福檢察官打了個手勢。他們離開了房間。五分鐘後他們又回來，卡特的臉白得不能再白，直直的看著前方，避開了大家的眼神。

「海特先生，」道金局長嚴肅的說，「我希望你不要離開萊維爾。」

接下來就是布來福的工作了，艾勒里想。他不會有所憐憫，而是公事公辦。這還不是個法律案件。客觀條件是很糟，但還不足以成立案子。但是，這終究會成為一件刑案的。看著形容清瘦、步履蹣跚的警察局長道金，昆恩先生知道，這件事勢必成為一件案子，除非奇蹟出現，否則吉姆·海特再也無法在萊維爾的街道上徜徉了。

15 娜拉的話

起初整個萊維爾所能談論的是事件本身。這是椿耐人尋味的事件，一個被害人、一具屍體。在咱們萊維爾。在萊維爾！那個旁若無人、高傲自大，「老子比你有錢」的第一家庭！下毒！想想看，有誰料得到？而且才沒多久——還記得那個婚禮嗎？

那個女人。她是誰？吉姆・海特的姊姊。羅絲瑪麗亞？不對，是露絲瑪莉。噢，反正無所謂。她死了。我見過她一次。很會打扮。你對她頗有感覺？不夠漂亮。親愛的，我改天再告訴我老公好了……

那是椿謀殺。露絲瑪莉・海特，天曉得那個女人是打哪兒來的，她喝了下過毒的曼哈頓雞尾酒，其實那是準備要毒死娜拉・海特的。這件事就刊載在法蘭克・羅伊的報紙上……法蘭克人在現場。喝酒嘛。狂歡舞會。倒下去就死了。口吐白沫。噓，別讓孩子聽到……想必法蘭克・羅伊不會將整件事情完整交代……當然不會。不管怎麼說，《記事報》是一份家庭式報紙嘛！

希爾路四百六十號。災難之屋。你記不記得？前兩年《記事報》裡頭寫的那件事。起先是吉姆從結婚典禮脫逃，讓娜拉·萊特整個人都呆掉了——房子蓋好了，也裝潢好了，裡裡外外一應俱全！然後是那位叫做什麼的傢伙從哪裡來了？不管怎樣，就當他正準備向約翰·萊特買下那棟房子的時候，忽然就倒下去死了。而現在——那裡竟然發生了謀殺案！嘿，就算約翰要把他金庫裡的錢都給我，我也絕不踏進那倒楣的房子一步！

貝絲，妳有沒有聽說？他們說……連日來萊維爾所談的淨是這件事情。

圍城戰役已經展開，艾勒里·昆恩先生發現自己在不知不覺之間成為防線的一名士兵。人們像是奔走不迭的螞蟻般在希爾路上上下下，逗留在萊特與海特家外面，拾取多汁味美的樹葉碎屑，打了場勝仗似的帶回城鎮裡頭。愛咪琳·杜普瑞從來就沒那麼紅過。她正巧住在隔鄰！愛咪琳，妳知道些什麼？愛咪琳告訴了他們。愛咪琳家的簷廊於是成為服務大眾的職業介紹所。只要兩戶人家的窗戶後頭冒出一張臉，便會引起一陣騷動、一陣驚嘆。

「我們出了什麼事？」荷美呻吟道，「不。我不要接電話！」

蘿蘭不悅的說道：「咱們家成了倫敦的『恐怖之屋』了，很快就會出現一些三姑六婆開始收門票了！」打從新年那天早上起，蘿蘭就沒有離開過。她和派蒂擠一個房間，夜間她默默在派蒂的浴室裡清洗自己的內衣和長襪，不接受家人給的任何東西，吃飯時則到那棟「不祥」的屋子裡和吉姆共用。在一月的前幾天，蘿蘭是這個家庭唯一在外頭亮相的成員。元月二號她對愛咪琳·杜普瑞說了一番話，說得愛咪琳臉色發白，倉皇跑回她家的簷廊，像一隻受驚的老螃蟹。「我們就像那些展覽的蠟像，」蘿蘭說，「七尊開膛者傑克，注視著你們這些該死的偷窺狂！」

愛貝塔·曼娜絲嘉被嚇跑了，於是由蘿蘭煮飯給吉姆吃。吉姆什麼話也沒說，他一如往常的到銀行上班。約翰也沒說任何話，照常去銀行。在銀行裡，岳父和女婿彼此也不交談，荷美像個遊魂似的在自己的房間裡飄盪，用手帕搗著她小巧的鼻子。娜拉大部分時間都發著高燒，吵著要見吉姆，病得很嚴重，枕畔始終帶有淚溼的痕跡。卡特·布來福把自己關在郡地方法院的辦公室裡，鎮民熙來攘往，每天一到特定的時刻，他都會和警察局長道金商談，煞有介事的保守祕密。

昆恩先生把這些默默的看在眼裡，迴避每一個人的視線。法蘭克·羅伊說得沒錯，有人在談論著「那個叫做史密斯的人——他是誰？」還有其他更具危險性的談論，他將這些都記入筆記本裡，取名作「神祕的陌生人——一名嫌犯」。他始終沒有遠離娜拉的房間，命案發生之後的第三天，當派蒂從娜拉房裡出來時，他向她招手，要她到樓上他的房間。他將門鎖上，「派蒂，我一直在想。」

「希望這對你有好處。」派蒂無精打采的說。

「今天早上魏勒比醫生在這裡的時候，我聽到他在電話上和道金局長講話。郡裡的驗屍官薩倫森已經結束休假，兼程趕回鎮上來了。明天他們會展開偵訊。」

「偵訊！」

「這是法律案件啊，親愛的。」

「你的意思是，我們都得……離開家裡？」

「是的，恐怕還要出面作證。」

「娜拉可不行！」

「不會的，魏勒比不會讓她離開床鋪的。我聽到他這麼跟道金講。」

「艾勒里……他們打算做什麼呢？」

「建立犯罪事實的檔案。設法找到事情的真相。」

派蒂說道：「事情的真相？」然後一臉的驚慌。

「派蒂，」艾勒里嚴肅的說，「妳和我現在都站在迷宮的十字路口——」

「什麼意思？」但她知道是什麼意思。

「這已經不再是潛在的犯罪行為，它已經發生了。一個女人已經死了——這和她是不是死於意外並沒有關係，既然一件謀殺案被計畫且著手執行，所以法律也牽涉進來了……」艾勒里不悅的說，「一套最有效率的法律，我得說……從現在起將會有一大堆的調查、刺探和挖掘，直到真相大白。」

「你試圖說明，而且描述得那麼糟糕的，」派蒂接著說，「是我們必須告訴警方我們所知道……而他們不知道的事？」

「我們有能力將吉姆·海特送上電椅。」

派蒂一躍而起，艾勒里將她的手扣住。「事情還沒搞清楚呢！你自己也不相信吧！連我也不相信，何況我是他的小姨子啊……」

「我們現在談的是事實，以及根據事實所做的推論，」艾勒里著惱的說，「不能感情用事——道金肯定不會如此，儘管布來福或許會。你難道不知道妳我兩人保有警方所不知道的四個情報——四個能證明吉姆計畫並著手進行謀殺娜拉的事實？」

「四個？」派蒂躊躇的說，「有那麼多？」

艾勒里讓她重新坐好，她仰頭望著他，眉頭緊蹙。「第一點：由吉姆所寫，現在放在隔壁娜拉房間裡帽盒底層的那三封信——那三封信能證實吉姆在娜拉根本沒生病的時候就預料到她會死！顯然是預謀。」派蒂潤了潤唇。「第二點：吉姆需錢應急。因為我們知道他拿娜拉的首飾去典當，又向她要錢，若加上道金所知道的——娜拉一死，吉姆就能拿到一大筆遺產——兩者結合起來，將會形成一個強而有力的動機。」

「是的，是的……」

「第三點：吉姆那本毒物學的書，畫線做記號的是吉姆特有的紅色蠟質鉛筆……那段文字談到三氧化砷，後來加在娜拉雞尾酒裡的正是那種毒藥，還幾乎把娜拉毒死了。而第四點，」艾勒里搖搖頭，「是只有我才能使它成立的，因為除夕那天晚上我將吉姆的一舉一動看在眼裡，這個事實就是：除了吉姆以外，沒有人能在那致命的雞尾酒中下毒。所以我可以證明，吉姆不但有最好的機會在那飲料中下毒，而且他是唯一有機會的人。」

「這還不包括那天下午他在『熱點』喝得大醉，我們就把他帶離開時，他說的那些威脅娜拉的話──他說他要除掉她。道金聽到了，卡特也聽到了……」

「以及，」艾勒里慢慢的補充道，「在此之前娜拉兩度遭到砷中毒的事──感恩節和聖誕節，正好都跟吉姆的頭兩封信巧合……漂亮的推理，把它們都放在一起，派蒂。知道這些之後，有誰不相信吉姆要謀殺娜拉？」

「可是你就不相信。」派蒂說。

「我可沒那麼說，」艾勒里緩緩的說，「我是說……」他聳聳肩。「問題在於：我們現在還無法判斷。明天在偵訊時，我們該不該把這些說出來？」

派蒂咬著指甲。「但如果吉姆是清白的呢？我怎能能夠像法官和陪審團那樣去判定一個人的死罪──你又怎麼能夠？而那個人還是你認識的？艾勒里，我做不到。」派蒂愁眉苦臉起來，一個悲傷的少女。「更何況，」她熱切的說，「他不會再試了，艾勒里！不是現在，不是在他誤殺了他的姊姊之後，也不是在發生了這一切、警方都開始介入的時候──我是說，這件事如果是他幹的話……」

艾勒里搓著雙手，好像手在發癢，雙眉深鎖的在她面前走來走去。「告訴妳我們該怎麼做好了，」他最後說，「我們讓娜拉來做決定。」派蒂睜大了眼睛。「她是被害人，吉姆是她丈夫。對，我們就讓娜拉來下決定。妳覺得怎麼樣？」

派蒂呆呆的坐了良久，然後站了起來，走到門邊。「媽在睡覺，爸在銀行，露蒂在樓下廚房裡，蘿蘭在隔壁……」

「因此娜拉現在是一個人。」

「艾勒里，」艾勒里打開房門的鎖，「謝謝你這個聰明的傻瓜——」他拉開了房間的門。「甘於冒這個險——把自己也牽扯進來——」他輕輕將她推向樓梯口。

娜拉蓋著一件藍色的棉被，身體蜷縮成一團，眼睛注視著天花板。她徹底被嚇壞了，艾勒里想。

「娜拉，」派蒂快步走向床前，將娜拉瘦弱的手握在她曬黑的雙手當中，「妳的情況適合談話嗎？」

娜拉的視線從她妹妹身上飛到艾勒里那裡，然後像驚弓之鳥般急急躲藏。「什麼事？怎麼一回事？」她的聲音因痛苦而緊繃。「是吉姆他——他們——？」

「沒事，娜拉。」艾勒里說。

「艾勒里只是覺得——我覺得——現在該是咱們三個人相互了解一番的時候了，」派蒂說，接下來她嚷道，「娜拉，我求求你！別把自己封鎖起來！聽我們說！」娜拉打起精神，雙手吃力的撐在床上，直到坐好為止。派蒂俯臨著她，突然之間，她看起來就像是荷美。派蒂將娜拉床上的床套拉好。娜拉注視著他們。

「別害怕。」艾勒里說。派蒂將枕頭墊在娜拉肩膀後面，在床緣坐下，又執起娜拉的手。然後艾勒里輕聲的告訴娜拉關於派蒂和他所知道的事——從頭說起。娜拉的眼睛越睜越大。

「我試著要告訴妳，」派蒂哭著說，「可妳就是不肯聽！娜拉，為什麼？」

娜拉輕聲說道：「因為那不是事實。也許我一開始認為……但不是。不是吉姆。你們不了解吉姆。他很怕外面的人，所以他表現得旁若無人，但在內心裡他還是一個小孩子。當你與他單獨在一起的時候，他很軟弱。軟弱到——不敢去做你們想像他會做的事。噢，求求你們！」娜拉摀住臉哭了。「我愛他，」她啜泣道，「我一直愛著吉姆！我絕不相信他想殺我。絕不。絕不！」

「可是那些事實，娜拉——」艾勒里洩氣的說。

「噢，事實！」她拿開了雙手，溼潤的眼睛炯炯有神，「我何必在乎那些什麼事實？真正的事實只有女人知道。有些事情錯得太離譜，你們根本就發現不到。我不知道是誰連著三次下毒害我，可是我知道那絕不是吉姆。」

「那三封信呢？娜拉。那三封吉姆手寫的信，裡面預告了妳的病情，妳的……死亡？」

「那不是他寫的！」

「可是娜拉，」派蒂說，「吉姆的筆跡——」

「是偽造的。」娜拉現在在喘氣了，「你們難道不曾聽過偽造筆跡嗎？它們是偽造的！」

「那麼我們聽到他講的威脅妳的話又怎麼說？那天我打電話給妳，當時他喝醉了。」艾勒里問。

「他那時候神智不清，不能負責！」

眼淚沒有了，她在搏鬥。艾勒里將全案最要命的地方提出來和她檢討，她全力還擊，所用的武器不是相對的事實，而是信任。一種堅固無比、懾人心魂的信任。最後艾勒里已是和兩個女人爭辯，而且沒有盟友了。「可是妳不明白——」他爆炸了，舉起了雙手。然後他笑了。「妳希望我怎麼做呢?我儘管笨，但我會去做。」

「剛才那些事都不要告訴警方!」

「好吧，我不說。」

娜拉軟癱下來，閉上眼睛。派蒂親吻她，然後向艾勒里打了個手勢，可是艾勒里搖頭。「我知道妳已經筋疲力盡了，娜拉，」他溫和的說，「不過我既然已成為共犯之一，就有權利知道妳全部的祕密。」

「你儘管問。」娜拉疲倦的說。

「三年前吉姆為什麼棄妳而去?當時你們正要舉行婚禮，吉姆卻離開了萊維爾。」

派蒂焦慮的看著她姊姊。「那，」娜拉嚇了一跳，「那並不代表什麼。那件事和這件案子一點關係也沒——」

「無妨，我只是想知道。」

「你必須了解吉姆。當我們認識、談戀愛等等的時候，我一直不知道吉姆竟是這麼一個講求獨立自主的人。我以為在吉姆可以自立之前，接受我爸爸的幫助並沒有什麼不對。我們就這件事爭論了好久，吉姆始終要我靠他出納員的薪水過活。」

「我記得你們為這件事爭吵過，」派蒂含糊的說，「可我做夢也沒想到會這麼——」

「我也沒有很嚴肅的看待這件事。當媽媽告訴我，爸爸已經將那小房子蓋好並裝潢好，作為送給我們的結婚禮物時，我想我該守口如瓶，好給吉姆一個驚喜。所以我直到婚禮前夕才告訴他。他氣瘋了。」

「原來如此。」

「他說他已經在本鎮的另一邊租了一間小木屋，一個月租金五十美元——那是我們僅僅負擔得起的，他說，我們得學會靠他的收入過活。」娜拉嘆了口氣，「我想我也動了氣，我們……大吵一架，吵翻了臉。然後吉姆就跑走了。這件事情就是如此。」她抬起頭，「真的是這樣。雖然吉姆離我而去只是因為像這樣的事，但我從未將這件事告訴爸爸、媽媽或任何人——」

「吉姆一直沒有寫信給妳？」

「一次也沒有。而我……幾乎活不下去。整個鎮的人都在談這件事……然後吉姆回來了，我們都承認自己有多傻，於是我們就結婚了，一直到現在。」

所以從一開始就是這個房子在作怪，艾勒里想。怪哉！每次他回首這件案子，這個房子就在那裡。災難之屋……艾勒里開始覺得發明這個名詞的記者真是別有見地。「而從結婚開始，你和吉姆就一直這麼爭吵嗎？」

娜拉顯得有點退縮。「錢。他老是向我要錢。我的胸針，還有別的東西……但這只是暫時性的，」她接下去說，「有一陣子他在十六號公路旁的房子裡賭博——我想每一個男人都會經歷這樣的階段——」

「娜拉，妳能告訴我妳對露絲瑪莉‧海特的看法嗎？」

「我不知道。我知道她死了，這樣說聽起來不太好，可是……我不喜歡她。就這樣。」

「阿們。」派蒂不悅的說。

「我這樣說可能是自尋煩惱，」艾勒里喃喃的說，「但我的意思是——妳是知道她可不可能跟……嗯，跟那三封信、吉姆的行為，以及整個謎團有所關聯？」

娜拉緊張的說：「吉姆不願意提起關於她的事。可是我很清楚我的感受。她這個人很糟，艾勒里。我不懂她為什麼會是吉姆的姊姊。」

「噢，偏偏她是，」艾勒里振奮的說，「現在妳已經很累了，娜拉。我得謝謝妳，讓妳那麼費事的告訴我不要插手管那麼多不該管的事。」娜拉和他握手，接著他走開了去，派蒂則走進浴室去擰毛巾，給她姊姊的頭做冷敷。

沒有收穫。一點收穫也沒有。而明天就要去應訊了！

16 阿拉姆人

薩倫森驗屍官對整件事相當緊張，只要觀眾超過三個以上都會導致他的聲帶麻痺；而這是一次公開的紀錄，也是這位驗屍官唯一一次在大庭廣眾面前為了喘氣以外的目的，張開他的嘴巴——他有氣喘的毛病——這一年也是傑西·佩提古自長大成人以來，首度想要了解為何驗屍官辦公室不該經投票廢止其存在——偉大的薩倫森上任了九年，從來沒遇到一具屍體，以證明公家付他薪水的正當性。但若真這麼問，所有的驗屍官可能都會結結巴巴的說：「但，萬一……」喔，那就是為了現在，終於，出現了一具屍體。

可是一具屍體就意味著一次偵查，那意味驗屍官得列席馬丁法官的法庭（臨時向本郡法院借來的）並且擔任主席；而且也意味著他必須開口說話，而且要說不少話，在數以百計虎視眈眈的萊維爾鎮民的眼前——更別提是在道金局長、布來福檢察官、本郡警政廳長吉爾芬以及天知道他是誰的注視之下了。猶有甚者，在場還有約翰·萊特。一想到這個尊貴的姓名和一樁骯髒的凶殺案發生關聯，驗屍官就雙膝發軟；約翰可是他家的守護神啊。

因此當驗屍官薩倫森敲著議事槌，要求在場擠破頭的人安靜之時，他成為一位神經緊張、處境悲慘且瀕臨絕望的男人。而在挑選驗屍陪審團的過程裡，他卻變得更神經緊張、更處境悲慘，而且更瀕臨絕望，直到最後他的緊張與悲慘終於被絕望所取代，他看到他必須縮短他所受的折磨，以及保住——如果有可能的話——萊特家族這塊招牌的顏面。

說老驗屍官故意破壞作證程序，那對於這位萊特郡最佳的馬蹄鐵投擲選手而言並不公平。不是的，這位驗屍官只是打從一開始便認定任何姓萊特，或者和萊特這個姓氏有關的人，都不可能在良知上有一丁點的瑕疵。因此很顯然，一切若不是純屬重大誤會，便是這位可憐的女人自殺或別種原因，除此之外，那或許是……其結果讓道金非常不滿，萊特家的成員鬆了一口氣，艾勒里·昆恩先生則在寬慰中帶著些許的悲哀而——最重要的——全萊維爾都大失所望，因為被搞得七葷八素的驗屍陪審團，在經過連日來的爭辯、升溫和翻臉之後竟然做了一個無關痛癢的裁定：「死於不知名者之手。」

道金局長和布來福檢察官立刻退到布來福的辦公室，進行另一次會商；萊特家的人謝天謝地的火速返回家中，薩倫森驗屍官則逃回位於火車調車場附近，祖先留下有十二個房間的家中；把自己鎖在裡面，雙手顫抖的開了一瓶陳年的醋栗酒，痛飲一場，那酒還是他那沒爹沒娘的表姐於一九三四年嫁給辛普森老頭的兒子柴嘉里阿時所留下來的。

□

棺木緩緩、緩緩的降入地底下一個挖了六呎深的洞中。她叫做什麼名字？羅莎琳？羅絲瑪麗亞？許多人都說她是一位迷人的女子。他們所埋葬的——吉姆·海特用毒藥誤殺的——是他的姊姊……誰說是吉姆·海特幹的……？嗄，昨天的《記事報》上正好有報導嘛！你難道沒看到嗎？法蘭克·羅伊並沒有這麼說；不過你如果看了那篇文章你就會了解……當然啦，法蘭克很難過。過去他對娜拉·萊特一片癡情，卻被吉姆·海特橫刀奪愛。我從來就不喜歡海特。他是那種冷酷無情的傢伙——從不將你看在眼裡，我覺得……那麼說他是凶手囉，是嗎？為什麼他們不逮捕他？那正是我想要了解的！

塵歸塵，土歸土……你想這裡頭會有骯髒事兒在進行嗎？不被打死才怪！幾年前卡特·布來福和派翠西亞·萊特就在談戀愛了，她是吉姆·海特的小姨子。啊，有錢人總是能脫得了罪的。如果我們認真執法的話，沒有人能在萊維爾撇清謀殺罪——

緩緩的、緩緩的……露絲瑪莉·海特安葬於東雙峰墓園，而非人們想當然爾的西雙峰墓園，那裡是萊特家族兩百多年來安葬其先人的處所。墓地的交易是由約翰·萊特和雙峰風水地產公司業務經理彼特·卡蘭德達成的，約翰·萊特是幫他女婿的忙，售價六十美元。在葬禮結束後回家的路上，約翰沈默的將墳地的契據交給了吉姆。

第二天早晨，昆恩先生刻意早起，看到災難之屋門前的人行道上被人以學校用的紅色粉筆寫下「殺妻凶手」四個大字，他將它們擦掉了。

□

「早安。」上村藥房的麥倫・葛巴克說道。

「早安，葛巴克先生，」昆恩先生說，他皺了一下眉頭，「我有個麻煩。我租了一間房子，花園裡有一個小型溫室——種了一些蔬菜，老天！一月裡頭！」

「嗯？」麥倫茫然問道。

「唔，我個人很喜歡小品種的番茄，我的溫室裡就有一兩棵生長得不錯的番茄，可是這種植物卻遭到一種圓型小蟲的破壞——」

「唔，是黃色的嗎？」

「對，翅膀上還有黑色的條紋。起碼，」昆恩先生無助的說，「我想那是黑色的。」

「牠們吃葉子嗎？」

「那些害蟲正是這麼幹的！葛巴克先生。」

麥倫笑得很開懷。「Doryphora decemlineata，對不起，我秀了一下拉丁學名。有時候我們管牠們叫番茄金龜，不過一般都叫做番茄甲蟲。」

「那麼牠們就是專吃番茄的了，」昆恩先生不安的說，「番茄甲蟲！學名叫Dory——什麼？」

麥倫搖搖手。「沒關係。我想你是要找點東西來遏阻牠們，嗯？」

「永遠遏阻。」昆恩先生陰鬱的臉上現出殺意。

麥倫翻箱倒櫃的胡忙一陣，拿出一個小號的錫罐，用上村藥房醒目的粉紅條紋包裝紙包了起來。「這玩意兒很管用！」

「這東西裡頭有什麼玩意兒可以對付小蟲？」昆恩先生問道。

「砷化物——三氧化砷，濃度大約百分之五十五。技術上說來……」麥倫頓了頓，「我的意思是，嚴格說來，它的成分是亞砷酸銅，但卻是由其成分中的砷來殺蟲。」他把殺蟲劑封好，昆恩先生給了他一張五美元紙幣。麥倫轉過身打開收銀錢。「這玩意兒使用時要當心，當然啦，它是有毒的。」

「我正希望如此！」昆恩先生一本正經的說。

「找你五毛錢。」麥倫說，「謝謝你，歡迎再度光臨。」

「砷化物，砷化物，」昆恩先生饒舌的唸道，「嘿，這玩意兒不正是我在《記事報》裡唸到的那種東西嗎？我是指那件謀殺案？好像有個女人在除夕夜晚會裡喝了摻有這種東西的雞尾酒？」

「是的。」藥房老闆說。他很銳利的看了艾勒里一眼，轉過身去，讓他的顧客看清楚他頸項上的灰髮以及寬厚的肩膀。

「不曉得他們從哪兒得來這種東西，」昆恩先生聒噪的說，再度將身體俯向櫃台，「你需要一份處方箋，是吧，由醫生開的？」

「沒有必要。」艾勒里感到葛巴克藥劑師的語氣減弱了，「你現在並不需要那東西！有些藥品裡多少含有一點點砷化物。」他煩躁的將幾個罐子放到刮鬍水的藥架子上。

「但如果一個藥劑師沒有醫師的處方就出售砷化物的話——」

麥倫·葛巴克很生氣的轉過身來。「他們找不到我任何不良紀錄的！我告訴道金的就是這些，而海特先生若要取得它，就必須買——」

「什麼？」艾勒里問，閉住了呼吸。

麥倫咬住了嘴唇。「對不起，先生。」他說，「這件事我真的不能說。」然後他猛然一驚。「等一下！」他嚷道，「你不就是那個——？」

「不是的，」昆恩先生緊接著說。「早安！」他趕緊奪門而出。

可見得那東西是向葛巴克買的。一個東西、一條線索，而道金已經靜悄悄的找了出來。他們在抓吉姆·海特的毛病——靜悄悄的。

艾勒里邁步走過廣場上溜滑的卵石，目標是荷里斯飯店附近的巴士站。一陣冰冷的風呼嘯而過，他摺起大衣上的領子，側過身護著臉龐。當他轉身時，見到一輛汽車駛進了廣場另一端的停車位，吉姆·海特高大的身軀從車中出來，快步走向萊維爾國家銀行。五個小男孩拎著用繩子綁住的書大搖大擺的尾隨著吉姆，在他身後排成一列縱隊。艾勒里好奇的停了下來。他們顯然在戲弄吉姆，因為吉姆站住了，轉過身對他們說了些話，還很生氣的比了個手勢。小男孩們後退了幾步，吉姆轉身而去。

艾勒里大叫一聲。其中一位男孩撿起一塊石頭，擲了出去，出手很用力。吉姆摀住臉蹲了下來。

艾勒里拔腿穿越廣場。但是其他人已看到這次攻擊，當他抵達廣場另一端時，吉姆已經被一群人圍住了。小男孩不見了蹤影。「拜託，請讓我過！」吉姆感到不知所措，他的帽子掉了，鮮血從他沙黃色頭髮裡的一塊暗處流了下來。

「下毒的人！」一名肥胖的婦人說道，「就是他——他就是下毒人……」「殺妻者！……」「他們為什麼不逮捕他？……」「咱們這個地方的法律到底出了什麼問題？……」「他應該被吊死！……」一名皮膚黝黑的瘦小男子踹走了吉姆的帽子。一位臉龐腫得像麵團的婦人跳到吉姆面前，大聲尖叫。

「不要那樣！」艾勒里吼道。他一掌將瘦小男子推到一邊去，一腳跨進婦人與吉姆中間，隨即說道：「離開這裡，吉姆。快點！」

「我被什麼東西打到了？」吉姆問道，他的雙眼失神，「我的頭——」

「將那個骯髒的雜種凌遲處死！」

「另外那個傢伙是誰？」

「連他一起打！」

艾勒里忽然發現自己正和一群普通人打扮的瘋狂野獸做生死搏鬥，他一面打一面想：管閒事的下場就是這樣。離開這個鎮吧。這樣很不好玩。他用手、腳、肘，甚或拳頭設法將這群尖聲喊叫的群眾，隨他一起往銀行大樓的方向移動。「打回去，吉姆！」他喊道，「保護自己！」

但吉姆的雙手依然垂在兩旁，他大衣的一個袖子已經不翼而飛了，臉頰上汨汨流下一道血痕，他任由自己被推、撞、抓、打、踢。然後出現了由一個女人組成的裝甲兵團，從路邊向群眾衝了過來，艾勒里腫大的嘴唇痛苦的笑著。一位沒戴帽子卻戴雙白手套的女人瘋狂的打了進來。「你們這些食人族！放開他們兩個！」派蒂尖叫道。

「喔！」

「你活該，荷西‧馬洛！還有妳——藍絲曼太太！妳不覺得丟臉嗎？還有妳這個喝醉酒的老太婆，妳——對，就是妳，茱莉‧愛司特羅！住手！住手，聽到了沒有。」

「打得好，派蒂！」群眾外圍的一名男子喊道，「停手吧，各位——好啦，沒有必要再打了！」

派蒂鑽到作困獸鬥的男人身邊，與此同時，銀行派出來的「特使」布茲‧康格瑞斯衝了出來，和群眾打成一團。布茲重達兩百一十五磅，拳頭很有分量，眾人都被打得呱呱亂叫，四散奔逃，艾勒里和派蒂這才扶著吉姆穿越人群進了銀行。老約翰迎向他們，用胸膛隔開了群眾，他的銀髮在風中飛舞著。「回家去吧，你們這群瘋子！」約翰咆哮道，「要不然我自己去跟你們拚！」

有的人在大笑，有的人在呻吟，繼而是一種激情過後引起的良心不安，暴亂漸漸退潮了。艾勒里協助派蒂扶著吉姆，從玻璃門望出去，馬路邊站著法蘭克‧羅伊高大而沈默的身影。報社總編輯的嘴角苦澀的牽動著，當他看到艾勒里望著自己時，他笑了，皮笑而肉不笑，好像在說：「記得我告訴你這個城鎮的事了嗎？」然後他晃動身軀走過了廣場。

派蒂和艾勒里載著吉姆回到希爾路上的小屋。他們發現魏比醫生在等候他們——約翰從銀行裡打電話給他。「有好幾處抓傷，」魏勒比醫生說道，「若干地方打得瘀血，還有一道滿深的傷口，不過他會痊癒的。」

「史密斯先生怎樣了呢？米羅叔叔。」派蒂擔憂的問。「他看起來也好像是從絞肉機裡逃出來的呢！」

「別忙，別忙，我好得很。」艾勒里抗議道。

但魏勒比醫生也料理了艾勒里。

醫生走後，艾勒里脫下吉姆的外衣，由派蒂幫著送上床鋪。吉姆立刻轉過身去，將包紮著繃帶的腦袋枕在虛弱無力的胳臂上，閉上了眼睛。兩人注視著他好一陣子，再輕輕走出房間。「他連一個字也不肯說，」派蒂難過的說，「連一個字。前前後後……他就像是被聖經遺棄的人！」

「約伯，」艾勒里冷靜的說，「緘默、受傷的阿拉姆人。嗯，你這位阿拉姆人從現在起最好離鎮上遠一點！」

這天之後，吉姆不再到銀行去了。

17 美國發現了萊維爾

在一月和二月之間的那段艱苦日子裡，艾勒里·昆恩先生不斷兜著圈子。不論他一開始畫出多麼直的一條直線，最後卻掙脫不了的發現自己又回到了原點……更糟的是，他知道金局長和布來福檢察官已經超前了。無聲、靜悄悄的。艾勒里並沒有告訴派蒂，在這種祕密調查之下，多大的一張法網已經編織成了。她的心情已經夠壞了，別再火上加油了吧。

再來就是報紙。顯然法蘭克·羅伊其中一篇水花四濺的誇張報導，已經濺出一滴落到了芝加哥；一月開始的沒幾天，露絲瑪莉·海特的葬禮才剛結束，午後的特快車下來一位腰身三十八吋但穿著很得體的女人，她的頭髮斑白、眼露倦意，一落地便要艾德·霍奇士載她直接殺到希爾路四百六十號。隔天二百五十九哩外美國各大報的讀者便知道，那位好女人洛波塔再度為愛奮鬥了。

由洛波塔·羅勃絲撰寫的「洛波塔專欄」，開頭幾行是這麼寫的：

今天在美國一個叫做萊維爾的小鎮裡，上演了一齣曲折離奇的浪漫悲劇，由一男一女分飾悲劇的主角，整個社區的人扮演壞蛋的角色。

這對其他報紙而言已經足夠了。洛波塔的鼻子對一些稀奇古怪的東西一向嗅覺很靈，編輯們開始去翻閱過期的《萊維爾記事報》。到了一月底，鎮上來了為數一打的第一線記者，察看洛波塔·羅勃絲在挖掘些什麼東西。法蘭克·羅伊頗為合作，於是將吉姆·海特這個名字窮本溯源的頭條報導，便出現在美國每一份報紙的頭版。

外地的新聞工作者成群結隊的來到本鎮，這些男男女女採訪、寫作並且到維克·卡拉提的「熱點」，以及高斯·奧爾森的「路邊小館」猛喝不摻水的波本威士忌，使得荷里斯飯店旁的當克·麥克里恩緊急打電話找菸酒供應商切貨。白天他們遊手好閒的逗留在地方法院，將口水吐在守衛洪納貝里潔淨的前廳瓷磚上，跟蹤道金局長以及布來福檢察官以獵取故事及鏡頭，而且對世俗的評價沒有適當的尊重（雖然他們很忠實的拍電報給他們的編輯）。他們大部分都住在荷里斯飯店，發現房間不夠，見到床鋪便占為己用。布魯克斯經理抱怨說，他們已經將他的大廳變成了「豬圈」。

後來到了起訴階段，他們若不是在十六號公路，就是在中央西街的寶石劇場消磨夜晚。他們聯合起來，前去騷擾年輕的經理路易·卡漢，吃得整個劇場裡都是花生殼。每當舞台上的男明星向女明星求愛時，他們就大聲起哄。有一次抽獎晚會，一位記者贏得了一組盤子（由傢俱商吉爾本捐贈），然後「突然故意的」將全部六十個盤子掉在舞台上，其餘的人則吹口哨、大笑並雙腳頓著地板，每個人一提起這件事都很憤怒。路易難過極了，但他又能怎樣？

在一次鄉村俱樂部理事會的特別會議中，關於「那些跑新聞的流浪漢」以及「自以為享有特權的貨色」等激烈言論帶來了不錯的會議效果，該會議由萊維爾個人財務公司（ＰＦＣ解決你的未付款問題！）總裁唐納·麥肯錫，以及住在上村厄漢路一百三十二號的牙齒師艾米爾·波芬柏格所召開的。然而他們這種帶有嘲諷意味的高亢情緒，卻帶有某種傳染性，艾勒里·昆恩先生很悲哀的發現本郡民俗特產展售會已逐漸染上了這種調調。光鮮簇新的商品開始出現在商店的櫥窗裡頭，食物和住宿的價錢上漲了，週末晚上從未到鎮上去的農夫開始帶著拘謹認生、凝然呆望的家人到廣場和中央西街逛來逛去，要在向外輻射出六個街道的中央廣場上找到一個停車位已經變得不可能了。道金局長被迫找了五名新進的警察協助改善交通，維護治安。無意之中成就了這所有繁榮景象的創造者，則是將自己關在希爾路四百六十號的房子裡，除了萊特家的人、艾勒里和最近才出現的洛波塔·羅勃絲之外，任何人都不見。被報紙蹂躪，劫後餘生的吉姆頑強得很。「我還是一名納稅人！」他在電話上向道金局長吼叫，「我有個人的隱私權！你立刻派一個警察到我家門口！」

「好的，海特先生。」道金局長禮貌的說。當天下午，巡警迪克·哥賓奉命穿著制服出現了，他有一段時間是穿著便服暗中監視嫌犯的。吉姆於是躲回他的醉鄉裡去了。

「情形愈來愈糟了，」派蒂向艾勒里報告，「他讓自己喝得腦筋呆呆的，連蘿蘭都拿他沒轍了。艾勒里，難道因為他心裡害怕嗎？」

「他心裡一點也不怕，比害怕還糟。派蒂，他見到娜拉了嗎？」

「他沒有臉走近她。娜拉吵著要下床鋪，自己過去找他，但是魏勒比醫生說，假如她這麼做，就要送她去醫院。昨晚我和她一起睡，她哭了一整夜。」

艾勒里陰鬱的看著手中的威士忌，那杯酒是他從約翰謹慎收藏、難得使用的吧台裡偷偷倒來的。「娜拉仍然認為他是個沒有罪的小男孩？」

「當然。她希望他反擊回去。她說一旦他過來看她的話，她知道自己可以說服他站起來，抗拒那些攻擊。你知道那些混蛋記者現在怎樣描述吉姆嗎？」

「知道。」艾勒里嘆了口氣，喝掉杯中的酒。

「都是法蘭克·羅伊的錯！那個壞東西！竟然背叛自己最要好的朋友！我爸爸很生氣的說，他再也不會跟法蘭克說話了。」

「最好是與他保持距離，」艾勒里皺著眉頭說，「他是一隻大型的野獸，並且已經徹底被撩撥起來了。一頭發怒的怪獸將會是一架歇斯底里的打字機。這件事我會親自告訴令尊。」

「請不用操心。我想他並不願意和任何人……講話，」派蒂低聲的說。突然她說道，「為什麼人心會那麼險惡呢？我媽媽的朋友——她們都不再打電話給她了，而且還在她背後偷偷講一些亂七八糟的事情。她參加的兩個團體甚至將她摒棄在門外——就連克麗兒·馬丁也沒再打電話來了！」

「法官太太嗎，」艾勒里喃喃的說，「那又是另一個有趣的問題……別管它，妳最近看過卡特·布來福嗎？」

「沒有。」派蒂冷冷的說。

「派蒂，妳對那位名叫洛波塔·羅勃絲的女人了解多少？」

「鎮上唯一立場公允的記者！」

「奇怪的是，同樣一件事實，她所做的判斷卻大不相同。妳注意到這點了嗎？」艾勒里拿了份芝加哥的報紙給派蒂看，他翻到洛波塔的專欄，有一段文字用筆框了出來。派蒂很快的唸出來：

我調查這件案子越久，就越發相信吉姆·海特是個受到誤解、殘害的人，一樁充其量只有情況證據的犯罪案件的受害者，以及萊維爾群眾暴力下的犧牲者。唯獨那位萊維爾街談巷議認定他所要毒殺的女人，卻一直堅定的站在丈夫那一邊，毫不懷疑，義無反顧。我支持妳，娜拉·萊特·海特！在這個是非顛倒的世界裡，假如信心與愛情還有意義的話，妳丈夫的汙名將會得到洗刷，妳也將凱旋而歸！

「真是善頌善禱！」派蒂嚷道。

「對一位專門謳歌愛情的名人而言，還是稍嫌情緒化了點，」昆恩先生平淡的說，「我想我要好好注意一下這位女性的邱比特。」

但再怎麼密切注意，也只更加證實了他的眼見不虛。洛波塔·羅勃絲全心全意的為吉姆爭取一次公平的審判。和娜拉交談過一次之後，她們便成為一對為共同理想而奮鬥的鬥士。「妳只要能讓吉姆來這裡談一下就好，」娜拉懇切的說，「妳能試試看嗎？羅勃絲小姐？」

「他會聽妳的，」派蒂插嘴道，「他今天早上才說，」——派蒂並沒有提起他講這句話時的情況——「妳是他在這個世界上唯一的朋友。」

「吉姆是個很奇怪的人，」洛波塔若有所思的說，「我和他談了兩次話，我得承認除了他信任之外，我並沒有得到任何東西。我再試著和這位可憐蟲溝通看看吧。」

然而吉姆拒絕離開那間房子。

「為什麼呢？吉姆。」這位跑新聞的女人耐心問道。艾勒里也在場，蘿蘭·萊特也是——這些天來蘿蘭越發的沈默了。

「不要管我。」吉姆沒有刮臉，毛渣渣的鬍根下的皮膚是灰色的；他喝了不少威士忌。

「你不能像一條黃狗似的老賴在家裡，讓人家向你吐口水！吉姆。去看看娜拉。她會帶給你力量的，吉姆。她病了——你難道不知道嗎？你不關心嗎？」

吉姆痛苦的臉轉向牆壁。「娜拉被保護得很好，有她的家人照顧。我對她的傷害已經夠多了。你們別來管我！」

「可是娜拉信任你呀。」

「在這件事結束之前我不要見到娜拉，」他喃喃的說，「直到我在這個鎮上再度變成吉姆·海特，而不是一個卑鄙的吸血鬼。」他站起來，到處找著他的杯子，喝下了酒，頹然坐了回去，不管洛波塔再怎麼敦促與激勵都沒有用了。

洛波塔走後，吉姆睡著了。艾勒里對蘿蘭說：「妳的觀點如何呢！謎樣的女人。」

「沒有觀點。總得有人照顧吉姆吧。我哄他吃飯，送他上床，每當他想喝酒時，留意瓶子裡頭有沒有。」蘿蘭面露微笑。

「很無拘無束嘛，」昆恩先生也報以一笑，「你們孤男寡女的生活在這間房子裡。」

「那就是我，」蘿蘭說，「不受拘束的蘿蘭。」

「妳還沒發表意見呢，蘿蘭——」

「已經有太多人發表意見了，」她反駁道，「不過如果你想知道的話，我可是個專門心疼落水狗的人。我的心老是在為中國人、捷克人、波蘭人、猶太人和黑人滴血——一直在滴著血，每當我的落水狗被人用腳踢的時候，它就滴更多血。我看到這位糊塗蟲受到了傷害，那對我而言已經足夠了。」

「顯然那對洛波塔·羅勃絲而言也足夠了。」艾勒里喃喃的說。

「你說的是那位『真愛無敵』小姐?」蘿蘭聳聳肩，「假如你問我的話，我會說那個女人就是因為站在吉姆這邊，所以她才能來到別的記者所不能來的地方。」

18 情人節：真愛無敵

娜拉因中毒而臥病在床；約翰發現他的老顧客不好意思再見到他，而將生意轉移到赫蘭·路克的大眾信託公司去了；荷美在婦女的社交圈子遭到了聯合抵制；派蒂寸步不離的守在娜拉的床邊；即使是蘿蘭，也因隔絕孤立困擾不已——儘管如此，萊特家的人居然能在自己家人面前，裝做什麼事也沒發生，實在是件了不起的事。每個人一提到娜拉的狀況，除了「人不太舒服」以外沒別的描述，好像她是患了咽喉炎或什麼神祕但合法的「女人病」。約翰用他那一貫淡而無味的調調，坐在辦公桌後跟人談生意——如果說他參加理事會議的次數大不如前了，那也是因為他「雜務纏身」……很明顯的嘛；至於他老是在馬·厄漢的飯店召開的每週一次商業午餐會議中缺席，其實真的是拜消化不良所賜。

而荷美呢，在歷經生平第一次情感的風暴之後，她做了一些療傷止痛和補強的工作。沒有人能將她摒除於這個城鎮之外，在重重的陰霾中，她再度拿起電話。儘管她所屬的女性團體曾對她的資格存有疑慮，主席夫人卻在一次私人的造訪中震懾住每一個人，她很技巧的穿了一套冬裝，表現出一副什麼事也沒發生過的樣子。人們對於她的疑慮仍然未減；但是那些女人被荷美冷言冷語的講了幾句之後便臉紅了，一直紅到了耳根。在家裡她就像老露蒂似的打點著一切，本以為老露蒂會反唇相譏回去，不料她卻報以欣慰的神情。二月的一開始，每件事都籠罩在正常化的氣氛中，事實上蘿蘭已回她下村那蝸居裡住了，娜拉也好多了，吉姆的三餐問題以及娜拉家中各項事預也由派蒂一併承擔下來。

二月十三日星期四，魏勒比醫生說娜拉可以下床了，全家為此振奮不已。露蒂烤了一個巨大的檸檬派，那是娜拉的最愛；約翰從銀行下班回家時雙手捧了滿把玫瑰花（二月的萊維爾，他從哪裡買到的，卻一直不肯說！）；派蒂彷彿解脫了似的洗了頭，又剪了指甲，低聲哼著：「老天爺！這下我可輕鬆了！」數週以來荷美首度扭開收音機，收聽戰爭的報導……就像你被夢境折騰了一整夜，終於發現自己安然無恙的醒了。娜拉立刻要去看吉姆，但荷美不肯讓她走出這間屋子——「才第一天咧，親愛的！妳瘋了不成？」——娜拉於是打電話到隔壁去。不久之後她無助的掛了電話，沒有人接。「也許他到外頭散一下步或什麼的了。」派蒂說。

「想必如此吧，娜拉。」荷美說，她胡亂梳著娜拉的頭髮。荷美沒說吉姆此時此刻就在屋子裡——她剛才瞥見他那灰色的臉龐貼近在主臥房的百葉窗上。

「我知道！」娜拉有點興奮的說，然後她打電話去給班恩·丹錫，「丹錫先生，請你將店裡最大、最貴的情人節卡片送來給我，馬上！」

「是的，小姐。」班恩說；半小時後，鎮上哄傳說娜拉·海特又好起來了。送情人節卡片！你想會是送給其他男人嗎？

很漂亮的玩意兒，用粉紅色的綢布當裡襯，邊緣飾以蕾絲，四周點綴許多肥胖的小愛神以及卿卿我我的語句——班恩·丹錫店中最大號的情人卡，編號九十九A。娜拉親自寫下地址，貼上郵票，拜託艾勒里代為投遞。她的心情好極了。身兼愛情使者的昆恩先生將情人卡投入設於希爾路底的郵筒裡，心中忐忑不安，好像眼看著四度被擊倒的拳擊手掙扎著爬起來一樣。

星期五，郵件應該送到的一天，對娜拉而言並不是情人節的好日子。「我要過去看他，」她堅定的說，「真是莫名其妙，吉姆在鬧彆扭呢。他認為全世界都在反對他。我要過去——」

露蒂跑了進來，表情凝重且驚惶，說道：「道金局長和布來福先生來了，荷美小姐。」

「道金！」荷美的童顏掠過一道陰影，「找……我嗎？露蒂。」

「他說要來看看娜拉小姐。」

娜拉說：「看我？」聲音顫抖著。

約翰從餐桌上站了起來。「我來處理！」他們走進了客廳。

艾勒里擱下了餐具，往樓上跑。派蒂打著呵欠問：「誰？」艾勒里在她的房門敲了一下。

「到樓下去吧！」

「為什麼？」艾勒里聽到她又打了個呵欠。「來了，來了。」艾勒里不由分說的推開了門。派蒂身上裹著床單，看起來面若桃花、神色慌張，再現青春。

「道金和布來福來了，要見娜拉。我看事情要發生了。」

「啊！」錯愕，但只有短暫的片刻。「把浴袍丟給我，老天，這裡冷得像冰窖。」艾勒里拿給了她，轉身走開。「在走廊上等我，艾勒里。我是說——我想跟你一起下樓。」

派蒂在三分鐘後來到他身旁，她挽著他下樓。當他們進入客廳時，只聽道金說道：「當然啦，海特太太，妳知道我必須面面俱到，等妳可以起身之後，我要魏勒比醫生通知我一聲——」

「謝謝你這麼費心。」娜拉說道。她嚇壞了，幾乎無法自持。你看得出來。她呆若木雞，眼睛反覆在道金與布來福身上游移不定，像是一尊木偶被無形的手操縱著。

「哈囉，」派蒂不悅的打了聲招呼，「這時候來這裡拜訪未免太早了點吧，道金先生？」

道金聳聳肩。布來福看著她，既憤怒又苦惱。他似乎比以前瘦了，幾乎到了羸頓不堪的地步。

「坐下來別講話，孩子。」荷美細聲說道。

「我不知道你希望娜拉告訴你什麼，」約翰含怒的說，「派翠西亞，坐下！」

「派翠西亞？」派蒂愣道。說「派翠西亞」是個不好的預兆，打從他上回拿刮鬍刀的皮帶抽打她的屁股之後，約翰從沒那麼煞有介事的叫她派翠西亞，那已經是許多許多年前的事了。派蒂不禁抓住了娜拉的手。她連看也不看布來福；在不愉快的照面之後，布來福也不看她了。

道金愉快的對艾勒里頷首。「很高興見到你，史密斯先生。趁著我們現在尚未開始——卡特，你是否想說些什麼呢？」

「是的！」卡特大聲說道，「我想說我現在的立場很為難。我想說——」他做了個很無奈的手勢，眼睛看向窗外大雪覆蓋的草地。

「那麼，海特太太，」道金說道，目光灼灼的看著娜拉，「妳介意告訴我們除夕那天晚上妳所看到的事嗎?我這裡已經有了每一個人的供詞——」

「介意?我為什麼要介意?」娜拉的聲音岔了氣，於是清了清嗓子，然後開始急急的說，語調尖銳，一面用手快速的比畫著沒有意義的小手勢。「可是我真的沒辦法告訴你什麼事。我的意思是說，我所看到的只是——」

「當妳先生端著一盤雞尾酒來到妳身邊時，他有沒有刻意拿起哪一杯酒給妳?我是說，當妳要一杯酒時，他拿了一杯給妳，而那卻不是妳本來看中的那杯?」

「這種事我怎麼可能記得?」娜拉生氣的問，「你這話用——用意不善!」

「海特太太，」局長的聲音突然之間變冷了，「在除夕夜之前，妳丈夫是否曾試圖下毒害妳?」

娜拉將手從派蒂的雙掌中抽出，跳了起來:「沒有!」

「親愛的娜拉，」派蒂說道，「妳不要衝動——」

「妳確定嗎?海特太太。」道金沒有鬆口。

「我當然確定!」

「那麼妳和海特先生之間吵架的事也無可奉告囉?」

「吵架!」娜拉一下面如土色，「我認為那是愛咪琳可怕的傑作——或是——」這個「或是」說得十分怪異，就連卡特·布來福也從窗戶那兒轉過頭來。娜拉突然用很不自然的語氣說出這兩個字，然後眼睛注視著艾勒里。道金和布來福迅速的瞟了他一眼，派蒂大驚失色。萊特夫婦茫然無措。

「或是什麼?海特太太。」道金問。

「沒有，沒有!你為什麼不放吉姆一馬?」娜拉這下哭得歇斯底里的了，「你們全部!」

魏勒比醫生步伐放輕走進來了;露蒂那張蒼白焦慮的臉從他的肩膀後露出來，旋即消失。

「娜拉，」醫生關懷的說，「妳又哭了?道金，我警告你——」

「我愛莫能助，醫生，」局長一本正經的說，「我有工作要做，現在正在進行。海特太太，假如妳沒辦法告訴我們其他對妳丈夫有幫助的事的話——」

「我告訴你，他沒有!」

「娜拉。」魏勒比醫生強硬的說。

「那麼恐怕我們必須這麼做了，海特太太。」

「看在老天爺的分上，你們要做什麼?」

「逮捕妳的丈夫。」

「逮捕——吉姆?」娜拉失聲大笑，雙手抓著自己的頭髮。魏勒比醫生想去抓她的手，但卻被她推開。隔著眼鏡，她的瞳孔放大了。「可是你們不能逮捕吉姆!他又沒做任何事!你們連他一個犯罪證據也沒有!」

「我們有充分的證據。」道金局長說。

「我很抱歉，娜拉，」卡特·布來福含糊的說，「他說的是真的。」

「充分的證據，」娜拉輕聲說道，然後她對派蒂尖叫道，「我就知道有太多人曉得這件事了！那就是把陌生人帶進家裡的下場！」

「娜拉！」派蒂吃驚道，「姊姊……」

「不要衝動，娜拉。」艾勒里說。

「你不要跟我講話！」娜拉尖叫道，「你就為了那三封信而跟他作對！如果你不告訴他們那些信，他們根本不會逮捕吉姆——！」艾勒里的凝視似乎穿透了她的歇斯底里，娜拉猛吸一口氣止住了嘴，身體掙扎著想脫離魏勒比醫生的控制，一個新而巨大的恐懼鑽進了她的眼底。她飛快的看了道金一眼，又去看布來福，看到了他們的錯愕，和隨即湧現的一絲亮光。她退後靠在醫生寬厚的胸前，僵在那裡，她的手遮住了口，了解之後痛苦不已。

「什麼信？」道金問道。

「娜拉，妳說的是什麼信？」布來福嚷道。

「沒有！我不是這個意思——」

布來福走到她面前，抓住她的手。「娜拉！什麼信？」他憤怒的問。

「沒有。」娜拉哀求道。

「妳必須告訴我！如果有什麼信的話，妳這樣是在藏匿證據——」

「史密斯先生，你知不知道這件事？」道金局長問。

「信？」艾勒里大吃一驚，然後搖搖頭。

派蒂站了起來推了布來福一把，使他踉蹌後退了幾步。「你們讓娜拉一個人靜一靜，」派蒂惱怒的說，「你們是哪門子朋友！」

她的粗暴引來另一個粗暴做為答覆。「妳沒有理由利用我的交情！道金，搜索這棟房子，還有旁邊那棟房子！」

「早該如此了，卡特，」局長溫吞的說，「假如你沒被人家這樣罵的話——」他離開了。

「卡特，」約翰很小聲的說，「你以後不用來這裡了。懂嗎？」

布來福的表情好像快要哭了。娜拉癱在魏勒比醫生的懷裡，像一隻生病的貓呻吟著。得到布來福冷冷的同意之後，娜拉被魏勒比醫生扶到樓上的臥房去了。荷美與派蒂趕緊無助且痛苦的跟了過去。

「史密斯。」布來福沒有轉過頭來。

「你還是少說為妙。」昆恩先生好心的建議道。

「我知道這樣講沒有用，不過我還是得警告你——假如你協助藏匿證據的話……」

「證據？」昆恩先生加重語氣唸道，彷彿以前沒來沒有聽過這個字眼。

「就是那些信件！」

「你們所謂的信件到底指的是什麼？」

卡特轉過身來，嘴巴開始咕噥起來。「打從你來到這裡，就一直在找我的麻煩，」他嘶啞的說，「你為什麼要像蟲一樣鑽進這個家，製造派蒂與我的失和——」

「欸，拜託，」艾勒里平和的說，「注意你的措辭。」

卡特停了下來，雙手握拳。艾勒里走到窗戶旁。海特家的簷廊上，道金局長正在和小巡警迪克·哥賓深談著……兩位警察走進屋內去了。十五分鐘之後，昆恩與布來福兩位先生依然站在原處。在一陣腳步聲之後，派蒂走進來了，她的臉讓人嚇了一跳。她直接走向艾勒里。「最不幸的事情發生了！」說完她哭了。

「派蒂！怎麼一回事！」

「娜拉——娜拉她——」派蒂口齒不清的搖著頭。

魏勒比醫生從門邊喚道：「布來福？」

「發生了什麼事？」布來福焦急的問。

然後道金局長走了進來，毫無表情，他的臉像是一副面具。他帶來了娜拉的帽盒以及那本書名用燙金印刷的棕色厚書，艾吉坎所著的《毒物學》。道金停下腳步，隨即問道：「怎麼回事？」

魏勒比醫生說：「娜拉有孕在身，大約五個月了。」當場登時鴉雀無聲，只除了派蒂貼著艾勒里的胸口聲嘶力竭的哭著。

「不……」布來福怯懦的說，「那太……糟了。」然後他向警察局長道金做了個奇怪的手勢，步履蹣跚的走了出去。大家都聽到前門關上的聲音。

「如果海特太太再經歷一次像剛剛那樣的光景，」魏勒比醫生慍怒的說，「我將沒有辦法為她的生命負責。你可以打電話給全萊特郡的醫療組織，查證我剛才所講的話。她懷有身孕，情緒極度不穩，而且她的體質本來就比較虛弱——」

「欸，大夫，」道金說道，「這不是我的錯，如果——」

「噢，你去死吧。」魏勒比說道。他們聽到他很憤怒的回到樓上。

道金佇立在客廳的中央，一手拿著娜拉的帽盒，另一手拿著吉姆的《毒物學》。然後他嘆氣道：「但這並不是我的錯。那三封信就放在海特太太的帽盒裡，這本醫藥書裡談到砷化物的部分全部都畫上了記號——」

「好了吧，道金。」艾勒里說。他雙手抱緊了派蒂。

「這三封信，」道金頑固的說，「和我們這件案子關係重大。是在海特太太的衣櫃裡發現的……我一見到那東西便感到奇怪。沒想到——」

派蒂嚷道：「那你還不明白嗎？如果娜拉真的認為吉姆想殺她，她會將這些信保留起來嗎？難道你們全都笨得——」

「這樣說來妳知道有這些信，」局長瞪著眼睛說，「我明白了。史密斯先生，連你也參上一腳是吧。這我並不怪你。我也有我個人的家庭，對朋友忠實是個美德。我與吉姆・海特，或者說你們萊特家並沒有過節……可是我必須找出事情的真相啊。假如吉姆・海特是清白的，你們根本不用操心，他會被釋放的……」

「請你離開好嗎，拜託。」艾勒里說。

道金無可奈何的離開了這房子，身上帶著他的證物。看起來既憤怒又痛苦。

二月十四日情人節，早上十一點，當全萊維爾的人被所收到的滑稽卡片逗得大笑不止，口中咀嚼著從心形盒子裡拿出來的糖果時，警察局長道金帶著巡警查爾斯·布萊迪又回到希爾路四百六十號，他倆向巡警迪克·哥賓點了一下頭，迪克·哥賓於是前去敲門。沒有人應門，他們便直接進去了。他們發現吉姆·海特躺在客廳的沙發上呼呼大睡，四周到處都是菸屁股、骯髒的玻璃杯以及喝到一半的威士忌酒瓶。道金搖著他，並沒有很粗野，吉姆終於哼著鼻息醒了。他的眼睛紅紅的，一臉茫然。「嗄？」

「吉姆·海特，」道金說道，他拿出一張藍色的紙，「我根據這紙命令，以企圖謀殺娜拉·萊特·海特及殺死露絲瑪莉·海特的罪名逮捕你。」

吉姆揉了揉眼睛，好像看得不很分明，然後他脹紅了臉，大叫道：「不！」

「你最好合作些，不要做無謂的掙扎。」道金說；隨即他邁著輕快的步伐走了出來。

查爾斯·布萊迪後來在地方法院告訴記者：「海特似乎一下子就屈服了，我從來沒看過這樣的事。你看到那傢伙一下便癱在那裡，像是一件機械裝置被敲碎了，散落一地。我就對迪克·哥賓講：『你最好抓住他另一邊，迪克，他快要崩潰了，』可是吉姆·海特呢，他只是作勢要去撞迪克，要不是他開始大笑起來——整個身體軟成一堆——我還真他媽嚇了一大跳呢！然後他說話了，你幾乎無法在他的笑聲裡聽到什麼——而且我告訴你們吧，他那滿嘴的酒臭保證能臭得讓你坐風箏飛上天空去——他說：『拜託不要告訴我太太。』然後他就變乖了，安靜下來。想想看喔，一個才剛因謀殺罪被捕的人竟然說出這樣的話，那不是很瘋狂嗎？『拜託不要告訴我太太。』他吃上殺人官司還惦記著不要讓他太太傷心！好吧，有誰會對他太太守口如瓶呢？『拜託不要告訴我太太！』我告訴你們吧，那傢伙是個瘋子。」

而巡警哥賓從頭到尾只說：「我叫哥——賓，對的。噢，這件事說給我的小孩聽，他們會樂壞了！」

第四部

19 世界大戰

一九四一年二月十七日

伊利諾州，芝加哥市，報業聯合大樓，新聞與特寫同業公會
伯里斯·康納爾先生收

親愛的伯里斯：

非常感謝你那封電報對我的關注，但是我那些記者同業們從萊維爾寄來成噸的垃圾，或許已經誤導你這位出了名的新聞眼了吧。

我相信吉姆·海特是無罪的，我也準備繼續在專欄裡如此主張，直到我的專欄被取消為止。在我天真的想法裡，我依舊認為一個人在被證明有罪之前是清白的。報紙的編輯們將那些聰明的小弟弟、小妹妹送來此地，吉姆·海特已在他們奉命為混亂的美國尋覓一個殘酷娛樂的目的下判處了死刑。而有些人是有原則的，所以我當選了——多數決，一票。萊維爾的人心險惡，人們所談論的沒有其他事情，他們的語氣完全的法西斯主義。看他們挑

選一組「不偏不倚」的陪審團該是一件「有趣」的事吧。

為了玩味這件事，你必須了解，僅僅在兩個月之前，約翰和荷美·萊特夫婦尚且是這個地方的土地公和土地婆呢。而今天，他們和他們那三位漂亮的女兒仍舊安然無恙——但每個人卻爭相撿拾第一塊石頭要扔過去了。有太多萊特家過去的「仰慕者」及「友人」在尋找柔軟的要害，準備將刀子捅進去；他們正在捅哩！即使是我也會覺得受不了，你知道嗎，所有人性之中屬於卑鄙、陰惡和純然偏執的一面，我幾乎都看遍了。

這是一場兩個世界的戰爭。代表正義而弱小的一方，在火力與兵力上都毫無希望的處於劣勢，除了膽量和士氣外別無所有。萊特家有一些忠誠的朋友——艾禮·馬丁法官、米羅·魏勒比醫生和一位外地來的作家叫做艾勒里·史密斯（你聽說過他嗎？我卻不曾！）。

他們結合起來打著宣傳戰。萊特家很了不起——他們緊緊的團結起來支持吉姆·海特，面對每一件事。即使是這個叫做蘿蘭·萊特的女子，她已經和家人分開住好幾年了，現在也搬回去住了；或者至少她經常在那裡。他們不只為娜拉的丈夫而戰，也為她那尚未出生的孩子而戰。除了我每天為「讀者大眾」所交的那些劣作之外，我仍然相信人性基本上有一些高貴的特質，而力量微弱的鄉下人也能利用強而有力的傳聲筒。

告訴你一件事。我今天進入郡地方法院中吉姆的牢房了，我告訴他：「吉姆，你知道你太太懷孕了嗎？」他聽到後坐倒在床鋪上失聲大叫，好像我打中了他女人不該打的地方。

我還無法去看娜拉，不過這一兩天內我應該能得到魏勒比醫生的許可。（我是說，在吉姆被逮捕後。）娜拉整個人崩潰了，除了家人之外不能見任何人。如果你處在她那樣的狀況下，你會如何呢？再說，倘若她真的站在吉姆這一邊——那個涉嫌要殺害她的人——那麼她奮鬥的目的一定大有名堂。

我知道這樣寫既耗時又浪費紙張，伯里斯，由於你老兄的血液是由九份的波本酒和一份的蘇打水所混合而成，因此這鐵定是我最後一次的「解釋」了。從現在起，如果你想要知道萊維爾的海特謀殺案究竟發生了什麼事的話，那就請你讀我的專欄。而假如你上下其手，合約還沒到期就跟我解約的話，我將一狀告到新聞與特寫同業公會，並一直纏訟不清，直到我將所有的東西拿走為止，其中將包括足下紅潤雙唇底下那排昂貴的假牙。

一切如昔

洛波塔·羅勃絲

洛波塔·羅勃絲並未知道真實的情況。吉姆被逮捕的兩天後，荷美·萊特召開了一次作戰會議。她將樓上會客室的門「碰」一聲關上了。這一天是星期天，一家人才剛從教室回來——荷美堅持大家都要去做禮拜。每個人都經歷一場苦刑般的勞頓不堪。「問題是，」荷美說道，「要做些什麼。」

「我們能做什麼？媽。」派蒂疲倦的說。

「米羅，」荷美握住魏勒比醫生寬而且厚的手掌，「告訴我們實情。娜拉怎樣了？」

魏勒比醫生的眼珠子轉來轉去。「還很難說。她的情緒急躁、亢奮、不能放鬆，相當危險。這對她懷孕的狀況當然沒有幫助。吉姆被抓去了，想想看還有審判——她的情緒必須安撫下來。光靠藥物是沒有辦法的，但假如她的情緒能夠恢復正常的話——」

荷美失神的輕拍著他的大掌。「那麼我們所要做的就沒問題了。」

「我一看到娜拉病得那麼嚴重——」約翰悲傷的說，「看起來她又開始像以前那樣了。我們怎樣才能——」

「只有一個方法，約翰，」荷美堅定的說，「我們都要成為吉姆的後盾，為他奮鬥！」

「他從什麼時候開始破壞娜拉的生活的？」約翰嚷道，「打從他來到萊維爾，她的運氣就很壞！」

「約翰，」荷美的聲音堅硬似鐵，「那是娜拉心甘情願的，而更重要的是，為了她的健康著想，既然她要那樣，我們就得配合她。」

「好吧。」約翰幾乎是用喊的。

「約翰！」他平復下來，嘴巴還嘀咕著，「還有一件事不能讓娜拉知道。」

「不能讓她知道什麼？」派蒂問道。

「知道我們心裡並不想這麼做。」荷美的眼睛紅了起來，「噢，那個人！假如娜拉沒嫁他的話——」

魏勒比醫生說：「這麼說妳認為這個小伙子有罪了？荷美。」

認為！我要是知道有那三封要命的信，以及那本《毒物學》的話……他當然有罪！」

「那隻骯髒的狗，」約翰喃喃說道，「他應該像一隻髒狗似的被槍打死。」

「我不知道，」派蒂難過的說，「我就是不知道。」

蘿蘭正抽著菸，他故意將香菸彈進火爐裡。「或許我是瘋了，」她開口道，「可我卻為那個沒用的傢伙感到難過，通常我是不會對殺人凶手表示同情的。」

「艾禮，你的意見如何？」荷美問。

馬丁法官帶著睡意的臉嚴肅起來。「我不知道布來福那小伙子證據蒐集得怎樣了。這是一件高度情況假設的案子，但換句話說，據我所知也沒有任何一個事證能對情況的推定質疑。我得說吉姆的處境很艱難。」

「花了好幾代建立起萊特家族的聲望，」約翰嘀咕道，「如今卻要毀於一旦！」

「受到損害本就已經夠倒楣的了，」派蒂嘆息道，「你的家人卻在這時候棄你而去——」

「妳說什麼？」蘿蘭問道。

「泰碧莎姑媽，我還以為妳曉得。她把大門一關，飛到洛杉磯『拜訪』蘇菲表姊去了。」

「那個僵屍現在還活著？」

「我一想到泰碧莎就不舒服！」荷美說。

「妳別苛責她了，荷美，」約翰虛弱的說，「妳知道她有多痛恨醜聞——」

「我只知道我不應該逃跑，約翰！鎮上沒有人會來看我垂頭喪氣的樣子。」

「我也這麼告訴克麗兒，」馬丁法官笑道，之後他撫摸著乾癟的下巴，活像一隻蟋蟀，「克麗兒會來的，荷美，假如──」

「我知道，」荷美靜靜的說，「謝謝你支持我們，艾禮──你，還有米羅，還有你，史密斯先生。尤其是你，畢竟馬丁法官和魏勒比醫生已經是一輩子的老朋友了。對我們而言，你其實是個外來客，可是派翠西亞卻告訴我你很夠義氣……」

「我得感謝你，史密斯，」約翰笨拙的說，「不過我猜你知道這件事有多麼困難……」艾勒里有點不太自在。「拜託，請不必顧慮我。我會盡力協助的。」

荷美低聲說道：「謝謝你……現在事情已經公開化了，不過，如果你決定要離開萊維爾，我們完全能夠理解──」

「即使我想，恐怕也不行，」艾勒里笑道，「法官會告訴妳，我已經是本案的共犯了。」

「藏匿證據，」馬丁法官大笑，「如果你逃跑，道金會像一隻狗在背後追獵，史密斯。」

「這樣妳知道了吧？我動不了了，」昆恩先生說，「這件事就甭提了。」派蒂暗中抓住了艾勒里的手，用力握了一下。

「那麼如果我們彼此已能相互了解了，」荷美用堅定的語氣宣布道，「我們得聘請本州最好的律師為吉姆辯護，讓萊維爾的人看到我們已經組成了聯合線！」

「而如果吉姆被發現是有罪的話呢？媽。」派蒂悄悄的問。

「我們盡力而為，孩子。到最後，這樣一場官司，即使似乎很難打，也將會是我們所遇問題的最佳解決之道——」

「這太不道德了，」蘿蘭脫口而出，「媽，這既不正當又不公平。因為妳相信吉姆有罪，所以才這麼說，那不是跟這個鎮的人一樣壞嗎？什麼最佳的解決——」

「蘿蘭，妳知道嗎？這次如果不是老天爺保佑，」荷美嚷道，「妳妹妹現在已經是一具屍體了！」

「咱們別嘔氣了。」派蒂心煩的說道。蘿蘭點燃另一支香菸，怒形於色。

「要是吉姆獲得無罪開釋，」荷美堅定的說，「我堅持娜拉得跟他離婚。」

「媽！」派蒂這回吃了一驚，「即使陪審團認為吉姆無辜，妳仍然相信他有罪嗎？」

「荷美呀，妳這麼說就不對了。」馬丁法官說。

「我認為他配不上咱們娜拉，」荷美說，「除了痛苦之外，他什麼也沒有給她。只要我還有一口氣在，娜拉就得跟那個人離婚！」

「妳不能這麼做。」魏勒比醫生面無表情的說。

蘿蘭吻了她母親的臉頰。艾勒里聽到派蒂嚇得透不過氣來，猜想此事已經記入歷史，挽回不了了。「妳這個老頑固，」蘿蘭大笑道，「到時候，妳又會堅持要上西天了。想想噢——妳竟然教唆離婚！」她很不高興的補上一句，「我在跟克勞德離婚時，妳為何不也如法炮製？」

「這件事不……一樣。」荷美說道，尷尬至極。忽然間昆恩先生看見了一道亮光。荷美・萊特和她女兒蘿蘭之間存在著一段古老的敵對意識，深入骨髓。派蒂的年紀太小，不足以成為衝突的導火線。但是娜拉——娜拉一直受到寵愛，她在情感上一直站在荷美與蘿蘭中間，在精神拔河中扮演一條無辜的繩子。荷美對馬丁法官說：「我們必須為吉姆找一位最好的律師，艾禮，你能建議人選嗎？」

「我可以嗎？」馬丁法官問道。

約翰嚇了一跳。「艾禮！你？」

「可是，艾禮叔叔，」派蒂嚷道，「我以為——這裡是你的法院——我想你得坐上——」

「坐在審判椅上，」老法官面無表情的說，「那不可能，我和本案有關。犯罪發生時我在現場，大家都知道我與萊特家關係密切，於情於法，我都不能審理本案。」他搖著頭，「吉姆的案子將由紐伯法官審理，紐伯是個不折不扣的局外人。」

「可是你已經有十五年沒有為人辯護了，艾禮。」約翰遲疑的說。

「當然啦，假如你們怕我無法——」他對大家的異議報以一笑，「我忘了講我才剛退休，所以……」

「你這個老騙子，」魏勒比醫生吼道，「約翰，艾禮為了替本案辯護竟然辭職了！」

「我說艾禮，我們不能讓你這麼做。」約翰說。

「別胡扯，」法官粗暴的說，「不要加進任何情感上的意見。我終究是要退休的。我老馬丁想當年也是一號人物，現在正躍躍欲試想重新上陣。省得穿著睡袍在打盹中虛耗了一生。假如你們要一位個中老手提供協助的話，其他話就不必再多說了。」

荷美登時淚如雨下，跑出了客廳。

20 榮光不再

第二天早上，派蒂敲響了艾勒里的房門，他開門時發現她已打扮好了準備上街。「娜拉想要見你。」她好奇的四下看了看房間裡頭。露蒂已經將房間清掃過了，然而它又亂成一團，看樣子艾勒里賣力的工作了好一陣子。

「很快就好。」艾勒里看上去很疲倦。他胡亂的將桌上幾張用鉛筆塗過鴉的紙收拾了一番；打字機的載架上裝了一張紙。他張開一塊布蓋住打字機，將紙張收入書桌抽屜內鎖上。鑰匙隨意放入口袋之後，他穿上夾克。

「在寫稿嗎？」派蒂問道。

「唔……是的。走這邊吧，萊特小姐。」昆恩先生偕她走出房間，然後將門鎖住。

「是小說嗎？」

「就某方面來說。」他們下到二樓。

「『就某方面來說』是什麼意思？」

「可能是也可能不是。我在做……妳或許可以稱之為偵伺。」艾勒里上下打量著她，「出門去嗎？妳看起來挺可愛的。」

「我今早有特殊的理由可愛，」派蒂低聲說，「事實上，我得看起來教人無法抗拒。」

「妳辦到了。可是妳要去哪裡呢？」

「一個女孩子家就不能對你隱藏一點祕密嗎？昆恩先生。」派蒂讓他在娜拉的房間外面停住腳步，眼睛注視著他，「艾勒里，你對這件案子已經反覆推敲過了，是不是？」

「是的。」

「有何發現？」她熱切的問。

「沒有。」

「唉！」

「這件事情很古怪。」艾勒里抱怨道，伸手攬著她。

「某個東西困擾了我好幾個禮拜，一直在我的腦袋裡轉來轉去，卻無法抓住……我想那也許是一個事實的片段——某個瑣碎的細節——被我忽略掉了。妳知道嗎，我……唔，我小說的班底是你們——情節、場景、相互關係。因此我所筆記的每一件事都是發生過的，」他搖搖頭，「但我就是無法按下按鍵。」

「或許，」派蒂皺眉道，「是一個你所不知道的情節。」

艾勒里將她推至一臂之遙。「那，」他緩緩說道，「非常有可能。妳是否知道——」

「假如我知道，你曉得我會告訴你的，艾勒里。」

「我在想，」他聳聳肩，說道，「算了！咱們進去看娜拉吧。」

娜拉正坐在床鋪上閱讀《萊維爾記事報》。她更瘦了，氣色不佳。艾勒里驚駭的發現到她手上的皮膚竟變得那麼透明。「我一直認為，」昆恩先生笑道，「要測驗一個女人的魅力，最好是——在一個冬天的早晨看看她在床上的樣子。」

娜拉臉色蒼白的微笑，拍拍床鋪。「我能通過嗎？」

「甲上上。」艾勒里說，在她身旁坐下。

娜拉顯得很高興。「主要是搽了粉、口紅——對了，還有在兩頰上點一點胭脂——當然我頭髮上的這條絲帶也幫了一點忙。你這個騙子真會說話！派蒂，坐吧。」

「我真的得走了，娜拉。你們兩人好好聊吧——」

「可是派蒂，我，希望妳也在場聽。」派蒂看了一眼艾勒里；他眨了一下眼，於是她坐在床鋪另一頭罩著印花棉布的椅子上。她似乎心緒不寧，當娜拉說話時艾勒里一直注意她。「首先，」娜拉說，「我得向你道歉。」

「誰？我嗎？」艾勒里吃驚的說，「為什麼？娜拉。」

「因為我責怪你將那三封信和《毒物學》的事告訴警方。上個禮拜，當道金局長說要逮捕吉姆時，我失去了理智。」

「真的？我倒忘了。妳也忘掉吧。」

娜拉握著他的手。「我的想法很差勁。可是，當時我無法想像除了你之外誰會告訴他們。

你看，我以為他們已經知道了——」

「妳用不著自責，娜拉，」派蒂說道，「艾勒里了解的。」

「但是還有另外一件，」娜拉嚷道，「我可以為我的壞念頭賠罪，但卻無法抹煞對吉姆所做的那件事。」她的下唇顫抖著，「要不是我，他們根本不會發現有那三封信！」

「娜拉姊姊，」派蒂俯身向她說道，「妳若是知道的話，一定不會犯下這個錯誤。假如妳還一直哭，我就要告訴米羅叔叔，他會讓妳一個伴也沒有。」

娜拉哽咽的拿出手帕擤鼻子。「我真不懂我為什麼不燒掉它們，竟然將那麼無聊的東西一直放在衣櫃的帽盒子裡！可是我覺得我有能力發現寫它們的是誰——我肯定吉姆沒有——」

「娜拉，」艾勒里溫和的說，「別再想了。」

「但事實上是我將吉姆送進警察局的！」

「話不是這麼說，別忘了道金局長上禮拜曾經來這裡準備逮捕吉姆，他在動手之前詢問妳問題，只是辦一道例行手續。」

「你是說有沒有那三封信和書，基本上並沒有差別？」娜拉懇切的問道。

艾勒里從床邊站起來，隔著窗戶看向戶外冬日的天空。「嗯……並沒有那麼嚴重。」

「你騙我！」

「海特太太，」派蒂堅決的說，「妳今天早上已經有夠多的伴了，艾勒里，快點走吧。」

艾勒里回過身來。「派蒂，疑神疑鬼對妳這位姊姊造成的傷害，將會比認清真相要大。娜拉，讓我告訴妳現在的情勢好了。」娜拉雙手抓緊了棉被。「假如道金在知道那三封信以及《毒物學》一書之前便打算要逮捕吉姆，顯然是他和卡特·布來福認為他們的證據足夠了。」娜拉細細的應了一聲。「因此，多了那三封信和書，他們只是更明顯的占了優勢。這是事實，妳必須面對它，不得再責備自己，妳必須理智，並且讓身體恢復健康，妳必須支持吉姆，給他勇氣。」他俯身向她，執起她的手。「吉姆需要妳的力量，娜拉，妳有他所欠缺的力量。他不敢面對妳，但他如果知道妳在他背後撐腰，堅定不移，充滿信心——」

「你說得對，」娜拉深深吸了一口氣，眼睛發出亮光，「我會的。告訴他我會的。」

派蒂繞到床鋪這頭來，親吻艾勒里的臉頰。

□

「要跟我一起去嗎？」他們走出家門時，艾勒里問道。

「去哪裡？」

「法院。我想去探視吉姆。」

「噢。我載你去。」

「不用改變妳的行動路線——」

「我也要去法院。」

「看吉姆嗎？」

「不要問我問題！」派蒂有一點歇斯底里的嚷道。

他們默默的駛下山，路面結冰，輪胎的防滑鍊發出了清脆的聲音。萊維爾冬日的景觀甚佳，入目盡是一塊塊的白色、紅色與黑色，沒有陰影；此地有著鄉下地方的景色，乾淨、富麗而單純，彷如一張格蘭特・伍德的畫作。但是鎮裡有許多人泥濘狼藉，顯得寒酸貧薄；商店則看起來瑟縮而缺乏生氣；在寒冷中每個人都行色匆匆，沒有一個人的臉上有笑容。廣場上塞車，他們停了下來；一位店員小姐認出派蒂，豎起一根塗上紅指甲的手指指給一位穿著皮大衣、滿是青春痘的少年看。他們興奮的低語，派蒂踩了一下油門。來到法院門口的台階，艾勒里說：「不是這裡，萊特小姐。」他指引派蒂繞一圈駛到側門入口處。

「為什麼走這裡？」派蒂問。

「報社的人、群眾在前廳。」昆恩先生說，「我認為我們最好別回答問題。」

他們搭乘側邊的電梯。「你先前來過這裡。」派蒂緩緩問道。

「是的。」

派蒂說：「我想我該親自探訪一下吉姆。」

本郡的看守所就設在司法大廈的最上面兩層樓，當他倆步出電梯進入等候室時，一股混合著蒸汽與消毒藥水的氣味撲鼻而來，派蒂很困難的吞著口水。但她還是勉強擠出一個笑容，迎向值班的警衛瓦利・普蘭斯基。

「妳不是派蒂小姐嗎？」警衛笨拙的說道。

「你好，瓦利。近來好嗎？」

「好啊，好啊。派蒂小姐？」

「我還在唸國小的時候，瓦利老喜歡拿他的警徽讓我在上面呵氣，然後將它擦亮。」派蒂大聲說道，「瓦利，你別站在那邊一腳高一腳低的了，你知道我為什麼到這裡來吧？」

「我猜也是。」瓦利·普蘭斯基低聲說。

「他關在哪一間？」

「馬丁法官正在與他會面呢。根據規定，一次只容許一位訪客見面——」

「誰管那些規定呀？帶我們去我姊夫的牢房吧！瓦利。」

「這位先生是記者嗎？海特先生除了羅勃絲小姐外，別的記者都不見的。」

「不是的，他是我和吉姆的一位朋友。」

「我猜也是。」普蘭斯基又自言自語了一下。於是他們展開了一次長程的跋涉，中途停下來打開鐵門的鎖，鎖上鐵門，走了幾步水泥地，開門又關門，然後穿越一條兩旁都是牢房的迴廊；每走一步，蒸汽與消毒藥水的味道就越濃，派蒂的臉色也越變越綠，到最後她已抱緊了艾勒里的手臂。不過她一直保持著下巴上揚。

「那就是了。」艾勒里喃喃說道；她連續吞了好幾次口水。

吉姆看到他們時一躍而起，蒼白的臉頰立刻紅了起來，但他隨即又坐了下去，血色漸漸消失，嘶啞的說道：「是你們啊，我沒料到你們會來。」

「哈囉，吉姆！」派蒂開心的說，「你好嗎？」

吉姆環顧了一下他的牢籠。「還可以。」他說，隱晦的一笑。

「起碼還算乾淨，」馬丁法官咕噥了一下，「比起那個老的郡立監獄要強多了。好了，吉姆，我得去辦事了，明天我會再來跟你談。」

「謝謝你，法官。」他對法官同樣報以隱晦的一笑。

「娜拉人很好。」派蒂勉力說道，好像吉姆問過似的。

「那很好，」吉姆說，「人很健康，嗯？」

「是的。」派蒂的聲音有些尖銳。

「那很好。」吉姆重複的說。

艾勒里體貼的說：「派蒂，妳不是說要去辦一件什麼差事嗎?我想跟吉姆私下談談。」

「你不會得到絲毫好處的啦。」馬丁法官語帶怒意的說。艾勒里感到老法官的生氣似乎是在預測著什麼。「這個孩子連他出生在哪裡都不知道!我們走吧，派翠西亞。」

派蒂將她蒼白的臉轉向艾勒里，口齒不清的說著什麼，又有氣無力的向吉姆一笑，然後與法官走了出去。戒護的普蘭斯基在他們背後將牢房的門重行鎖上，搖著頭。

艾勒里低頭看著吉姆，吉姆則研究著牢房內光禿禿的地板。「他要我講一些話。」吉姆忽然悶哼道。

「噢，有何不可呢，吉姆？」

「我能說什麼？」

艾勒里遞給他一支菸，吉姆拿在手上，可是當艾勒里畫亮一根火柴，他卻搖頭將香菸撕成碎片。「你可以說，」艾勒里邊吐著煙說道，「你可以說你並沒有寫那三封信，或者在那些討論砷化物的文字底下畫線作記號。」

頃刻之間，吉姆的手指停住，不撕香菸了，之後又恢復了破壞工作，毫無血色的嘴唇平平的貼在他的臉上，一聲吼叫如哽在喉。

「吉姆。」吉姆抬頭望了他一眼，然後看向了別處。「你真的計畫要毒死娜拉嗎？」吉姆聽到這句話，連動也不動。「你知道嗎，吉姆？通常一個人被控犯罪，最好是將事實告訴他的律師或是朋友，然後閉嘴。而如果他沒有罪，悶聲不響就是有罪了，那樣是對他自己犯罪。」吉姆默不作聲。「如果你不幫助自己的話，又如何期待你的家人和朋友來幫助你呢？」吉姆的嘴唇牽動了一下。「你認為呢？吉姆。」

「不知道。」

「事實上，在這件案子裡，」艾勒里輕快的說，「你悶不吭聲所犯的罪，對於你自己的不良影響，尚不及你太太娜拉和那個尚未出生的孩子所要承受的二分之一。你為什麼到現在還那麼愚蠢、冷淡，要把她們也一起拖下水呢？」

「你不要說了！」吉姆吼道，「滾開這裡！我又沒有叫你來！我又沒叫馬丁法官替我辯護！我又沒有要求任何事！我只想孤孤單單一個人！」

「這些，」艾勒里問，「就是你要我告訴娜拉的嗎？」

吉姆的眼中悲憤莫名，他坐在床沿不停的喘著氣，艾勒里走到門邊，呼叫普蘭斯基。怯懦、羞慚、自怨自艾……全都是這樣的徵候。可是還有別的，那種頑固，拒絕說任何事，好像僅僅是自我表態就會有危險性……

當昆恩先生跟隨在警衛背後，經過兩邊用無數雙眼睛點綴的走廊之時，一粒細胞忽然在他腦中爆炸，產生一陣巨大眩人的亮光。他當場停住了腳步，使得老普蘭斯基轉過身來，驚訝的看著他。但是他隨後搖搖頭，重新邁步。他幾乎找到答案了——有如神助。也許下一次……

□

郡地方法院大廈二樓的毛玻璃門外，派蒂深深吸入一口氣，設法將毛玻璃當鏡子用，她整整貂皮小帽，試著笑上一笑，不太成功，然後走了進去。畢爾蔻小姐一副見到鬼的樣子。「檢察官在嗎？畢爾蔻。」派蒂低語道。

「我……看看，萊特小姐。」畢爾蔻小姐應了一聲，跑了開去。

卡特·布來福立刻親自出迎：「請進，派蒂。」他看起來疲倦、吃驚。他側身讓她走過去，當她經過他身邊時，聽到他呼吸不太自然。噢，老天爺，她想道。或許，或許為時未晚。

「正在忙嗎？」他的辦公桌上積滿了法律文件。

「是的，派蒂。」他走到辦公桌後面站立。桌上攤著一綑文書——他刻意闔上，用手按住，向一張皮椅點一下頭。派蒂坐下，雙腿交疊起來。

「嗯，」派蒂環顧著說，「這老辦公室——我是說，這間新的辦公室——似乎沒有什麼改變嘛，卡特。」

「這裡是唯一沒有改變的地方。」

「你用不著那麼小心在意那些法律文件，」派蒂笑道，「我的眼睛又不是X光。」他臉紅了一陣，移開了手。「我來這裡絲毫沒有刺探之意。」

「我並沒有——」卡特生氣的說，他將手指插進頭髮裡，非常古老、古老的手勢，「妳看，咱們又起摩擦了。派蒂，妳看起來相當吸引人。」

「很高興聽你這麼說，」派蒂嘆道，「正當我開始擔心自己的年紀時。」

「擔心妳的年紀！怎麼，妳才——」卡特很困難的嚥下一口口水。隨後他像剛才一樣生氣的說，「我想妳想瘋了。」

派蒂神情僵硬的說：「我也一樣想你。」噢，天哪！那根本不是她所要講的話。可是在這種情形下面對他，兩個人第一次在一個房間裡單獨相處那麼久，要控制自己的感覺、感情……實在很難、很難。

「我還夢到妳呢！」卡特不好意思的笑了一下，說道，「那是不是很蠢？」

「別這樣嘛，卡特，你明明知道你這樣講只是要讓我高興一下。一個人是不會夢到別人的。我是說並不會像你講的那樣，他們只會夢到鼻子長長的動物。」

「或許那是在我睡著前看到的，」他搖搖頭，「作夢或不作夢都一樣。妳這張臉，不知道為什麼。妳的臉並沒有那麼漂亮，鼻子的輪廓並不好，嘴巴比卡蜜兒的要大；還有妳在斜著眼睛看人時更是有趣，活像是一隻鸚鵡——」說著說著她進入了他懷裡，活脫是一齣諜報片，儘管她原先的劇本根本沒有這一幕。這段劇情應該放到後面——做為對卡特這麼一個體貼、殷勤、自我犧牲的男孩子的犒賞。她壓根兒都沒想到自己會跳進來軋上一角。此刻她那「怦怦」的心跳當然不在當初的構想之中——特別是關著吉姆的牢籠就位於她頭上第六層樓，而娜拉人正在鎮的另一端，躺在床上試著想抓住什麼。他的唇湊在她的唇上，越來越用力的吻將下來。

「卡特，不行，還不行。」她推拒著，「親愛的。我求求你——」

「妳叫我親愛的！可惡，派蒂，妳這幾個月來怎麼可以一直在戲弄我，讓史密斯那傢伙不斷在我面前晃來晃去——」

「卡特，」派蒂哀求道，「我想跟你講話，首先……」

「我厭煩透了講話！派蒂，我要好好懲罰妳——」他吻她的唇，吻她的鼻尖。

「我想跟你談一下吉姆，卡特！」派蒂不顧一切的嚷道。

她感到他猛然冷卻下來。他放開了她，走到牆邊，那兒有窗戶可以俯瞰法院的廣場，他視而不見的瞪著窗外，汽車、人們、樹木，甚或萊維爾灰撲撲的天空，沒有一樣映入他的眼底。

「吉姆怎麼了？」他語氣冷淡的問道。

「卡特。你看著我！」派蒂懇求道。

他轉過身。「我不能。」

「看著我也不能嗎？你再看嘛！」

「我不能退出這個案件。那就是妳今天來這裡的目的，是吧？來求我？」

派蒂再度坐下，手摸著她的口紅。她的嘴唇在親吻過後感到黏黏的。她的手顫抖著，將皮包闔上。「是的，」她說道，很小聲的，「更進一步，我要你辭掉檢察官的工作，來為吉姆辯護。就像艾禮·馬丁法官。」

卡特沈默了好久，使得派蒂不得不注視他。他凝視著她，苦惱萬分。可是當他開口時，語氣卻很溫和。「妳不是認真的吧。馬丁法官是位老先生，令尊最親密的朋友，而且他無論如何不能夠審理本案。但是我被選上當檢察官才沒多久，為此我還唸了重大的誓詞。我最恨某些大腹便便的政客，凡事只為了選票——」

「噢，可是你正是如此！」派蒂怒火上升道。

「如果吉姆是無辜的，他將會獲得釋放。假如他有罪——如果他有罪的話，妳該不會希望他被釋放吧，是不是？」

「他並沒有罪！」

「那必須由陪審團來做判決。」

「你早已經下判決了！在你自己的心中，你已經判了他的死刑！」

「道金和必須蒐集各項證據，派蒂。我們不得不如此，妳難道不明白嗎？我們不能讓私人的感情介入，我們倆都對這件事情感到難過極了……」

派蒂幾近要落淚了，但她很氣自己表現得這樣。「就像你所說的，娜拉一輩子的幸福都和這件『事情』有關，難道你一點也無所謂嗎？未出生的孩子是無辜的，你也不管嗎？我知道審判是不能中止的，可是我希望你站到我們這一邊來，我希望你提出協助，而非傷害！」卡特咬緊了牙齒。「你不是說你愛我嗎，」派蒂嚷道，「你怎麼能一面說愛我而仍然——」她吃驚的發現自己泣不成聲了。「整個鎮的人都在仇視我們，他們向吉姆丟石頭，他們向我們丟汙泥。這是萊維爾嘢，卡特，這個鎮是一個叫萊特的人建立的嘢。我們都出生在這裡——不只是我們小孩子，還有爸爸和媽媽和泰碧莎姑媽和布魯菲家族以及……我已經不是星期六晚上和你一起在萊維爾調車場松樹園後面的小包車裡耳鬢廝磨的黃毛丫頭了！以前的世界已經全部破滅了，卡特——我已經大到會做觀察了。噢，卡特，我已經沒有尊嚴——沒有抵抗的能力——告訴我你會幫助我吧！我很害怕！」她掩住了臉，放棄了內心的交戰。沒有一件事是有意義的——她所說的、所想的，每一件事都在淚水之中沈淪、喘息、掙扎。

「派蒂，」卡特痛苦的說，「我不能。我就是不能。」

結果分曉了。她現在沈下去了，死了，但是她體內尚有一股怨毒凝聚的生命力教她一躍而起，對他尖聲大叫：「你也只不過是一個自私自利、詭計多端的政客罷了！你存心看到吉姆死掉，看到爸爸、媽媽、娜拉和我還有所有人都受到傷害，只為了造就你自己的事業！噢，這是一樁很重要的案件是吧。從紐約、芝加哥和波士頓來了好幾十位紀者，他們會將你說的每一個字緊抱不放！你的大名和照片——年輕而出風頭的檢察官布來福——青年才俊——這麼說——我的職責是——是的——不是——還不能公開……你這一隻下賤、討人厭、愛出風頭的狗！」

「這些我都在心裡頭想過了，派蒂，」卡特出奇不帶怨恨的回答道，「我想我無法期待妳諒解我所做的事——」

派蒂大笑道：「落井下石！」

「如果我不做這個工作——如果我推辭或放棄——別人照樣會做，別人或許會對吉姆更不公平。如果是我來提出控訴，派蒂，妳可以肯定吉姆將會得到比較公平的審判——」

她奪門而出。

檢察官辦公室對面走廊的另一端，有一個人在耐心等待著，他是昆恩先生。

「噢，艾勒里！」

艾勒里溫和的說：「回家去吧。」

21 輿論

「人生至此，天道寧論！」洛波塔．羅勃絲在三月十五日專欄的一開頭如此寫道。

那位即將要被判處死刑的男子，發現就連命運也在捉弄他。吉姆．海特一案的審判庭將於三月十五日在李山德．紐伯法官的主持下展開，處所是萊特郡地方法院萊維爾第二分院。這是良機抑或別有隱情……輿論喧騰一時，明眼人認為，這名年輕男子在此受到謀殺露絲瑪莉．海特，以及謀殺娜拉．萊特．海特未遂的審判，很有可能成為悲哀而殘忍的娛樂戲碼。

情形似乎即是如此。打從一開始，冷颼颼的耳語謠傳便到處流布。警察局長道金私下對緊迫盯人的新聞記者表示，由於本郡的看守所和郡地方法院就在同一棟建築物之內，提訊嫌犯不必用車載著穿越萊維爾的街道，這使得他「大大的放心了」。鎮民的態度如此惡劣，你可以想像這種對嫌犯的憎恨導源於他們對萊特家族強烈的忠誠。但這種想法也是很奇特的，因為他們對待萊特家族也同樣的惡劣。道金局長不得不指派兩名警力，保護該家族的成員往返於家中和法院之間。即便如此，口中胡言亂語的孩子們依然在扔石頭，他們的汽車輪胎仍遭人暗中割破，車身也被畫上髒話；七封意含威脅的匿名信在同一天送到，連郵差貝利都感到神經緊張。約翰·萊特默不作聲的將那些信轉送到道金局長的辦公室。巡警布萊迪則親自逮捕了老醉鬼安德森，這位老兄大白天搖搖晃晃的站在萊特家草坪中央，口齒不清的對著毫無反應的房子大聲朗誦《朱利阿斯·西撒》第三幕第一景中馬克·安東尼的演講詞。查爾斯·布萊迪立刻將安德森先生帶回鎮上關起來，只聽安德森先生仍不斷的喊著：「*O parm me thou ble'en' piece of earth that I am meek an' zhentle with theshe-hup!-bushers!*（啊！饒恕我，你這一堆淌血的泥土，我竟對這些凶手柔弱溫和。）」

荷美與約翰都現出了倦容。法庭上，一家人坐在一起有若方陣，臉色雖然蒼白，頸項依然挺立；偶爾荷美會向著吉姆·海特的方向報以一笑，吸吸鼻子，轉頭向法庭裡擠得水泄不通的人們瞪上一眼，把頭一揚，好像是在說：「是的，我們全都來了——你們這些愛看熱鬧的可憐蟲！」

讓卡特·布來福對本案提起公訴，其合適與否引起相當多的非議。在《記事報》中一篇尖酸刻薄的社論裡，法蘭克·羅伊便白紙黑字的表示「不以為然」。是的，卡特·布來福是在娜拉和露絲瑪莉中毒後才到達致命的除夕夜派對的，所以他並不像艾禮·馬丁法官那樣和本案有所牽扯，既非涉案也非人證。然而羅伊指出，「咱們這位年輕有為，但有時候感情用事的檢察官，長期以來便與萊特家十分友好，特別是和這個家庭裡的某位成員；儘管我們知道這項友誼已經在命案之夜中止了，我們仍要質疑布來福先生能否在訴訟程序中做到無偏無私。有些事情必須加以解決。」

布來福在開庭前被人問到了這一點，他反駁道：「這裡和芝加哥或紐約不同，我們這個地方的人際關係非常密切，每一個人都認識其他人。《記事報》上面指桑罵槐的誹謗，我會用訴訟期間的行為予以答覆。萊特郡將會給予吉姆·海特一個公平、公開的起訴，其基礎完全建立在證據上。我要說的就是這樣了，各位！」

□

李山德·紐伯法官是個上了年紀的人，一名單身漢，全州的人都非常尊敬這麼一位司法官兼鱒魚垂釣專家。他生來方頭大耳、四肢短小、瘦骨嶙峋，坐在法官席上總是將他那留地中海式髮型的腦袋深深縮進肩膀之中，使他的頭看起來像是從胸部長出來似的。他說話的聲音不帶感情，且有些漫不經心；坐在法庭上時有個習慣，老是心不在焉的把玩著議事槌，好像那是根釣魚竿；從來沒有笑過。

紐伯法官沒有朋友，沒有夥伴，生平只對上帝、國家、法庭，以及鱒魚的釣季許下承諾。每一個人都用一種鬆了一口氣的信心說道：「紐伯法官正是本案的最佳人選。」有的人甚至認為讓他那麼好的人親自出馬未免有點可惜。但是一直在私下抱怨的也正是這一幫人。洛波塔·

羅勃絲為這些人取名叫「吉姆海特狂」。

挑選陪審團的工作花了好幾天的工夫，這段期間，艾勒里·昆恩先生只注意法庭上的兩個人——辯護律師艾禮·馬丁，以及檢察官卡特·布來福。事態很快就明朗化了，這將是一場初生之犢與識途老馬之間的戰爭。布來福的工作壓力很大，把自己鍛鍊得猶如一塊鑄鐵；他有一種頑固的成分，目光交會時夾帶著傲氣，同時又有著些許羞澀。艾勒里老早便看出他很有才幹，他又了解他的市民。不過他說話太文雅了些，間或會發出嘶啞的聲音。

馬丁法官則很出色。他沒有對布來福犯下指導晚輩的錯誤，一點也沒有；那將會轉移大家對訴訟程序的注意。相反的，他很尊重布來福的評斷。有一次，他們在紐伯法官面前低聲會商後轉身回各人的座位，有人看到這位老先生將手放在卡特的肩膀上一下。這個手勢是說：你是個好孩子、我們都喜歡對方、我們都對相同的事情感到興趣——司法正義，還有，我們旗鼓相當。這真是悲哀至極，但卻必須如此。在場的人受到了安撫，大家滿喜歡這樣的調調，許多人小聲的表示讚許。在場還聽到有人在說：不管怎麼說，老艾禮·馬丁——他是真的辭掉了法官的工作來為海特辯護。那不可能是在招搖撞騙吧！他一定相信海特的清白……其他人則回答道：算了吧，那個馬丁法官是約翰·萊特最要好的朋友，那就是為什麼……呃，我不知道……整件事在細心的策畫下創造出一個富於尊嚴與思慮的氣氛，使得躁動不安的粗糙情緒只剩下喘氣呼吸的空間，逐漸消逝於無形。

艾勒里·昆恩先生對此深表讚賞。教昆恩先生更加讚賞的是，當他後來審查那十二名男子，發現他們全部合格，優秀可靠。馬丁法官挑選陪審團精細準確到布來福也無容置喙，一個個保守穩重的男性公民，艾勒里所欲苛求的也不過如此。沒有人想對此抗告說帶有偏見，只除了一個例外，一位肥胖的男子老是在冒汗；大部分似乎是多慮深思的人，智商在水平之上。出身上流階級的紳士也許能理解，一個沒有犯罪的男人有可能是軟弱的。

對於特殊的研究者，吉姆·海特謀殺案的法庭完整紀錄已列管保存於萊特郡中——日復一日的詢問、作答、抗議，以及紐伯法官精確的全程掌控。關於那一點，報紙所刊載的內容幾乎已做到像法庭速記員般的鉅細靡遺了。然而，逐條詳細記錄也有其麻煩，你無法見樹又見林。因此且讓我們站立一邊，任憑那些樹枝椏縱橫交錯形成偌大的態勢。且讓我們注意其外部的輪廓，而非細部的紋理。

在面對陪審團的開場白裡，卡特·布來福告訴陪審團必須將最重要的一點時刻謹記在心：那就是被告的姊姊露絲瑪莉·海特是被毒藥謀害的，她的死亡並非被告犯罪的真正目的。被告犯罪的真正目的，是奪走被告年輕妻子娜拉·萊特·海特的生命——該目的幾乎就達成了，他的妻子在致命的除夕夜派對後，即臥病在床達六星期之久，成為砷化物中毒的受害者。

再則，是的，檢方毫不諱言的承認對於吉姆·海特的控訴所持的是情況證據，但是以情況證據對謀殺案定罪所根據的是法律，而非例外。在一樁謀殺案中，唯一有可能的直接證據，是目擊證人作證其目睹了謀殺的經過。如果是一樁槍殺案，那將是一名人證確實看到被告扣下扳機，而被害人中彈倒地死亡。如果是一樁毒殺案，則將是人證親眼見到被告將毒物置入被害人吞食的食物或飲料之中，更有甚者，是他看到被告將下了毒的食物或飲料親手拿給被害人。很顯然的，布來福繼續說道，像這種正好有人親眼目睹行為確實發生的「可喜的意外」勢必是少之又少，因為凶手可以理解的會試圖在沒人見到的情形下犯罪。因而，幾乎所有對於謀殺者的控訴都是根據情況證據，而非直接證據；法律也明智的規定容許這樣的證據，否則絕大多數的凶手都將逍遙法外。

但是陪審團對於本案所存的疑點並不需要驚慌；本案所蒐集到的情況證據是如此明確、如此堅強、如此無爭辯的餘地，陪審團必能發現吉姆·海特負有犯罪責任，其追訴別無任何可計較的疑慮。「檢方將會證明，」卡特·布來福用一種低沈、厚實的語調說道，「吉姆·海特至少在下手之前的五個星期即已計畫要謀殺他的妻子；那是一個狡猾的計畫，依靠一連串毒藥藥量的增加，使得妻子遭罹『疾病』的侵襲，料想這個行動將會在一次最高藥量的投注時達到頂點，其結果就是妻子死亡。檢方將會證明，」布來福繼續說道，「這些先期的下毒確實發生在吉姆·海特親手做的時間表所列的那一天；而試圖謀殺娜拉·海特以及意外殺死露絲瑪莉·海特，也發生在同一個時間表所列那一天中。

「檢方將會證明，那天晚上經過查證，雞尾酒是由吉姆·海特，且是吉姆·海特單獨調製而成，而其中一杯是下了毒的雞尾酒；將雞尾酒端出去分給參與派對的各個成員的是吉姆·海特，且是由吉姆·海特一個人做的；是吉姆·海特，且由吉姆·海特一個人將盤中下了毒的雞尾酒拿給他太太，甚至迫使她喝那杯酒；而她真的喝了那雞尾酒，並且因砷化物中毒而感到很不舒服。她僥倖拾回一命，純粹因為在露絲瑪莉·海特的堅持下，她將那杯只淺淺啜了一口的毒雞尾酒的剩餘部分給了她的大姑……該情況是吉姆·海特所無法預見的。

「檢方將會證明，」布來福冷靜的繼續說道，「吉姆·海特非常需要錢，他在酒精的壯膽下向妻子索求大筆金錢，因為在清醒的情形下怕會遭她拒絕。吉姆·海特因為賭博輸掉了很多錢；他得循其他非法途徑來獲得錢；而娜拉·海特若是死亡，她那由繼承而來的一大筆財產，將會合法的落入被告手中，而他正是她的丈夫，法定的繼承人。

「檢方，」布來福用一種低沈得幾乎聽不清楚的聲音總結道，「在別無合理的疑慮下相信，吉姆·海特確實如此計畫並謀殺他人，他在實施時殺死了另一位無辜的受害者——檢方要求吉姆·海特為他所奪走的人命以及另一條差點奪走的人命，付出他自己生命的代價。」語畢，卡特·在來福於同時響起的熱烈掌聲中就座，致使紐伯法官首度連續向觀眾提出警告。

在那長得嚇人以證明吉姆·海特清白的訴訟程序裡，在場唯一有趣的人物是在交叉訊問時的艾禮·馬丁法官。打從一開始，這位老律師的計畫對艾勒里來說便很簡單；不斷的提出疑問、疑問、疑問、疑問。不太激烈的、帶著冷冷的幽默、用講理的口吻……指桑罵槐、拐彎抹角，有多少手段就統統使出來，去他媽的交叉訊問的規定。艾勒里知道馬丁法官是豁出去了。

「但是你不能確定是吧？」

「呃——不能。」

「你並沒有時時刻刻盯緊被告吧？」

「當然沒有！」

「被告有可能將那盤雞尾酒暫時放下一下嗎？」

「沒有。」

「你肯定嗎？」

卡特·布來福冷靜的表示抗議：「該問題已答覆過了。」抗議成立。紐伯法官耐心的揮了揮手。

「你看到被告在調製雞尾酒嗎？」

「沒有。」

「你一直待在客廳裡嗎？」

「你知道我一直就在那裡！」被問話的人是法蘭克·羅伊，他生氣了。對於法蘭克·羅伊，馬丁法官格外的當心。老先生一點一點挖掘出報紙發行人與萊特家的關係——尤其是他與被告妻子的「特殊」關係。他曾經愛上她。當娜拉為了吉姆·海特而放棄他時，他的反應十分激烈，以加諸身體上的暴力威脅吉姆·海特。抗議、抗議、抗議。但那件事已經巧妙的予以披露出來，足以讓陪審團重溫法蘭克·羅伊與娜拉·萊特的全部故事——無論如何，這對萊維爾的居民而言已經是老故事了，每個人都知道其中的細節！

於是法蘭克·羅伊在檢方面前成為一名立場堪虞的目擊者，因此那是一個疑問。遭到遺棄而心存報復的「另一個」男人。誰知道呢？也許——

至於萊特家的人，他們被迫上證人席為案發當晚的事實作證，馬丁法官認為並不適合——於是扔出更多的疑問。再說「事實」吧，誰也沒有親眼目睹吉姆·海特將砷化物放入雞尾酒中。沒有人能確定……任何事情。

然而檢察官的追訴繼續進行著，雖然有馬丁法官的精心阻撓，布來福還是證實了：調製雞尾酒的是吉姆一個人；吉姆是唯一有可能確切無誤的將下過毒的雞尾酒遞給娜拉——他所欲加害的人，因為他將雞尾酒遞給在場的每一個人；吉姆迫使娜拉喝那杯酒，她本來不想喝的。

老溫渥斯出庭作證，他過去是約翰父親的律師，為那位老人家筆錄遺囑。溫渥斯證實，娜拉結婚時將可獲得祖父遺贈給她的十萬美元，這筆錢委由信託保管，直到那「幸福」時刻的來臨。

傳訊五位筆跡專家出庭作證，雖然經過馬丁法官強而有力的交叉訊問，他們都意見一致的同意，那三封收件人寫成露絲瑪莉·海特，日期分別為感恩節、耶誕節和元旦的未寄出的信，早在那些日期到來之前即宣布娜拉·海特「生病」，事實上第三封宣布了她的「死亡」——一致同意這些可惡的信是出自被告的手筆，別無任何疑慮。審判陷入遲延困頓達數日之久，法庭當中設立了若干大型的圖表，馬丁法官顯然下了苦工，和專家們爭論筆跡分析的細節要點……並不成功。

然後愛貝塔·曼娜絲嘉來了，她搖身一變，成為公共福利的堅強擁護者。愛貝塔其實是個不折不扣的饒舌女人，她那原本一直看似呆滯的眼神，一上了證人席面對法官，竟然比宇宙線還要銳利；原先似乎僅是大而發紅的耳朵，居然比感光電池還要敏感。透過愛貝塔，卡特•布來福才明白娜拉是如何在感恩節那天染恙，一如頭一封信裡所預言的；而娜拉又是如何在耶誕節那天遭到另一個更為嚴重的「病症」侵襲。愛貝塔進而對這些「病症」做病理細節的描述。

輪到馬丁法官站起來訊問：病症是嗎，愛貝塔？那麼，妳如何形容在感恩節和耶誕節，娜拉小姐所得的病症？

嘔吐！好像是肚子不舒服。（笑聲）

妳的——呃——肚子也曾那樣不舒服過嗎，愛貝塔？

當然！你，我，每個人都會。（紐伯法官猛敲議事槌要求安靜。）

像娜拉小姐那樣嗎？

當然！

（有禮貌的）：雖然這樣，妳可從未砷化物中毒過吧，是嗎，愛貝塔？

布來福站起來了。馬丁法官帶著笑容就座。昆恩先生注意到他的前額汗水淋漓。

米羅·魏勒比醫生的證詞經驗屍官薩倫森確認，兩人與州化驗官馬吉爾的證詞均認定，造成娜拉·海特臥病以及露絲瑪莉·海特死亡的有毒物質，是亞砒酸、三氧化砷、氧化砷，或者籠統的「白色砷化物」——名稱不同，一樣是致命物質。以下檢察官和辯護律師將簡稱為「砷化物」。

馬吉爾博士描述這種物質是「溶解後無色、無臭、無味，劇毒」。

問：（布來福檢察官）：那是一種粉末嗎？馬吉爾博士？　答：是的，長官。

問：它在雞尾酒中會溶解嗎？或者那樣會使它的藥效喪失嗎？　答：三氧化砷只能稍微溶解於酒精當中，不過由於雞尾酒中水的含量很高，它在裡頭將會迅速溶解。如你所知，它是可溶解於水的。不，它在酒精中不會喪失任何毒性。

問：謝謝你，馬吉爾博士。輪到你發問了，馬丁法官。

馬丁法官放棄交叉訊問。

布來福檢察官傳喚麥倫・葛巴克上證人席，他是萊維爾上村藥房老闆。葛巴克先生感冒了，鼻子紅紅腫腫的。他不時在證人席上擤鼻子，坐立不安。葛巴克太太坐在旁聽席的後座，她是位臉色蒼白的愛爾蘭女人，焦慮的注視著她的丈夫。依規定宣誓之後，麥倫・葛巴克作證說，一九四〇年十月的某一天——十月的上旬——吉姆・海特曾到上村藥房，購買「一小罐的虧克」。

問：虧克是什麼東西，葛巴克先生？　答：它是一種藥劑，用來殺死老鼠和有害的昆蟲。

問：虧克之中致命的成分是什麼？　答：三氧化砷。（擤鼻子。哄堂大笑。敲議事槌。）

葛巴克太太臉色發紅，不安的四下張望。

問：濃度很高嗎？　答：是的，長官。

問：你將這罐有毒的藥劑賣給了被告嗎，葛巴克先生？　答：是的，長官。這是一種商業用藥劑，不需要醫生開具處方箋。

問：被告曾回來購買更多的虧克嗎？　答：有的，長官。大約在兩個星期之後。他說他忘了將那罐東西放到哪裡去了，因此想買一罐新的。我賣給他另外一罐。

問：被告有沒有——我換一個問法。被告第一次來買的時候，對你說了些什麼，你又對被告說了些什麼呢？　答：海特先生說他家裡有老鼠，他想要殺死牠們。我說我很驚訝，因為我從來沒聽說過上村會有家鼠。對此他沒有說什麼。

艾禮·馬丁法官的交叉詢問——

問：葛巴克先生，去年十月你估計賣掉了幾罐虧克？　答：這很難回答。不少吧。這是我賣得最好的老鼠藥，下村地區鼠患猖獗。

問：是二十五罐？五十罐？　答：大約那樣的數字。

問：那麼說，顧客來購買有毒藥品——純粹為殺老鼠——並不是什麼不尋常的事囉？

答：是的，先生，這很尋常。

問：那麼，你怎麼會記得海特先生購買了幾罐——將這件事記住了五個月之久？　答：我就是記得這件事。或許是因為他這兩罐購買的日期如此的接近，而他住的地方正好是在上村。

問：你肯定是兩罐，中間相隔了兩個禮拜？　答：是的，先生。如果我不肯定，就不會這樣說。

問：請不要做評判，拜託，只要回答問題。葛巴克先生，你販賣虧克時做了交易紀錄嗎，上面是否列有顧客的名字？　答：我不需要做紀錄，法官。那是合法販賣的——

問：請回答這個問題，葛巴克先生。你有被告吉姆·海特購買虧克的紀錄嗎？　**答**：沒有，先生，可是——

問：那麼我們都聽到你說的了，根據你對這兩件事的記憶，你說在五個月前，被告曾向你買過虧克？

布來福檢察官：庭上，證人是宣誓過的。他回答辯方律師的問題已不只一次，而是好幾次了。本席要提出抗議。

紐伯法官：我認為證人已經回答過了，法官。抗議照准。

問：那就這樣吧，謝謝你，葛巴克先生。

愛貝塔·曼娜絲嘉再度被傳喚上證人席。布來福先生發問，她指證她「從未在娜拉小姐家看見過老鼠」。她進一步指證說她「也從未看見過老鼠藥。」

馬丁法官於交叉訊問時問愛貝塔·曼娜絲嘉，海特家地下室的工具櫃裡是不是裝設了一個大號的捕鼠器。

答：那裡有嗎？

問：那是我要問妳的問題，愛貝塔。　**答**：我想有吧。

問：如果那裡沒有老鼠，愛貝塔，妳認為海特家為什麼要裝設捕鼠器呢？

布來福檢察官：抗議。這是在徵詢意見。

紐伯法官：抗議照准。辯護律師，我得要求你將交叉訊問的範圍限制在——

馬丁法官（謙遜的）：是的，庭上。

愛咪琳·杜普瑞宣誓之後，作證說她是一位戲劇兼舞蹈教師，住在萊維爾鎮希爾路四百六十八號，「就在娜拉·萊特家的鄰戶。」

證人作證說，在去年十一月和十二月間，她「碰巧聽到」娜拉和吉姆·海特經常發生爭吵。爭吵的內容是關於海特先生的酗酒，以及多次開口要錢。十二月裡有一次吵得尤其厲害，杜普瑞小姐聽到娜拉·海特拒絕再給她丈夫「任何錢」了。為什麼被告需要這麼多錢，杜普瑞小姐是否曾「碰巧聽到」任何與此有關的事呢？

答：那教我十分的震驚，布來福先生——

問：法院對妳的情感反應並不感興趣，杜普瑞小姐。請妳回答這個問題。**答**：吉姆·海特承認他賭博，輸了很多錢，那就是他為什麼需要錢，他這麼說。

問：海特先生或海特太太曾提到任何跟被告賭博有關的名字和處所嗎？**答**：吉姆·海特說他在「熱點」賭輸了很多錢，十六號公路上那個惡名昭彰的地方——

馬丁法官：庭上，我提議將這位證人所有的證詞悉數刪除。我並不反對在本案訴訟中採取一問一答的方式——布來福先生對我非常的有耐心，而這件案子的困難度是大家公認的，情況的研判是如此的模糊——

布來福先生：我可不可以要求辯護律師將他的評論局限於抗議內容之中，並且停止將這個案件特殊化來影響陪審團？

紐伯法官：檢察官的意見是對的。辯方律師，你對這名證人所提的抗議是什麼？

馬丁法官：證人宣稱無意中聽到被告與妻子間的對話，檢方卻絲毫不去認定其時間與背景。很明顯的，證人並非當場在同一個房間，或甚至在同一棟房子裡，那麼，她又如何能「碰巧聽見」呢？她怎麼能肯定那兩個人是被告和他的妻子呢？她看到他們了嗎？或者她並沒有看到他們呢？我對此——

杜普瑞小姐：可是這些都是我親耳聽到的！

紐伯法官：杜普瑞小姐！是的，布來福先生？

布來福先生：檢方安排杜普瑞小姐上證人席，目的是避免讓被告的妻子在為那些爭吵作證時承受到痛苦——

馬丁法官：我的重點不在那裡。

紐伯法官：我知道不在那裡。話雖如此，辯方律師，我還是要建議你在交叉訊問的時候，將你的重點概括一下。抗議駁回。請繼續，布來福先生。

布來福先生繼續進行未完成的訊問，誘導證人講出更多吉姆與娜拉之間爭吵的事。換手發問，馬丁法官逼得杜普瑞小姐落下了憤怒的眼淚。他揭發她偶然聽到人家講話時的身體姿勢——她在一團漆黑之中，蹲伏在臥室玻璃窗前，傾聽說話的聲音溫溫熱熱的越過她家與海特家之間的汽車道飄了過來。他又拿日期與時間牽扯在一起的問題來搞混她，因此她有好幾次出現了明顯的自我矛盾。在場的聽眾無不聽得津津有味。

萊維爾中央廣場旁辛普森當鋪的老闆J·P·辛普森宣誓作證道，去年十一月和十二月之中，吉姆·海特在辛普森當鋪當了若干種類的珠寶首飾。

問：是什麼樣的首飾呢，辛普森先生？　答：第一件是一隻男用金錶——他剝下鍊子拿來當。很不錯的製品，價錢很公道——

問：是這隻錶嗎？　答：是的，長官。我記得給了他很好的價錢……

問：列入證據。

庭丁：檢方證物第三十一號。

問：你能唸一下刻在錶上的文字嗎，辛普森先生？　答：這個什麼？噢，「給——吉姆——娜拉——贈」。

問：被告還當了些什麼呢，辛普森先生？　答：黃金與白金的戒指、一枚鑲邊胸針等等。全都是很好的製品，可以當到不少錢。

問：你能認出來我現在拿給你看的首飾項目嗎？辛普森先生？　答：是的，先生。這些都是他當給我的東西，我給了他相當好的價錢——

問：先別管你給了他什麼。最後這些的項目全都是女性的首飾，是不是呢？　答：是的。

問：請唸一下刻在上面的文字，要大聲一點。　答：請等一下，我戴個眼鏡。「N·W·」——「N·W·」——「N·W·H·」——「N·W·」。

娜拉的首飾被列為證物。

問：最後一個問題，辛普森先生。被告可曾將當給你的東西贖回去嗎？　答：沒有，長官。他只是一直拿新的東西來，一次一件，而我也始終給他相當好的價錢。

馬丁法官放棄交叉訊問。

萊維爾私人財務公司總裁唐納‧麥肯錫依例宣誓後作證說，吉姆‧海特於去年最後兩個月向私人財務公司借貸了為數可觀的款項。

問：用什麼做擔保呢，麥肯錫先生？　答：沒有。

問：這對你的公司而言，不是很不尋常嗎？借錢給人而沒有附帶的擔保？　答：呃——，私人財務公司貸款的條件很寬大，不過我們平常自然都會要求附帶的擔保。這是生意嘛，你也知道。但是，既然海特先生是萊維爾國家銀行的副總裁，以及約翰‧萊特的女婿，本公司因此對他案子破個例，借款之前只需簽名就可以了。

問：被告償還了借款嗎，麥肯錫先生？　答：呃，沒有。

問：貴公司曾試圖收回到期的款項嗎，麥肯錫先生？　答：呃，有的。並不是我們多心，可是——呃，那是五千美元吶，在數度要求海特先生依約還錢卻得不到滿意的答覆後，我們——我最後走進銀行去見萊特先生，即海特先生的老丈人，向他抱怨這個情況，萊特先生說他對他女婿貸款的事毫不知情，但他當然會親自擺平這件事，於是我就再也沒有說過有關這次貸款的任何事——保守祕密。本來我是會繼續保密的，可是，這次訴訟以及所有的——

馬丁法官：抗議。陳述不當，與本案無關——

問：這且先擱下，麥肯錫先生。約翰·萊特將貸款的錢全額還給了貴公司嗎？　答：本金和利息。是的，長官。

問：從今天元旦開始，被告曾再借任何錢嗎？　答：沒有，長官。

問：從今年元旦開始，你曾與被告談過話嗎？　答：是的。海特先生於元旦中旬到公司來見我，向我解釋他為什麼沒有償還任何錢——他說他做了不當的投資——並要求再寬限一下時間，他一定會還清他的債務。我告訴他，他的老丈人已經還清了。

問：被告怎麼說？　答：他一個字也沒說，只是離開了我的辦公室。

輪到馬丁法官交叉訊問。

問：麥肯錫先生，你是否感到奇怪，為什麼身為萊維爾國家銀行這樣一個金融機構的副總裁，同時又是該行總裁的女婿，會跑來找你請求貸款？　答：呃，我是想過。不過我認為這是私人的祕密，如你所知——

問：事關私人的祕密，沒有經過解釋以及附帶的擔保，只需簽一下名，你依舊付給他五千美元這麼大的一筆錢？　答：呃，我知道老約翰會擺平此事，假如——

布來福先生：庭上——

馬丁法官：就問到這裡，麥肯錫先生。

並非所有對吉姆·海特不利的證據都在法庭上揭發出來。有些證據落在維克·卡拉提手中，有些在中央西街的理髮店，有些則在艾米爾·波芬伯皮設在厄漢區的牙醫診所，在高斯·

奧爾森的路邊小館，而至少有一個最耐人尋味的事實，是由一位紐約的記者向老醉鬼安德森先生套問出來的，採訪的地點是在下村世界大戰紀念碑的基座下，當時安德森先生碰巧正在伸懶腰哩。

愛咪琳·杜普瑞是從泰西·魯平那兒聽到了劉吉·馬林諾的故事。泰西在中央西街的美容院工作，而杜普瑞小姐一向上那兒做頭髮。泰西剛剛和她老公喬一起吃過午餐，喬是劉吉·馬林諾的理髮師之一。喬將故事告訴泰西，泰西告訴愛咪琳·杜普瑞，而愛咪琳·杜普瑞……

於是別的故事開始在鎮上哄傳，許多髒東西在陳舊的記憶中被挖掘出來，又黑又亮。當這些東西被擺在一起時，萊維爾的居民於是說道；這下有好戲看了。你認為法蘭克·羅伊關於卡特·布來福是萊特家密友的話說得對不對？為什麼不將劉吉和波芬伯格安排上證人席呢？還有高斯·奧爾森，以及其他的人？怎麼，這些不擺明了吉姆·海特要殺死娜拉嗎！他在鎮上到處威脅要殺死她！

一天早上在開庭之前，道金局長到理髮店刮臉時，被劉吉·馬林諾逮到了。是時喬·魯平正在隔壁理髮椅上側耳傾聽著。「嗨，局長，」劉吉開心的說，「我正在到處找你呢！我剛好想起了一件很重要的事情！」

「是嗎，劉吉？請說吧，不用緊張。」

「去年十一月，吉姆·海特有一天來找我理髮。我對海特先生說：『海特先生，我感覺棒透了。你知道為什麼嗎？我快要結婚了！』海特先生說那很好啊，那位幸運的姑娘是誰？我說，『法蘭西絲卡·波迪葛莉安諾。我是在鄉下認識法蘭西絲卡的，她在聖路易教堂工作，我只不過寫了一封情書給她，而現在法蘭西絲卡就要到萊維爾來當馬林諾太太了——我買了一張很貴的車票寄去給她。這樣做還可以吧？』你記不記得我結婚了，局長……」

「當然記得了，劉吉。欸，輕一點！」

「於是海特先生說什麼呢？他說：『劉吉啊，別討一個窮女孩當老婆吧！那一點賺頭也沒有！』他知道嗎？他娶了娜拉·萊特那個姑娘，為的就是她的錢！你去叫布來福先生傳我出庭作證吧，我要把這件事講出來！」

道金局長不覺失笑。但萊維爾的鎮民可沒有。對萊維爾的居民而言，劉吉所說的這件事理當在法庭上作證，那是很合乎邏輯的。那表示他是為了錢才娶娜拉·萊特。如果一個男人會為了錢而娶一個女人，那麼他也會為了錢將她毒死……那些萊維爾的婦女運氣不佳，家裡頭沒有律師談一些何謂「可被接納」的證詞來給她們聽。

波芬伯格醫生則真的在開庭前跑去找布來福檢察官，要求出庭作證。「真的嘛，海特去年十二月跑來找我，卡特，他的智齒發炎化膿。我給他吸笑氣，當他被笑氣麻醉之後，他不停的說：『我要除掉她！我要除掉她！』然後他又說：『我需要那筆錢用。我要那筆錢用！』那不是證明他計畫要殺她嗎，為什麼不行？」

「不行，」布來福不耐的說，「無意識的陳述，不可被接納的證詞。回去吧，艾米爾，我還有事情要忙，好嗎？」

波芬伯格醫生生氣極了，每次只要他的病人願意聽，他就重複這個故事給他們聽，差不多他所有的病人都知道了這件事。

而高斯·奧爾森的故事，則是經由無線電警網巡警克里斯·多夫曼才傳到布來福檢察官耳中。巡警克里斯·多夫曼「碰巧」到高斯·奧爾森那兒「買一杯可樂」（按照他的說法），而高斯「很亢奮的」告訴他一件有一次在「聚飲」時，吉姆·海特告訴他的事情。現在換巡警克里斯·多夫曼在亢奮了，因為數週以來他一直思前想後要如何才能進入法庭，坐上證人席並且在報紙上亮相。

「究竟海特說了些什麼，克里斯？」布來福檢察官問道。

「呃，高斯說吉姆·海特有好幾次喝醉了酒，開車去『路邊小館』向他要酒喝，高斯說他每次都拒絕。有一次他甚至打電話給海特太太，要她前去載她丈夫，他喝醉了發酒瘋，在大吵大鬧呢。不過高斯記得一件事，我認為你應該納入訴訟的參考，布來福先生。有一天海特在那裡喝醉了，一直在破口大罵當太太的，還有婚姻，說結了婚怎麼不好，然後他說：『唯一的方法就是將她除掉，高斯。我得立刻除掉她，否則我會發瘋。她快要把我逼瘋了！』」

「酒醉之後的陳述，」卡特悶哼說道，「高度的可疑。你要我犯下這個無可挽回的錯誤，把官司搞輸掉嗎？回你的警車去吧！」

安德森先生的故事本身至為單純。他很得意的告訴紐約的記者：「先生，海特先生和我好幾次在一起時都猛喝紅葡萄酒。酒中的知己，你懂吧。我們在廣場上遇到都會相互擁抱。我尤其記得『黯淡的十二月』裡那個多事的夜晚，『在我們這個蝸居』裡，我們高談闊論『捱過最寒冷的時刻』！《大地春回》，先生，一齣過分受到漠視的經典名作……」

「我們偏離主題了，」記者說，「發生了什麼事呢？」

「呃，先生，海特先生搭著我的肩膀，然後說：『我要殺了她，安迪。別以為我不敢！我要殺死她！』」

「哇。」記者嚷道，然後讓安德森先生回去睡在下村世界大戰紀念碑基座下。

但對於這個內容豐富的資料，布來福檢察官一樣加以拒絕；於是萊維爾的居民咕噥的說「有些事很假」，然後交頭接耳、竊竊私語、一傳十、十傳百……

謠言傳到紐伯法官的耳朵裡。從那天起，每次在法院開庭過後，他都會嚴詞警告陪審團不得與任何人討論本案案情，甚至陪審團成員之間也不可以。

有人認為，謠言引起了紐伯法官的注意，和艾禮·馬丁脫不了關係。因為馬丁法官開始苦惱起來，特別是在早晨和他太太吃過早餐之後。克麗兒侍候這一點頗有一套，是判讀他對萊維爾發脾氣程度的晴雨計。這樣的憤怒漸漸在法庭中出現了，並且在老律師與卡特·布來福你來我往的交手中升溫，連新聞記者也手肘輕觸，互換著你知我知的眼神說「小老頭快要不行了」。

萊維爾國家銀行首席出納員湯瑪斯·溫席作證說，吉姆·海特在銀行工作時總是使用一支細字的紅色蠟質鉛筆，他並且出示許多銀行裡存檔的文件，上頭都有海特的紅筆簽名。

布來福提交最後一號證物——時機的安排至為狡黠——是那本艾吉坎所著的《毒物學》，裡頭有經紅色蠟質鉛筆畫線作記的敘述文字……談論砷化物的那段文字。證物被拿到陪審團傳閱，馬丁法官神情「自若」，而在被告席老律師身旁的吉姆·海特則臉色發白，只見他四下望了一望，好像要找地方逃走。但是沒有多久，他又表現得和先前一樣——默不作聲，軟弱的坐在椅中，灰色的臉變得更加不耐。

三月二十八日星期五，庭訊結束之時，布來福檢察官表示起訴工作「大概接近尾聲了」，不過下週一早上開庭後他會更確定些。他料想星期一大概會休息一天。經過庭前一番冗長的討論之後，紐伯法官宣布休會到星期一早上，三月三十一日。

被告還押回法院最頂樓的牢房中，法庭空無一人，萊特家一行人只好回家。除了等待星期一之外無事可做……另外就是設法讓娜拉快活起來。娜拉躺在她漂亮的長椅上，拔著她那印花棉布窗幔上的玫瑰花朵。荷美不肯讓她出席審判；流了兩天的眼淚之後，娜拉不再掙扎了，心力交瘁至極。她只是將玫瑰花從布幔上拔下來。

然而三月二十八日星期五還發生了另一件事。洛波塔·羅勃絲失去了她的工作。整個審判過程中，這位女記者一直在她的專欄裡為吉姆·海特辯護——一位記者突發奇想管他叫「上帝沈默的男人」，而她是唯一沒有判定他死罪的記者。洛波塔在星期五接到伯里斯·康納爾從芝加哥拍來的電報，通知說他已經「拿掉了專欄」。洛波塔打電話給一名芝加哥的律師，向新聞與特寫同業工會提起控訴。然而到了星期六早上，報紙上仍然沒有她的專欄。

「妳打算怎麼辦？」艾勒里·昆恩問道。

「繼續留在萊維爾。我是那種不放棄的麻煩女性，我依然能夠幫吉姆・海特一點忙。」

她花了整個星期六的早上在吉姆的牢房裡，敦促他說些話，反擊回去，為了保護自己揮拳出去。馬丁法官也在那裡，抿緊了雙唇，艾勒里亦然；他們默默的聽著洛波塔精力充沛的請求。然而吉姆僅是搖著頭，要不就做一些不具答覆性的手勢——一個垂著頭，死去了四分之三的形體，沈浸在他自己製造出來的怪異氣氛之中。

22 作戰會議

距離星期一的開庭還有整整一個週末，因此在星期六的晚上，娜拉邀請洛波塔·羅勃絲和艾禮·馬丁法官來吃晚飯，與家人「詳加計議一番」。荷美要娜拉待在床上，因為她「狀況不佳」，但娜拉說：「噢，媽，我站起來動一動會好一些的！」於是荷美明智的未加反對。

娜拉的腰身明顯的開始加寬了；她的臉頰虛胖，猛然一看面色不佳，在屋子裡走動時，彷彿雙腿綁著鉛塊。荷美憂心的問魏勒比醫生，他說「娜拉比我們預期的要好了很多，荷美。」荷美不敢再多問下去，不過她很少離開娜拉的身邊，要是看見娜拉竟要搬動厚厚的一本傳記，她準會嚇得面無血色的。

吃完了一頓毫無滋味且頗為周折的晚飯，大家都走進了客廳。露蒂關緊了百葉窗，升起爐火。大家坐在爐火前，臉上僵固而不安，每個人都知道該說點什麼，但卻想不出話來。氣氛談不上慰藉，即使燃起了友誼之火，要放鬆是不可能的——娜拉正強自振作的坐在那裡。「史密斯先生，你今晚話並不多。」洛波塔·羅勃絲終於說道。

娜拉帶著懇求的眼神看著艾勒里，但是他迴避她的目光。「好像沒什麼好說的，是吧？」

「是啊，」女記者低聲說，「我想也沒有。」

「依我看，現在我們所面對的問題既不是理智上的，也不是情感上的，而是法律上的。信任並不能讓吉姆獲釋，儘管那也許是他精神上的支柱。只有事情的真相能夠讓他脫罪。」

「哪有什麼事情的真相！」娜拉嘆道。

「娜拉，」荷美擔心的說道，「拜託。妳也聽到魏勒比醫生說情緒激動會怎麼樣。」

「我知道，媽，我知道。」娜拉急切的望著艾禮・馬丁法官，他那瘦長的手指交疊在鼻端之前，雙眼瞪視著爐火。「情形怎麼樣了，艾禮叔叔？」

「我不想騙妳，娜拉。」老法官搖搖頭，「情況說有多壞，就有多壞。」

「你是說吉姆連一點機會也沒有？」她急道。

「機會總會有的，娜拉。」洛波塔・羅勃絲說。

「是的，」法官說，「陪審團是說不準的。」

「假如我們還幫得上忙的話。」荷美絕望的說。

約翰整個人越發縮進了外衣之中。

「噢，你們這些人！」蘿蘭・萊特嚷道，「老是在哀聲嘆氣的！我討厭大家坐在這裡，每個人都束手無措——」蘿蘭嫌惡的將菸丟進了壁爐中。

「我也是，」派蒂低聲說道，「厭煩透了。」

「派翠西亞，」荷美說，「我想妳還是別參加這場討論吧。」

「那當然囉，母親大人，」蘿蘭扮了個鬼臉說道，「妳的寶貝女兒，妳眼中的派蒂永遠是一個長腿的丫頭，不能喝調味奶，不可以去爬愛咪琳·杜普瑞的櫻桃樹！」

派蒂聳一聳肩。艾勒里·昆恩先生狐疑的看著她。打從星期四以來，派翠西亞·萊特小姐的舉動便怪怪的，太安靜了些。對於一個健康外向的人而言，心事重重了些。好像在她漂亮的腦袋瓜裡頭醞釀著某些事情。他很想跟她說點什麼，卻改而點燃一支香菸。一八四九年淘金熱，肇端於掉在一灘泥水裡的一隻破鍋。誰知道事情的真相會在哪裡被人發現呢？

「艾勒里，你在想什麼呢？」娜拉懇求道。

「艾勒里一直在反覆推敲這個案子，尋找一線生機。」派蒂向馬丁法官解釋道。

「不是法律上的，」當馬丁法官揚起眉時，艾勒里遲疑的解釋道，「不過我處理虛構的犯罪情節那麼久了，在——呃——真實生活裡運用起來時的確是獲得了某種便利。」

「假如你能將本案這些東西化腐朽為神奇，」老律師發牢騷，「那你就是一名魔術師。」

「你發現什麼了嗎？」娜拉嚷道。

「咱們面對事實吧，娜拉，」艾勒里面無表情的說，「吉姆的處境很絕望，妳最好要有心理準備……這個案子我已經反反覆覆推敲過了。每一個微小的證據都被我過濾過，每一個已知的事實我都仔細的想過，每一個事故我都檢查了十幾遍，但仍然沒有發現一線生機。從來沒有一個案子對被告這麼不利。布來福和道金局長建造了一堵巨大的牆，想顛覆它得靠奇蹟出現。」

「我的話，」艾禮法官唇乾舌燥的說，「也不能扭轉乾坤。」

「噢，我已經準備好了。」娜拉苦笑道。她坐在椅子上劇烈的扭曲著，將臉伏在手臂上。

「突發的動作！」荷美提醒道，「娜拉，妳得小心點噢！」娜拉頭也沒抬的頷首。客廳靜了下來，等待下一波的爆發。

「我說啊，」末了艾勒里說，他是一名抗拒火舌的黑人，「羅勃絲小姐，我想要知道一些事。」

女記者緩緩的說：「什麼事，史密斯先生？」

「妳是因為選擇忤逆大眾的意見與為吉姆·海特奮鬥，才失去了妳的專欄的。」

「這仍然是一個自由的國家啊，謝天謝地。」洛波塔輕聲說道，不過她坐得很直。

「妳為何對本案抱著那麼大的興趣呢——甚至到了犧牲工作的地步？」

「我碰巧相信吉姆·海特是清白的。」

「即使是在所有的證據都對他不利情形下？」

她笑了一下。「我是一個人。還有我很感情化。這是兩個理由。」

「不對。」艾勒里說。

洛波塔站了起來。「我不確定我是否喜歡那樣，」她口齒清晰的說，「你想要說什麼呢？」其他人都皺眉頭了。客廳裡有一東西劈哩啪啦響得比燃燒的木塊還要大聲。

「那真是太好了，」昆恩先生取笑的說，「太、太好了。炙手可熱的女記者自毀前程來為全然陌生的人辯護，而所有的事實和全世界的人都同意，這個人就跟聖經上殺害弟弟的該隱一樣有罪。這對娜拉來說是有理由的，她愛那個男人。這對萊特家的人而言也是有理由的，為了他們女兒和孫兒的緣故，他們希望女婿能夠清白。然而妳的理由是什麼呢？」

「我已經告訴過你了！」

「我不太相信。」

「你不相信，那我應該怎麼辦？」

「羅勃絲小姐，」艾勒里語氣嚴厲的說，「妳在隱瞞些什麼呢？」

「我拒絕接受這樣的拷問。」

「抱歉！不過很明顯的是，妳一定曉得什麼事情。打從妳來到萊維爾起，妳就已經了解某些事情。是那件妳所知道的事情促使妳來此為吉姆辯護。那件事是什麼？」

女記者抓起了她的手套、銀狐大衣和手提袋。「有好幾次，史密斯先生，」她說，「我對你感到非常討厭……不用了，拜託，萊特太太。別麻煩了。」她在一陣快步後離去了。

昆恩先生凝視著她所空出來的位置。「我以為，」他歉然的說，「可以激出她的話。」

「我想，」馬丁法官沈思的說，「我得跟那位女士來一次深談。」

艾勒里聳聳肩。「蘿蘭。」

「我？」蘿蘭吃驚的說，「我怎麼啦，老師？」

「妳也隱瞞了一件事情。」

蘿蘭愣了一下，隨即笑著點燃一支香菸。「你今晚活像個大偵探嘛，不是嗎？」

「妳不認為現在正是告訴馬丁那件事的時候了嗎？」艾勒里笑道，「除夕夜午夜前妳跑到娜拉家後門做什麼呢？」

「蘿蘭！」荷美詫異道，「妳在那裡？」

「噢，沒有什麼事啦，媽，」蘿蘭不耐煩的說，「那和這件案子一點關係也沒有。當然，法官，我會告訴你的。不過既然我們每件事情都要解釋清楚，那麼咱們那位大名鼎鼎的史密斯先生又在幹什麼呢？」

「什麼？」大名鼎鼎的史密斯先生問道。

「我親愛的萬事通，你可真的撈過界知道了不少事嘛！」

「蘿蘭，」娜拉難過的說，「妳這麼鬥嘴——」

「妳不認為，」派蒂嚷道，「如果有什麼是艾勒里所能做的，他就會去做嗎？」

「這我可不知道。」蘿蘭挑剔的說，欹斜著眼睛穿過煙霧看著被告，「他是個深藏不露的傢伙。」

「請等一下，」馬丁法官說，「史密斯先生，如果你真的知道任何事情，我得安排你上證人席！」

「如果我上證人席對你有所幫助的話，法官，」艾勒里反對，「那我就會去做。可是那沒有用。相反的，那樣會害人——不淺。」

「有害吉姆這件案子？」

「那樣做只會使他被套牢。」

約翰首度發言：「你是說你知道吉姆有罪是嗎，年輕人？」

「我並沒有那麼說，」艾勒里嚷道，「可是我的作證會使吉姆被抹得更黑——那將會很清楚的證實，除了吉姆之外沒有任何人能在雞尾酒裡下毒——你將無法在上訴法院將這一點推翻掉。我絕對不能出庭作證。」

「史密斯先生，」道金局長隻身走了進來……「很抱歉跑來打個岔，各位，」警察局長粗聲粗氣的說，「這是我親自跑去聲請的法院傳票。」

「傳票?傳我的嗎？」艾勒里問。

「是的，史密斯先生，法院傳喚你在星期一早上出庭，為檢方控告吉姆‧海特一案出庭作證。」

第五部

23 蘿蘭與支票

「我也接到了一張。」星期一早上，蘿蘭在法庭裡低聲對艾勒里說。

「一張什麼？」

「一張為我們親愛的同胞作證的傳票。」

「怪哉。」昆恩先生心裡嘀咕著。

「那位有為的青年袖子裡頭藏著名堂，」馬丁法官說，「佩提古到法庭上來幹什麼？」

「誰？」艾勒里四顧。

「傑西·佩提古，那個賣房地產的人。布來福在跟他偷偷講些什麼。佩提古不可能知道任何有關這件案子的事情。」

蘿蘭屏住呼道說道：「噢，笨蛋。」兩人都看著她，她的臉色非常蒼白。

「怎麼回事，蘿蘭？」派蒂問道。

「沒有。我想那不可能——」

「紐伯來了，」馬丁法官說道，迅速的站了起來，「記住，蘿蘭，卡特問什麼妳就答什麼。不要主動透露什麼東西。也許，」庭丁大聲叫全場起立時，他低聲道，「也許我在交叉訊問時會變一點把戲！」

□

傑西·佩提古坐在證人席上發著抖，不住的用一條藍色圓點的手帕抹著臉，萊維爾的農夫所用的那種。是的，他的名字叫做傑西·佩提古，從事萊維爾的房地產生意，是萊特家多年的朋友──女兒卡蜜兒是派翠西亞·萊特最要好的朋友。（派翠西亞·萊特抿緊了雙唇。她「最要好的朋友」從元月起就沒再打電話給她了。）

卡特·布來福今天早上要爭取一個揮汗如雨的勝利，他的額頭布滿了汗珠，與傑西·佩提古一同用手帕唱著雙簧。

問：我手上這張作廢的支票，佩提古先生，你認得出來嗎？ 答：是的。

問：請唸唸看上面寫些什麼？ 答：日期──一九四〇年十二月三十一日。上面寫：憑票祈付現金一百美元。開票人簽名：傑西·佩提古。

問：這張支票是你開的嗎，佩提古先生？ 答：是我開的。

問：日期特別指定在──去年的最後一天，也就是除夕？ 答：是的，長官。

問：你這張支票開給什麼人呢，佩提古先生？ 答：開給蘿蘭·萊特。

問：請告訴我們你開這張一百美元的支票給蘿蘭·萊特時的情況。 答：我覺得有點好玩……我是說，我不得不那樣……呃，去年的最後一天，我正在整理我那位於上村的辦公室，於是蘿蘭來了。她說她手頭拮据，而她認識我一輩子，問我是否能借她一百美元。我看到她很憂慮的樣子——

問：你只要告訴我們她說了些什麼，而你又說了些什麼。**答**：呃，就是那樣嘛，我想。我給了她支票。噢，對了。她要的是現金。我說我手上沒有現金，當時又過了銀行營業的時間，所以我給她一張支票。她說：「好吧，如果那幫不上忙的話，也就沒辦法了。」於是我就開了一張支票，她說謝謝，事情就是那樣。我現在可以走了嗎？

問：萊特小姐有沒有告訴你，她要這些錢做什麼呢？**答**：沒有，長官，我也沒問。

那張支票被納入證物，而當馬丁法官正要請求刪除佩提古所有的陳述時，他將支票翻過來看另一面寫些什麼，一看之下臉色立刻變得慘白，咬著嘴唇。然後他動作很大的揮著手，放棄交叉訊問。佩提古步履蹣跚，幾乎要跌倒在地，他是如此急欲離開證人席。他給了荷美一個頗為難看的微笑，臉上布滿了汗珠，不停的用手帕擦著。

蘿蘭·萊特神情緊張的宣過了誓，不過她射出去的目光帶著輕蔑，教卡特·布來福一陣臉紅耳熱。他給她看了一下證物支票。「萊特小姐，當妳去年十二月三十一日從傑西·佩提古那裡收下這張支票後，妳拿去做了些什麼？」

「我把它放進了我的皮包。」蘿蘭說，旁聽席一陣竊笑，馬丁法官眉頭皺了一下，於是蘿蘭坐直了些。

「這個我知道，」卡特說，「但是妳將它交給了誰呢？」

「我不記得了。」

傻女孩，艾勒里想著。他逮住妳了，不要橫生枝節把事情弄得更糟。布來福將支票出示在她的面前。「萊特小姐，這樣或許能讓妳記起來。請你唸一下這張支票背面的背書。」

蘿蘭吞了一下口水，然後低聲的說：「吉姆·海特。」被告席上的海特莫名其妙地在這個當口笑了。那是一種無法形容的疲倦至極的笑容，之後他再度陷入冷漠之中。

「吉姆·海特的背書何以會出現在妳向傑西·佩提古借錢的支票上，妳能解釋一下嗎？」

「是我給吉姆的。」

「什麼時候？」

「同一天的晚上。」

「在什麼地點？」

「在我妹妹娜拉的家。」

「在妳妹妹娜拉的家。妳難道沒聽到這裡有人作證說，除夕夜的派對裡，妳並沒有出現在妳妹妹娜拉的家中？」

「有。」

「噢，妳到底在不在那裡？」

布來福語氣中帶著些許的嚴厲，派蒂坐在欄杆後面的身體扭曲了一下，嘴唇顫動的說：

「我恨你！」聲音幾乎可以聽得到。

「我是在那間屋子停留了幾分鐘，不過我並沒有出現在派對上。」

「原來如此。妳有沒有被邀請參加派對？」

「有。」

「可是妳沒有去參加？」

「是的。」

「為什麼不參加呢？」

馬丁法官提出抗議，紐伯法官准了。布來福面露微笑。「除了妳的妹夫，也就是被告之外，妳曾見到任何人嗎？」

「沒有。我繞到廚房那兒的後門。」

「那妳知道吉姆・海特在廚房裡嗎？」卡特・布來福立刻問道。

蘿蘭臉紅了。「是的。我在屋外頭的後院逛來逛去，直到我透過玻璃窗看到吉姆進了廚房。他又走進餐具室不見了，我想或許有人和他在一起吧。但過了幾分鐘後，我確定吉姆是一個人，於是敲門。吉姆走出餐具室來到後門，我們便談了起來。」

「談些什麼呢，萊特小姐？」

蘿蘭迷惑的看了馬丁法官一眼。他似乎要站起來，之後又坐了回去。

「我把支票給了吉姆。」艾勒里傾身向前。原來那就是蘿蘭的任務了！那天晚上在娜拉廚房的後門，吉姆和蘿蘭發生了什麼事，他既沒能夠聽，也沒能夠看。

「妳把支票給了他，」布來福溫和的說，「萊特小姐，被告曾向妳要錢嗎？」

「沒有！」

艾勒里冷酷的笑著。分明是在說謊。

「但是，妳向佩提古先生借那一百美元，目的不就是要給被告的嗎？」

「是的，」蘿蘭冷冷的說，「只是那是我用來償還我欠他的錢。我欠每個人錢，如你所知——我老是在借錢。我在此之前向吉姆借過錢，所以我還給他，就是這樣。」

艾勒里回想起那天晚上他尾隨吉姆到了下村蘿蘭的寓所，吉姆是如何帶著醉意要錢，而蘿蘭說她一點也沒有……除夕夜那天蘿蘭「還債」一事絕非事實。蘿蘭為了娜拉的幸福付出了奉獻。

「妳向佩提古借錢來還給海特？」卡特問道，眉毛揚了起來。（眾笑。）

「證人已答覆過了。」馬丁法官說道。

布來福揮了一下手。「萊特小姐，海特曾要求妳償還妳所說妳欠他的錢嗎？」

蘿蘭說道，太快了一些：「沒有，他不曾。」

「妳只是忽然間決定最好在去年的最後一天把錢還他——而他任何請求都沒有？」

抗議。辯駁。重新訊問。

「萊特小姐，妳只有一份微薄的收入，是嗎？」抗議。辯駁。這回吵起來了，紐伯法官命陪審團退席。布來福堅決的向紐伯法官說：「庭上，這對於檢方證明以下的事是很重要的。這名證人雖在境況拮据的情形下，仍然多多少少受到被告的壓力去為他弄錢，如此就顯示了他的基本特徵，他是如何的急需用錢——檢方所亟欲彰顯的，就是他下毒害人的謀財動機。」陪審團又被召了回來。布來福以毫不容情的堅持，再一次質問蘿蘭。羽毛再度漫天飛舞；然而當塵埃落定之時，陪審團都相信了布來福的觀點，陪審團最為人所詬病的，就是無法忘卻法官指示他們忘記的事情。

然而馬丁法官並沒有被擊倒。交叉訊問時他幾乎是帶著歡愉的迎向前去。「萊特小姐，」老律師說道，「妳在檢方訊問時說，去年除夕晚上妳曾造訪妳妹妹家的後門。妳造訪的時間是幾點，記得嗎？」

「是的。我看了手錶，因為我要到鎮上參加——一個派對。那時剛好是在午夜之前——十五分鐘後就響起了新年的鐘聲。」

「妳還作證說，妳看到妳妹夫走進餐具室，等了一會妳才敲門，然後他走過去，和妳說話。妳們談話的確切地點在哪裡？」

「在廚房的後門。」

「妳對吉姆說了些什麼？」

「我問他正在做什麼，他說他才剛為大夥兒調好了曼哈頓雞尾酒——我敲門時，他正要加上櫻桃，他這麼說。然後我告訴他支票的事——」

「妳看見他提到的雞尾酒嗎？」

法庭內有如養雞場裡起了一陣騷動，卡特·布來福上身前傾，皺著眉頭。這很重要——下毒應該就在這個時刻。餘波盪漾之後，法庭內一片肅靜。「沒有，」蘿蘭說道，「吉姆從餐具室那兒前來應門，所以我知道那裡是他調酒的地方。從我所站的位置，也就是後門那裡，我沒有辦法看到餐具室。所以我當然也沒有看到那些雞尾酒。」

「啊！萊特小姐，當妳和吉姆在後門門邊說話時，有沒有誰從客廳或者飯廳偷偷進入廚房？妳有可能看到那個人嗎？」

「沒有。飯廳的門並沒有開向廚房，而是直接進入餐具室。客廳的門則是開向廚房，從後門就可以看得見，我沒辦法看見有沒有人進去，因為吉姆就站在我面前，擋住了我的視線。」

「換句話說，萊特小姐，當妳和海特先生在談話時，海特先生背對著廚房，妳無法看見廚房，因為他遮住了妳的視線，是否有人可能偷偷的從客廳的門溜進廚房，進入餐具室，然後循同樣的路徑回去，而你們都不知道發生了什麼事，也不知道是誰跑了進去？」

「對的，法官。」

「或者，是否可能有人在那時候經由飯廳進入餐具室，而妳和海特先生都沒能看見他？」

「我們當然沒辦法看見他。我已經告訴過你餐具室並不在我的視線範圍之——」

「你們在廚房的後門交談了多久？」

「噢，五分鐘吧，我想。」

「我就問到這裡了，謝謝妳。」老律師勝利的說。

卡特・布來福站起來行再次的直接訊問。法庭裡議論紛紛，陪審團臉上若有所思，卡特的頭髮呈興奮狀，不過在態度與語調上極其持重。「萊特小姐，我知道這對妳而言十分的痛苦，然而我們必須得到妳直言無諱的陳述。在妳與吉姆・海特於後門交談時，有沒有任何人從廚房或者飯廳進入餐具室中？」

「我不知道。我只能說或許有人進去了，而我們絲毫未能察覺。」

「那麼妳無法肯定真的有人進去過囉？」

「我不敢說誰有，同樣的道理，我也不敢說誰沒有。事實上，那是很容易發生的。」

「但是妳並沒有看到有人進入餐具室，而妳確實看到吉姆・海特從餐具室裡走出來？」

「是的，不過──」

「而且妳看到吉姆・海特走回去餐具室？」

「不是這樣，」蘿蘭生氣的說道，「我轉過身就走了，而吉姆仍在門邊！」

「我問完了。」卡特輕聲的說，他甚至想協助她走下證人席，但蘿蘭撐著扶手站了起來，高傲的走回旁聽席的座位上。

「我想要，」卡特向庭上說道，「傳喚一位我先前訊問過的證人，法蘭克・羅伊。」

當庭丁大喊道：「法蘭克・羅伊上證人席！」時，艾勒里・昆恩先生告訴自己說，「套一下招。」

羅伊的臉頰黃黃的，彷彿血液變質了一般。他慢吞吞的走向證人席，不修邊幅，態度散漫，雙唇緊閉。他看了一眼離他十呎遠的吉姆·海特，然後看向別處，但是他那綠色的眼睛帶著歹意。他只在證人席上待了幾分鐘，他證詞中的要點經布來福外科手術般的切割，現在他回想起早先作證時忘記的重要事實。在吉姆·海特午夜前調製最後一批雞尾酒時，離開客廳的並非只有他一個人；另外還有一個人。

問：那個人是誰呢，羅伊先生？ **答**：是萊特家的一位客人，艾勒里·史密斯。

你這隻聰明的野獸，艾勒里讚嘆的想道。現在換我是野獸了，而且我被困住了……怎麼辦呢？

問：史密斯先生直接跟在被告後面離開客廳是嗎？ **答**：是的。一直到海特將那盤雞尾酒端回來，並且分發給大家的時候，他才又回來。

這就是了，昆恩先生想道。卡特·布來福轉過身來，眼睛和艾勒里直接交鋒。「我傳，」卡特揚聲說道，「艾勒里·史密斯。」

24 艾勒里・史密斯上證人席

當艾勒里・昆恩先生離開座位，橫越法庭中央，手按聖經宣誓，並在證人席的椅子上坐下時，占據他心中的，不是布來福檢察官尚未提出的問題，也不是他自己尚未說出的答覆。他相當肯定布來福會問些什麼，也確定自己會給什麼樣的答案。從法蘭克・羅伊延後的追憶而將他牽扯進來的情形來看，布來福知道，或猜測得出，那個寒冷的夜晚，神祕的「史密斯」先生所扮演的角色是什麼。因此一個問題會引來另一個問題，疑慮會變成肯定，整個故事的情節遲早會全部攤開來。艾勒里從未想過乾脆撒個謊，那倒不是因為他是一個聖人，或者道德家，或是害怕接下來的後果，而是因為他所有的訓練均在於追尋事實，他知道縱使凶手未必就能現形，事實仍必須如實呈現，因此說實話比說謊務實多了。更何況，人家希望你在法庭上說謊，其中必埋下了重大的利益，除非你夠敏銳才能與之周旋。

不是的，盤據在昆恩先生腦海的是其他糾結的問題，那就是：如何將這乍看之下對吉姆・海特全然不利的事實，轉化為對他有利？假如它有可能表達得出來的話，那將是凌厲的一擊，那將會具有始料所未及的額外力量；因為年輕有為的布來福一定料想不到，此刻坐在證人席的自己根本令人無法預料。

所以昆恩先生好整以暇的坐著等待，腦中並沒有憂慮，反而全面的放鬆，探索、挖掘到事情最深的底層，從他知道的所有事情中搜尋具有意義的一個暗示、一根線索或一條道路。

當他按正常的程序回答他的姓名、職業，與萊特家庭的關係等等的詢問時，另一個自信的感覺爬進了他的意識之中；卡特·布來福自己也升起了那樣的感覺。布來福的口才經歷過訓練，講話時不會夾進私人的感情，然而他的訊問含有尖酸的意味，關鍵倒不在於他所使用的字眼。布來福記得，這位理論上在他掌握之中的瘦削、眼神鎮定的男子，在某種意義上，不僅僅是好幾本書的作者——同時也是布來福戀愛麻煩的作者。派蒂的人影橫亙在他們之間閃閃發光，昆恩先生安心的看在眼裡，這是他比問話的人占上風的另一個有利點。因為派蒂今年輕的布來福先生雙眼如盲，牽制住了他那相當了不起的智慧。昆恩先生曉得這個優勢，將之擱置一旁，回到他專心致志的工作上，他將最主要的心力投注在被詢問的問題上。

於是突然之間，他知道怎樣將事實轉變成傾向吉姆·海特的一方了。當他靠向椅背時，他幾乎要笑了起來，然後將全副心思花在眼前這個人身上。第一個關鍵性的問題使他安心了不少——布來福在尋蹤覓跡，舌頭動了起來。

「你記得嗎，史密斯先生，我們是因為海特太太驚慌的認為你洩了密，才找到那三封被告所寫的信？」

「記得。」

「你也記得那天我曾兩度問你是否知道那些信，但卻沒有成功？」

「記得很清楚。」

布來福溫和的說：「史密斯先生，今天你坐上證人席，宣誓要說出全部的事實。現在我問你：在道金局長在被告的家裡發現那三封信之前，你是否知道它們的存在？」

於是艾勒里說：「是的，我知道。」

布來福大吃一驚，幾乎起了疑。「你是在什麼時候知道的？」

艾勒里告訴了他，布來福由震驚轉為滿意。「在怎樣的情形之下？」這是一個尖銳的問題，帶有輕蔑的色彩。艾勒里心平氣和的回答。

「那麼你知道海特太太正陷於她丈夫的危害之中？」

「一點也不。我只知道那三封信言下之意是這麼說的。」

「好，你認為那些信是被告寫的嗎？」

馬丁法官似乎作勢要抗議，但是昆恩先生和馬丁法官的目光交會，極輕微的搖了一下頭。

「我不知道。」

「如你剛才的證詞，派翠西亞・萊特小姐不是向你指認那是她姊夫的筆跡了嗎？」

派翠西亞・萊特小姐就坐在十五呎外，凶神惡煞的看著他們兩個。

「她的確有。但那並不表示事實就是如此。」

「你親自核對過了嗎？」

「有的。不過我不能冒充自己是一位筆跡鑑定專家。」

「但是你一定下了某種判斷吧，史密斯先生？」

「抗議！」馬丁法官忍不住大喊道，「檢方無權要求證人下判斷。」

布來福笑了。「你也檢查過那本屬於被告的書，艾吉坎的《毒物學》，特別是第七十一頁和七十二頁，專門介紹砷化物，有幾行還用紅色蠟質鉛筆畫了線？」

「是的。」

「從書中畫紅線的內容你便知道，假如有一樁案件發生，那將會是一件用砷化物來毒死人的案子囉？」

「有關確定性與可能性如何定義的問題，我們很有得吵，」昆恩先生感慨的答道，「不過為了避免爭執——那就當作是我知道吧；是的。」

「庭上，我覺得，」艾禮·馬丁厭煩的說，「這種問話方式十分不當。」

「怎麼說呢，辯護律師？」紐伯法官問道。

「因為史密斯先生的想法和判斷，不論是確定性、可能性、疑慮或其他方面，對於事實的認定都有爭議，令人無從理解。」

布來福再度笑了，當紐伯法官要求他將問話的內容限制在事件和對話上，他不在乎的點點頭，好像那無關緊要。「史密斯先生，你有沒有注意到按日期順序排下來的第三封信中，提到了海特太太的『死亡』，好像那還是在除夕當天發生的？」

「有的。」

「根據對上一位證人的訊問，除夕晚上的派對裡，你是不是一路跟著被告走出客廳？」

「是的。」

「你一整個晚上都在注意他？」

「是的。」

「你現在還記得被告在午夜前最後一次去調酒的情形嗎？」

「一清二楚。」

「他在哪裡調酒？」

「廚房旁邊的餐具室內。」

「你眼看著他從客廳走到那裡嗎？」

「是的，他走中央通道。中央通道從前廳直通房子的最後面。他走進廚房，再進入餐具室；我只是跟在後面，不過我停在門旁邊的通道上。」

「他看到你了嗎？」

「我想不至於。」

「不過你很小心的不被他看到？」

昆恩先生笑了。「我既沒有特別小心，也沒有特別不小心。我只是站在中央通道通往廚房的半掩的門邊。」

「被告曾轉身過來看你嗎？」布來福堅持問道。

「沒有。」

「不過你可以看著他？」

「當然。」

「被告在做什麼？」

「他用一個大玻璃杯調了些曼哈頓雞尾酒，將酒分別倒進盤子上許多個乾淨的玻璃杯裡。然後他想要拿那罐酒釀櫻桃，櫻桃原先放在餐具室的桌上，這時有人敲後門。他將雞尾酒擱在一邊，走進廚房去看誰在敲門。」

「那是剛才作證過的蘿蘭·萊特小姐與被告的交談？」

「是的。」

「被告與蘿蘭·萊特在廚房的後門旁邊交談的那段時間裡，留在餐具室裡的那一盤雞尾酒全部在你的視線裡？」

「是的。那當然。」

卡特·布來福猶豫了一下，然後斷然問道：「從被告離開餐具室，到他回來的這段時間裡，你有沒有看見任何人靠近那些雞尾酒？」

昆恩先生回答道：「我沒看到任何人，因為那裡根本沒有人。」

「在那段時間裡，餐具裡完全空無一人？」

「就連生物也——是的。」

布來福已掩不住得意洋洋的神色了；他做了一次勇敢但卻並不成功的努力。欄杆後面坐著的萊特一家人個個臉色凝重。「那麼，史密斯先生，在蘿蘭・萊特走了之後，你是否看見被告返回餐具室？」

「是的。」

「他在做什麼？」

「他將酒釀櫻桃從瓶子裡拿出來加進雞尾酒中，每個杯子放一顆，用的是一支小象牙牙籤。他雙手端起了盤子，很小心的穿越廚房，走向我所站的那個門。我表現出很隨意的樣子，然後兩個人一起走進客廳，接著他馬上將酒杯分給家人和客人。」

「在他端著盤子從餐具室走到客廳的這段路上，除了你之外，有沒有任何人靠近他？」

「沒有。」

艾勒里鎮定的等待下一個問題，他看見布來福眼睛裡頭充滿了勝利的神情。

「史密斯先生，你曾看見餐具室裡發生其他事情嗎？」

「沒有。」

「沒有別的事情發生？」

「是的。」

「你是否已告訴我們所有你看見的事？」

「是的。」

「你有沒有看見被告將白色的粉末放進其中一杯雞尾酒中?」

「沒有,」昆恩先生說,「我沒看見那樣的事。」

「從餐具室走到客廳的這段路上呢?」

「海特先生的兩隻手正忙著端盤子。從他調酒到將盤子端到會客室的所有時間裡,他都沒有將任何外來的物質加進雞尾酒裡。」

法庭上響起了一片竊竊私語,萊特家的人鬆了口氣的互望著,馬丁法官拿手帕擦臉,卡特·布來福皺著鼻子甚表不屑,幾乎要哼出聲音來。「或許你將臉轉開了去兩秒鐘?」

「我的眼睛一直注視著那個放雞尾酒的盤子。」

「連一秒鐘也沒有看向別的地方,嗯?」

「連一秒鐘也沒有。」昆恩先生抱憾的說,一副很希望當初曾經轉過頭的樣子,好讓布來福先生高興高興。

布來福先生笑著看向陪審團——你知我知的;至少有五名陪審員同樣報以一笑。那當然啦,你還能期待什麼呢?——一個萊特家的朋友嘛。於是鎮上的每一個人登時了解,為什麼卡特·布來福會停止和派蒂·萊特見面了。史密斯這傢伙在打著派蒂·萊特的主意,所以……

「所以你並沒有看到吉姆·海特把砷化物放進其中一杯雞尾酒裡?」布來福先生繼續追問,他現在笑得更露骨了。

「我怕這聽起來似乎是挺無聊的，」昆恩先生很有禮貌的回答道，「沒有，我沒看到。」但他知道他已經失去陪審團的信任了，他們並不相信他。他很明白這個情況，雖然萊特家的人尚不了解，馬丁法官心知肚明；老先生再度冒汗了。只有吉姆・海特一動也不動的坐著，文風不動，把自己關在一個人的小天地裡。

「呃，那麼，史密斯先生，請你回答這個問題；你知不知道有誰有機會在那些雞尾酒中下毒？」

昆恩先生鼓足了勁兒，但他尚未回答，布來福便出其不意的說：「事實上，你有沒有看見別人在其中一杯雞尾酒裡下了毒──除了被告之外的任何人？」

「我沒見到任何其他人，不過──」

「也就是說，史密斯先生，」布來福先生嚷道，「被告是否不但是在下毒的最佳位置，並也只有他在那個位置上？」

「不是的。」史密斯先生說道，然後他笑了。這是你自找的，他想，那我就成全你好了。唯一的麻煩是，我也給自己找了麻煩，那太愚蠢了。他嘆了一口氣，心中想著他的父親──昆恩老探長，無疑也在紐約閱報關注這件案子，猜測著艾勒里・史密斯是何許人也，一旦他了解了「史密斯」先生的真實身分，真不知道會對這幼稚的行徑作何觀感。

卡特・布來福一臉的茫然，繼而吼道：「你知道這是偽證嗎，史密斯？你剛才作證說並沒有別人進入餐具室，當被告將雞尾酒端進客廳時也沒有人接近他！且讓我再重複問你一兩個問題吧。當被告端著盤子走向客廳的時候，有沒有任何人接近他？」

「沒有。」昆恩先生耐心的說。

「當被告在後門與蘿蘭·萊特交談的時候，有沒有任何人進入餐具室內？」

「沒有。」

布來福幾乎說不出話來了。「可是你剛才說——史密斯，按照你的意思，除了吉姆·海特之外，誰能夠在其中一杯雞尾酒中下毒呢？」

馬丁法官站起來了，但一句「抗議」尚未說出口，艾勒里已經很沈著的說：「我能。」全場登時譁然，隨即鴉雀無聲。於是他繼續說道：「如你所知，我只消花個十秒鐘，便能從通道的門背後偷溜進去，走個幾呎穿越廚房進入餐具室，在後門的吉姆和蘿蘭都沒看到的情形下，將砷化物加入其中一杯雞尾酒中，然後循著原來的路徑回來……」

法庭內再度嘈雜一片，昆恩先生坐在高高的位置上，俯臨底下的吵鬧者，和善的笑著。他在想：雖說是漏洞百出，但這已經是一個人在手邊資料短缺的情形下，所能做到的極致了。

在喧囂聲、紐伯法官的亂槌以及新聞記者的一陣忙亂之後，卡特·布來福勝利的大吼道：「好，你有沒有在那雞尾酒中下毒，史密斯？」

緊接著又是一陣肅靜，其間只聽到馬丁法官以其微弱的聲音說道：「我抗——」而昆恩先生以清亮的語音蓋過了老法官：「根據憲法的規定——」

這回秩序完全失控，紐伯法官的議事槌硬生生的敲壞了，趕緊大叫庭丁將這該死的法庭清場，然後他又鬼吼休庭到第二天早上再開，說完便跑進了他的小房間，想必是在那兒用醋冷敷他的額頭吧！

25 派翠西亞·萊特小姐的一項要求

第二天早晨來臨前，已經發生了好些個變化。萊維爾的注意力暫時從卡特·布來福身上移到了艾勒里·史密斯身上。法蘭克·羅伊的報紙推出了一次號外，報導史密斯先生聳人聽聞的證詞，它的社論中說道（節錄）：

昨天史密斯先生在作證時丟出來的大炸彈其實是無濟於事的，他不可能成為這個案子的被告。史密斯沒有犯罪的動機。去年八月他來到萊維爾之前，他既不認識娜拉或吉姆·海特，也不認識任何萊特家的人。他與海特太太並無實質上的接觸，更甭提露絲瑪莉·海特。昨天他那荒唐的作證所顯示的怪異本質，不論理由為何，一點意義也沒有——而該指責的是布來福檢察官處理證人的方式，他分明是自找的。即使史密斯是除夕派對裡吉姆·海特之外，唯一有可能在那致命的雞尾酒中下毒的人，他也不可能確定那杯下了毒的雞尾酒會到達娜拉·海特的手裡，反之吉姆·海特卻可以，而事實上也是他幹的。史密斯也沒有寫那三封信，那三封信出自吉姆·海特之手是無可爭議的。對於昨天所發生的事，萊維爾的鎮民及陪審團所能夠下的結論便只有：那若不是屬於史密斯個人絕望的友誼之手，便是一名作家拿萊維爾當試驗品所做的嘲諷性嘗試，用來填報紙的版面。

第二天早上在證人席前，布來福對艾勒里所說的第一件事是：「我給你看一下昨天你作證的筆錄副本。你能不能唸一下？」

艾勒里揚起了眉毛，但他還是接過了筆錄，唸道：

「『問：你叫什麼名字？　答：艾勒里・史密斯——』」

「停，就是這裡！這就是你作證的，是不是？你的名字叫艾勒里・史密斯？」

「是的。」艾勒里說，開始感到有一絲涼意。

「史密斯是你的本名嗎？」

嗯哼，艾勒里想，這個人挺危險的。「不是。」

「那，是個假名囉？」

「法庭內肅靜！」庭丁大吼道。

「是的。」

「你的本名是什麼？」

馬丁法官立刻說：「庭上，我認為這個問題並不是重點。史密斯先生並不是被告——」

「布來福先生？」紐伯法官徵詢道，他一臉好奇。

「昨天史密斯先生在作證的時候，」布來福帶著隱晦的笑容說道，「對於檢方以被告是唯一有機會在雞尾酒中下毒的指控，提出了一個相當合乎邏輯的質疑。史密斯先生作證說，他自己所在的位置是可以在雞尾酒中下毒的。那麼，我今天早上的訊問，就必須查證史密斯先生的身分——」

「而你在問出本名後，便能證實史密斯先生的身分嗎？」紐伯法官皺著眉頭問道。

「是的，庭上。」

「我想我可以准許的，辯方律師。請繼續作證。」

「你能回答我前面的問題嗎，」布來福對布勒里說，「你的本名是什麼？」

艾勒里看到萊特家的人一臉的不知所措，派蒂則是例外，她咬著嘴唇，焦躁與困惑兼而有之。不過他相當清楚，昨夜布來福忙了一宿。當然啦，「昆恩」這個姓氏對於謀殺案的涉及並無豁免權，但是從某個角度看，它的亮相卻會在陪審團的心目中刪除掉任何這位知名人士會與犯罪事件產生關聯的想法。勝負已分了，艾勒里·昆恩嘆息的說：「我名叫艾勒里·昆恩。」

馬丁法官已經是盡力而為了。布來福對時間掌握的精確顯而易見。將艾勒里送上證人席，本來可以提供辯方一個可資掌控的目標，可惜這個目標在艾勒里真實身分的表露之後已經失去了。馬丁法官毫不氣餒的單刀直入。「昆恩先生，身為一名對犯罪現象訓練有素的觀察者，你是否對於本案發生的可能性一直深感興趣？」

「的確。」

「也就因此，在除夕夜裡，你始終對吉姆・海特密切的注視著？」

「一方面是如此，一方面則是對萊特家庭的私人關懷。」

「你一直在注意海特有沒有試圖下毒的可能性？」

「是的。」艾勒里不假思索的說。

「你是否看到海特進行任何這樣的嘗試？」

「沒有！」

「吉姆・海特並沒有做出任何細微的手勢或舉動，可以將砷化物偷偷加入其中一杯雞尾酒中？」

「我沒看見他做了這樣的手勢或舉動。」

「而那正是你所密切注意的，昆恩先生？」

「沒錯。」

「我就問到這裡。」馬丁法官勝利的說。

所有的報紙都同意，艾勒里・昆恩先生來到萊維爾，為的是要蒐集另一部新的偵探故事的寫作題材，這下他逮住了這個天外飛來的機會，可以將這些祕密信件的形成原因，揭示得人盡皆知。於此同時，布來福老大不高興的結束了檢方的直接訊問程序。

週末休庭，每一個列席這個案子旁聽席上的人都返回家中或旅館的房間去了，至於那些外地來的新聞記者，則跑回荷里斯飯店大廳找吊床；鎮上所有的人都同意，情勢對吉姆・海特不利，而為什麼不呢——是他幹的，不是嗎？週末的酒店和館子裡擠滿了人，到處都在鬧酒狂歡。然而在星期五的晚上，為了替吉姆·海特辯護的非正式會議再度在萊特家的客廳裡召開了，現場籠罩著悲傷絕望的氣氛。娜拉對艾勒里、馬丁法官、洛波塔·羅葧絲說：「你們認為怎樣？」——痛苦而無望，而他們所能做的也只是搖頭而已。

「昆恩的作證原本會有很大的幫助的，」老法官艾禮大聲說道，「假如陪審團不是那麼死命的認定吉姆有罪的話。不行的，娜拉，情形看起來很糟，我無法告訴妳有什麼指望。」娜拉視而不見的望著爐火。

「一想到你一直就是艾勒里·昆恩，」荷美嘆息道，「我想我真的有一度興奮得發抖，昆恩先生。可是這些天來我累壞了——」

「老媽，」蘿蘭發牢騷道，「妳的奮戰精神跑到哪裡去了？」

荷美笑了一下，然而她向大家道了歉，上樓睡覺去了，步履緩慢而沈重。不久之後，約翰說道：「謝謝你了，昆恩。」於是也跟著荷美上樓去了，好像荷美的離開令他有點不安。

他們坐著，好長一段時間都沒有說話。最後娜拉說：「最起碼，艾勒里，你看到的事情證明吉姆是無辜的。那是有意義的，那必須有點意義才行。天哪！」她嚷道，「他們一定得相信你！」

「希望他們會相信我。」

「馬丁法官，」娜拉突然說，「禮拜一是你大聲說話的日子。你打算要說些什麼呢？」

「不妨由妳來告訴我吧。」馬丁法官說道。

她的眼神率先落了下來。「我沒有什麼幫得上忙的話好說。」她無力的說道。

「那麼我說對了，」艾勒里喃喃的說，「妳不認為別人會做更好的判斷嗎——」有東西掉下來砸碎了。派蒂站了起來，她用來喝雪莉酒的杯子掉在火爐裡，碎得晶瑩剔透，周圍燃起了藍色的火苗。

「妳是怎麼啦？」蘿蘭質問道，「咱們家的情況難道還不夠糟嗎！」

「我告訴妳我怎麼了，」派蒂氣咻咻的說，「我受夠了一直坐在我的——一直呆呆坐著，跟傻瓜一樣的一籌莫展，我打算找一件事來做！」

「派蒂。」娜拉驚訝的望著她的妹妹，好像派蒂是個變了身的傑克醫生（譯註：在史蒂文森的小說名著《化身博士》中，慈善家傑克醫生喝了自己發明的藥物後，變成了邪惡的海德先生，與原來的性格判若二人）。

蘿蘭發牢騷道：「妳糊里糊塗的在說些什麼呀，派蒂寶貝？」

「我想到一個主意！」

「小傢伙想到一個主意了，」蘿蘭笑道，「以前我也有一個主意，然後我就跟一個沒用的傢伙離了婚，於是每一個人便管我叫舊鞋了。坐下來吧，鬼靈精。」

「請等一下，」艾勒里說，「那是有可能的。什麼主意呢，派蒂？」

「儘管取笑我吧，各位。」派蒂神采奕奕的說，「我想到一個計畫，而我打算完成它。」

「什麼樣的計畫?」馬丁法官問道,「我會接受任何人的計畫的,派翠西亞。」

「真的嗎?」派蒂揶揄的說,「呃,我現在不能說。到時候你就知道了,艾禮叔叔!你只需要做一件事——」

「什麼事?」

「傳我當辯方的最後一位證人。」

法官顯得相當為難:「可是——這是為什麼呢?」

「是啊,妳鍋子裡燜的是什麼菜色?」艾勒里立即問道,「妳最好事先和長輩商量過。」

「我已經說得太多了,老前輩。」

「可是妳究竟打算達成些什麼呢?」

「我需要三件事情。」派蒂一本正經的說,「時間、最後一刻在證人席上發言,以及少許妳的土耳其豔姬香水,娜拉……達成什麼是嗎,昆恩先生?我打算要救吉姆!」娜拉聽了跑離了客廳,用她編織了一半的女紅當手帕摀著臉。「是的,我會辦到的!」派蒂憤怒的說,然後她又用一種女強盜般的低啞嗓音加上一句,「我會給卡特·布來福一點顏色瞧瞧!」

26 第七號陪審員

「我們得聽天由命。」星期一早晨在法庭內，老艾禮·馬丁對昆恩先生說，他們正在等紐伯法官走進來。

「你這是什麼意思？」

「意思就是，」律師嘆道，「除非神明顯靈，否則我老朋友的女婿就在劫難逃了。如果我所能做的只是辯護，但願上帝能幫助所有的上訴人都得到公平的對待！」

「說到法律，我是一竅不通。當然你多多少少做了些答辯了吧？」

「多多少少，話是沒錯。」老先生苦澀的斜睨著吉姆·海特，他就坐在旁邊，腦袋垂在胸前。「我從來沒有接過這樣案子！」他發牢騷道，「沒有一個人告訴我任何事——被告、那個叫羅勃絲的女人、萊特家的人……哼，甚至是小不點兒派翠西亞也不跟我說話！」

「派蒂……」艾勒里若有所思的說。

「派蒂要我安排她上證人席，而我竟不知道她要幹什麼！這已經不是法律了，這是在發神經！」

「她星期六晚上偷偷出去了，」艾勒里喃喃的說，「昨天晚上也溜了出去，而兩次她都非常晚才回家。」

「正當羅馬陷入大火的時候？（譯註：西元六十四年，暴君尼祿治下的羅馬城毀於大火。馬丁法官藉這個典故比喻萊特郡為這個案子所掀起的騷動混亂。）」

「她也喝了不少馬丁尼。」

「我忘了你在偵探方面也頗有一套，你是怎樣發覺的，昆恩？」

「我親了她。」

馬丁法官愣了一下。「吻她？你？」

「我有我的方法，」昆恩先生有點不好意思的說，隨後他笑道，「不過這回不管用了，她不肯告訴我她做了些什麼。」

「土耳其豔姬香水，」老先生不以為然的說，「如果派翠西亞·萊特認為放一點甜頭給小伙子布來福嘗，就會讓他分心的話……他今天早上連正眼也沒瞧我哩。他看了你嗎？」

「一個難以動搖的年輕人。」昆恩先生不安的表示同意。

馬丁法官嘆了口氣，眼睛向欄桿內的座席巡視一番，娜拉小巧的下巴挺得高高的坐著，父親和母親的臉色都很蒼白，她帶著乞求的目光望著她丈夫一動也不動的側影。然而即使吉姆知道她又出席了，也還是一點表示也沒有。在他們身後，法庭內擁擠而嘈雜。

昆恩先生偷偷瞄了一眼派翠西亞·萊特小姐。派翠西亞·萊特小姐今天早上一副胸有成竹的樣子，瞇著眼睛，嘴唇帶著一種謎樣的表情。昨天晚上昆恩先生為了一探究竟而吻了她……一無所獲。或並非完全一無所獲吧……

艾禮法官手肘頂了他一下，讓他回到眼前。「起來，起來。法庭上的禮節你應該懂吧，紐伯出來了。」

為了替吉姆·海特辯護，馬丁法官所傳喚的第一位人證是荷美·萊特，荷美橫越中庭，步上證人席的樣子，即使不像王族登上寶座，最起碼也像王族登上斷頭台。宣誓的時候，她說道：「我願意。」語氣堅定，卻帶了點悲劇的意味。很聰明，艾勒里想。荷美隨即在證人席坐定。荷美是娜拉的母親，除了娜拉之外，在全天下的人當中，她應該是吉姆·海特最難應付的敵人——而荷美竟然要為意圖殺害自己女兒的人作證辯護！荷美面對各方目光的交集所表現出的莊重自持，全法庭的人，包括陪審團都感到印象深刻，嗳，她可真是一名戰士啊！艾勒里可以察覺出她那三個女兒臉上的驕傲、吉姆面容上一種奇異的羞慚，以及卡特·布來福那晦澀的稱許。

老律師很技巧的引導荷美回顧了一下犯罪發生的那個夜晚，著重在當時的「歡樂氣氛」，娜拉和吉姆是如何的像小孩子般的共舞，附帶一提，那位布來福用來追查事件經過的主要證人法蘭克·羅伊，又是如何的吵著要多喝點酒；透過荷美無助、「困惑」的回答，法官巧妙的安排讓陪審團認識到，當時全場沒有任何人有可能很肯定的說究竟發生了什麼事，更不用說是去注意到雞尾酒了，即使法蘭克·羅伊也不能——只除了艾勒里·昆恩先生，他在大家為迎接一九四一年而關鍵性的舉杯之前，只喝了一杯酒。

然後馬丁法官誘導荷美回憶她與吉姆的一段對話，那時吉姆和娜拉才剛度完蜜月回來不久，吉姆偷偷對丈母娘說，娜拉和他都懷疑娜拉懷孕了，娜拉要他保守祕密直到他們「確定」為止；然而吉姆說他實在太高興，保密不下去了，他得告訴人，而荷美則沒有告訴娜拉說他溜了嘴。而當吉姆知道他就要當上娜拉孩子的父親之時，是多麼的興奮呵——那會如何的改變他的一生，他說，那將會有力的使他為他、娜拉和孩子的幸福努力的奮鬥——他是如何的深愛著娜拉……一天更甚一天。

卡特·布來福帶著一種幾乎顯而易見的善意，放棄了他的交叉訊問。不過當荷美步下證人席時，還是出現了小小的喝采。

□

馬丁法官傳喚了一長串身分關係證人，名單長得跟紐伯法官的臉一樣。銀行裡的勞瑞·普力斯登和岡薩雷斯先生、公車司機布利克·米勒、馬·厄漢、寶石劇場的年輕經理路易·卡漢，吉姆單身漢時代的好朋友、卡內基圖書館的愛金小姐——這使人大吃一驚，因為從未有人知道愛金小姐會說任何人的好話，然而她卻試圖為吉姆·海特澄清好些事情，儘管「身分上」的作證有其技術上的限制——艾勒里懷疑，這主要是因為吉姆過去經常光顧圖書館，而愛金小姐所設下的那麼多條規矩，他連一條都沒有觸犯吧……所找的身分關係證人是如此之多，社會關係如此的多樣化，在場的大眾無不感到驚訝。他們都不知道吉姆·海特在鎮上竟有那麼多朋友。但那正是馬丁法官極力所欲製造的印象。於是當約翰爬上證人席，直言無諱的說吉姆是個好孩子，而萊特家的人都全心全意的支持他時，大家便都在評論約翰是如何的一副老相了——「老約翰這幾個月來蒼老了好多」——於是法庭內開始升起了一陣對萊特家表示同情的浪潮，只差沒有去親吻吉姆·海特的鞋子而已。

在那些身分關係作證的時間裡，卡特·布來福對萊特家的人維持著一種禮貌式的尊重——僅僅只是通情達理的敬意與體諒，不過卻保持了一點距離，好像是說：「我並不想欺負你們的人，但是休想讓我與你們家的關係，對我在法庭上的作為有一絲一毫的影響！」

接著馬丁法官傳喚羅倫佐·葛倫維爾出庭。羅倫佐·葛倫維爾是個小鼻小眼、顴骨高聳的瘦小男子，他穿著十六號的高領襯衫，脖子從中間突出來，像是一根乾枯的樹根。他表明身分，說自己是一名筆跡專家。

葛倫維爾先生承認自己從審判一開始便在法庭中旁聽了，他也聽到檢方找來的專家指證說那三封信是出自被告的手筆；他曾對那三封所謂被告所寫的信，連同百分之百出自被告親筆寫的樣本做過比對，而根據他「內行人」的意見，證物中對那三封信係出自吉姆·海特手筆的認定，有相當多的理由足供懷疑。

「身為筆跡鑑定這一領域所公認的權威，你並不相信海特先生寫了這三封信？」

「是的。」（檢察官斜眼瞟了一眼陪審團，陪審團也瞟了回來。）

「你為何不相信呢，葛倫維爾先生？」馬丁法官問道。

葛倫維爾先生進一步分析其中的細節。根據其細節比對，他對先前檢方專家所認定的那三封信吉姆·海特親筆信函做出了幾乎完全相反的結論，有數名陪審員真的搞迷糊了；馬丁法官甚表滿意。

「你有沒有其他理由相信這些信並非出自被告的手筆，葛倫維爾先生？」

葛倫維爾先生提出了許多理由，統統描述出來的話，可以成為一篇打滿問號的作文。「信中的語法矯揉造作，很不自然，一點都不像是被告平常文書的風格。」葛倫維爾先生逐章逐段引述證物信件中的文句。

「我傾向將它們視為偽造。」

昆恩先生本來是滿意的，但是他忽然想到在另外一件證物中，被告曾在一張支票上背書，而適才羅倫佐·葛倫維爾先生卻很鄭重的指證是偽造的簽名。海特的那些信在艾勒里心目中一點疑義也沒有，它們一定是吉姆·海特寫的，信件本身已經充分證實了這一點。他懷疑馬丁法官叫這個靠不住的葛倫維爾出來幹什麼。

他立刻就發現了答案。「根據你的意見，葛倫維爾先生，」馬丁法官含糊的說，「仿冒海特先生的筆跡是容易，還是困難呢？」

「噢，非常的容易。」葛倫維爾先生說。

「你能仿冒海特先生的筆跡嗎？」

「當然可以。」

「你能現在就仿冒一下海特先生的筆跡嗎？」

「噢，」葛倫維爾先生表示歉意的說，「我得先研究一下原來的筆跡——兩分鐘吧！」

布來福站起來大聲抗議，結果兩造在紐伯法官面前展開一陣冗長而聽不清楚的爭辯。末了，法院准許當場示範，並且給予證人鋼筆、紙、墨水以及一分吉姆·海特親筆所寫的文件影印本——那是吉姆私下寫給娜拉的短箭，用的是萊維爾國家銀行的便條紙，時間在四年前——一時之間法庭內的人全坐向長條椅的最旁邊了。羅倫佐·葛倫維爾斜睨著影印紙中的內容足足兩分鐘之久，然後拿起了筆，沾了沾墨水，若無其事的快速在空白紙上寫了起來。「我本來可以寫得更好的，」他對馬丁法官說，「如果我是用自己的筆寫的話。」

馬丁法官關切的看著證人所寫的東西，然後笑著將這張紙連同吉姆親筆文字的影本拿給陪審團傳閱。從陪審員比較影印本和葛倫維爾的仿冒品後所露出的驚異表情，艾勒里知道這一擊已經奏效了。

交叉訊問時，卡特只向證人問了一個問題。「葛倫維爾先生，你學習這門仿冒筆跡的藝術花了多少年的工夫？」

葛倫維爾先生似乎一輩子都在幹這件事。

維克·卡拉持上證人席。沒錯，他正是十六號公路上那家名叫「熱點」的酒店老闆。那家店是幹什麼的？夜間俱樂部。

問：卡拉提先生，你認識這名被告吉姆·海特嗎？

答：我經常看見他。

問：他去過你的夜間俱樂部嗎？

答：有。

問：去喝酒嗎？　答：呃，喝個一、兩杯吧。偶爾來喝。那是合法的。

問：現在，卡拉提先生，這裡有人作證說，吉姆·海特對他太太承認說他在你的店裡頭「賭輸了錢。」你知道這件事嗎？　答：這是個骯髒的謊言。

問：你的意思是說吉姆·海特從未在你的夜間俱樂部裡賭博過？　答：他當然沒有。任何人都沒——

問：被告向你借過錢吧？　答：他或任何人都沒有。

問：被告連一塊錢都沒欠你嗎？　答：連一毛錢都沒欠。

問：據你所知，被告曾經在你的店裡「失去」過任何錢嗎？經由賭博或其他方式？　答：也許哪個女人趁他在爽的時候把他帶去騙個精光，可是他在我的地方除了喝酒之外，從來沒有付過一毛錢。

問：該你來問了，布來福先生。

布來福先生低聲的說：「樂意之至。」但這話只有馬丁法官聽到，馬丁法官輕得不能再輕的聳了個肩，就座。

布來福先生所做的交叉訊問——

問：卡拉提，經營賭場是違法的吧？ **答**：是誰說我經營賭場？是誰說的？

問：沒有人「說」，卡拉提。你只需回答我的問題。 **答**：那是在捏造事實。拿出證據來，快拿呀。我才不要坐在這裡，讓你們陷害我——

紐伯法官：證人不可以發表不必要的評論，否則將控以藐視法庭。請你回答這個問題。

答：什麼問題，法官？

問：算了。在你所謂的「夜間俱樂部」裡面的房間內，你有沒有設置輪盤、牌桌、骰子或其他賭博遊戲？ **答**：我有必要回答那麼爛的問題嗎？那是在侮辱我啊，法官。這個小鬼連老二的毛都還沒開始長呢，我才不要坐在這裡被人——

紐伯法官：你再講出像剛才那樣的話——

馬丁法官：庭上，我覺得這個交叉訊問所問的問題並不恰當。詢問這位證人有沒有經營賭場和訊問的目的並不相干。

紐伯法官：抗議駁回！

馬丁法官：辯方不服！

布來福先生：卡拉提，如果吉姆・海特在你的賭桌上賭輸了而欠你錢，你一定會否認，是不是？否則你就會面對經營賭博場所的控訴，對吧？

馬丁法官：我建議這個問題應加以限制——

答：這是什麼話？忽然之間你們這些人都長出翅膀來了，你們以為我是如何經營的——靠我的性魅力嗎？別以為你這種鄉巴佬法官能唬得了我維克·卡拉提。我認識的人多得是，他們會密切注意，不讓我被一個笨法官和一個臭檢察官修理——

紐伯法官：布來福先生，你對這位證人還有進一步的話要問嗎？

布來福先生：我想已經相當夠了，庭上。

紐伯法官：書記官，刪除掉最後一個問題與回答，不能列入陪審團的參考。在場的聽眾必須保持應有的禮節，否則本案不准有人旁聽。證人藐視法庭，應予收押。法警，把人犯收押起來。

法警趨近時，卡拉提先生握住拳頭大叫道：「我的律師呢？這裡又不是納粹德國！」

當娜拉宣誓完坐下，開始用一種哽咽的聲音作證時，法庭內活像是一間教堂，她就是女布道家，大家默默的聆聽著，帶著一股罪人聚在一起面對自己罪行的不安……吉姆·海特曾經試圖殺害這個女人，這個女人就一定會對他不利嗎？但是娜拉並沒有對吉姆不利，她支持他，全心全意的。她的堅貞宛如春風般充滿了法庭的每一個角落。她的作證棒極了，為她的丈夫辯解每一個指控。她反覆的申述她對他的愛，以及對於他的清白不容質疑的信任，一而再，再而三。當她的眼睛不斷的移回到她所辯護者的身上時，數呎之外的那個人正低頭坐著，紅紅的臉上戴著一副呆滯羞慚的面具，凝視著他那雙沒有擦鞋油的皮鞋尖。

「這個白癡應當表現得合作一點呀！」昆恩先生心裡有氣的想。

娜拉沒能提供事實的證據來扭轉檢方的控訴。為了對陪審團動之以情而將娜拉送上證人席的馬丁法官，並沒有觸及新年除夕之前的兩度中毒事件；而卡特·布來福亦將一己的善意形諸實際行動，放棄了交叉訊問，以及向她質問那兩次事件的機會。也許布來福是覺得，與其困擾娜拉而使他的情理上失去更多，倒不如就放過她吧。

向來多疑的昆恩先生並不能肯定何者為是。

娜拉本來是馬丁法官所欲傳喚的最後一位證人，而事實上他已經在辯護席的桌上收拾著文件，似乎對於是否要繼續傳訊還猶豫未決，這時派蒂急著在欄杆後的旁聽席打暗號示意，老先生於是面露歉意、不悅的點點頭，說：「我傳派翠西亞·萊特出庭作證。」昆恩先生不由得手心一緊，向前坐近了幾分。

顯然是搞不清要如何發問，馬丁法官先是小心的試探了一下，好像在尋找線索。但派蒂幾乎立刻就將主導權從他的手中奪走。她是壓抑不住的，同時她也蓄意如此，艾勒里知道，但為了什麼呢？她的用意何在？

身為辯方的證人，派蒂竟一古腦兒撲進了檢方的懷裡，她說得越多，就越傷害到吉姆的訴訟利益。她將她的姊夫抹黑成一名無賴、一名騙子——她說他是如何的作賤娜拉，偷她的珠寶首飾，揮霍她的財產，不斷的找她吵架……她還沒講到一半，法庭內已經是一片切齒之聲了。

馬丁法官汗如雨下，拚命試著讓她轉向，娜拉目瞪口呆的看著她的妹妹，彷彿是第一次看到她，荷美和約翰坐在椅子上的姿勢越來越低，活像兩尊融化中的蠟像。

就在派蒂責罵吉姆並聲言她有多麼恨他的時候，紐伯法官打斷了她的話。「萊特小姐，妳可知道傳妳出庭是要當辯方的證人？」

派蒂說：「我很抱歉，庭上。可是我不能老是坐在這裡，看著這些小動作一直遮遮掩掩持續著，我們都知道吉姆·海特是有罪的——」

「我建議——」馬丁法官生氣的咆哮道。

「年輕的女人——」紐伯法官動怒的說。

可是派蒂忽然說道：「而且我在昨天晚上還這麼告訴比爾·克強——」

「什麼！」

紐伯法官、艾禮·馬丁和卡特·布來福同時爆炸，一時之間法庭被丟入驚訝的深淵之中，然後堤防潰決了，旁聽大眾吵得不可開交，於是紐伯法官重重敲著訴訟展開以來的第三根議事槌。庭丁跑上跑下要大家住口，記者席上有人會意之後開始大笑，感染了整排的人，以及第二排以後的人。「庭上，」馬丁法官不顧喧囂說道，「我要求列入紀錄，剛才我的證人所做的陳述對我來說是個天大的意外，我根本不知道——」

「等一下、等一下，辯護律師，」紐伯法官快要透不過氣的說，「萊特小姐！」

「什麼事，庭上？」派蒂用一種不知所措的表情問道，好像她無法想像這所有的大驚小怪所為何來。

「我沒有聽錯吧？妳是說妳昨晚對比爾·克強說了某些事？」

「喔，對的，庭上，」派蒂必恭必敬的說，「而且比爾同意我的——」

「我要抗議！」卡特·布來福喊道，「她是衝著我來的！這是一個圈套——」

萊特小姐將她無辜的眼神轉向布來福先生。

「等一等，布來福先生！」紐伯法官直起上身拚命的靠向前，「比爾·克強同意妳的話，是嗎？他同意妳些什麼？昨天晚上還發生了什麼事情？」

「喔，比爾說吉姆是有罪的，沒錯，而如果我答應——」派蒂一陣臉紅——「呃，如果我答應他某件事情，他將留意使吉姆罪有應得。他說他也會告訴陪審團的其他人——身為一個賣保險的人，比爾說，他有本領推銷任何東西。他還說我是他的夢中佳人，為了我，他將爬到最高的山上去——」

「法庭內肅靜！」紐伯去官大吼道。

於是靜了下來。「現在，萊特小姐，」紐伯法官凝重的說，「昨天晚上與妳談話的比爾·克強，是不是我們所知道的這次審判的第七號陪審員？」

「是的，庭上，」派蒂睜大了眼睛說，「有什麼事不對嗎？早知道的話我就——」接下來的是一片混亂。

「法警，清場！」紐伯法官尖叫道。

□

「現在，」紐伯法官說，「咱們來解決剩下的問題，如果各位不反對的話！」他的態度嚴峻之至，致使派蒂的臉一下紅一下白，眼睛的一角出現了淚珠。

「我——我們一起到外面去玩，比爾和我——上星期六的晚上。比爾說我們不應該被人看到，也許那是不合法或怎樣的，所以我們開車到史洛坎鎮一家比爾曉得的小酒吧，然後——然後我們每天晚上都到那裡去。我說吉姆是有罪的，而比爾說那當然，他也如此認為——」

「庭上，」馬丁法官焦急的說，「我建議——」

「噢，你還說咧！」紐伯法官說，「艾禮·馬丁，假如你的聲譽還沒有……你什麼都不要說！」他對闖禍的陪審員吼道，「克強！第七號！你站起來！」

腦滿腸肥的保險經紀人比爾·克強試著要服從，半躬著身體站起來，又跌回椅子上，最後總算是辦到了。他站在陪審團包廂的最後一排，有點搖晃，好像包廂是一條獨木舟。

「比爾·克強，」紐伯法官咆哮道，「你是不是從禮拜六起，每個晚上都和這位年輕的女人在一起？你有沒有答應她，去影響其餘的陪審員——法警！道金局長！抓住這個人！」

克強撞開身旁兩名陪審員，傴促於狹窄的中央走道當中，像是一隻肥貓撲向一窩小雞似的驅散了欄杆內坐著的眾人。

當他被架到紐伯法官面前時，他牙齒打顫的說；「我並沒有惡——惡意，法——法官，我並沒——沒有做錯，法官，我發——發誓，誰都知道那個混蛋東西是有——有罪的——」

「把這個人羈押起來，」紐伯法官低聲說，「庭丁，叫兩名警衛把守大門。本庭休庭五分鐘。陪審團，留在原地別動。從現在起，任何人不得離開本法庭！」說完紐伯法官走向他的辦公室。

「那樣做，」昆恩先生在等待的時候說，「不僅會將陪審團關起來。並且，」他對派翠西亞‧萊特小姐說，「也是毛頭孩子插手成人世界事務的結果。」

「噢，派蒂，妳怎能這樣做？」荷美落淚道，「還有那個可惡的傢伙也一樣！我以前就警告過妳，妳只要鼓勵他的話，那傢伙就會得寸進尺。你記得嗎，約翰，以前他一直來糾纏派蒂，說要跟她約會──」

「我還記得，」約翰煩躁的說，「我那個舊髮刷哪裡去了？」

「問題是，」派蒂低聲說，「吉姆的處境很不利，不是嗎？好，所以我對胖子比爾下工夫，讓他喝了不少馬丁尼，然後我讓他占一點點便宜……接著他就猛盯著我看，好像我是一個不正經的女人！」說著萊特小姐哭了起來，「我還不是跟你們一樣，只不過我做的是你們不敢做的──你們只會在一旁看！」

「沒錯，」艾勒里生氣的說，「我們只能等待判決下來，什麼辦法都沒有。」

「假如……」娜拉蒼白的臉上浮現一片希望的光彩，「噢，派蒂，妳太瘋了，可是我得感謝妳！」

「還有卡特的臉都紅了，」派蒂哽咽著說，「我以為他會很機伶──」

「是啊，」昆恩先生冷冷的說，「注意，馬丁法官來了。」

老艾禮・馬丁向派蒂走來，他說：「派翠西亞，妳剛才讓我站在我一輩子最難堪的處境，這我並不在乎，我也不想管妳的行為道不道德，我最在意的是，妳非但沒有幫上吉姆的忙，反而危害了他的訴訟利益。不管紐伯說了什麼、做了什麼，事實上他也沒有選擇的餘地，每個人都知道妳是故意這麼做的，而且這一定會反彈到吉姆・海特的身上。」說完馬丁法官即大步離去。

「我想，」蘿蘭說，「妳無法扯破前任法官的臉，而不讓他身上的熱氣噴射出來。別擔心了，鬼靈精！妳已經及時讓吉姆鬆了一口氣——這比起他應得的要好太多了！那個大笨牛！」

□

「首先我要聲明，」紐伯法官冷冷的說道，「我在審判席上坐了那麼多年，從來沒遇到當事的公民幹下了骯髒背德的醜行，而不必負責的事例。比爾・克強！」他用嚴厲、灼人的目光瞪著第七號陪審員，被瞪視的人一副快要暈倒的樣子。「不幸的是，法律上並沒有規定你的行為應該追訴，除非證實你因此得到財物或某種利益。然而，我姑且命令陪審員委員會將你的名字從陪審團的名單中刪除，而且只要你住在本州一天，你就一天不得享有獲准擔任陪審員的權利。」

比爾・克強的表情在說，只要他能夠立刻離開這間法庭，他很樂意被剝奪更多的權利。

「布來福先生——」卡特仰臉往上看，嘴唇抿薄，臉色氣得發紫——「你得從是否自願及蓄意影響第七號陪審員的觀點，調查派翠西亞·萊特的行為。如果這樣的意圖經過證實，我要求你具狀對派翠西亞·萊特提起適當的控訴——」

「庭上，」布來福低聲的說，「我唯一能想到的起訴罪名是賄賂陪審員，要證明賄賂的存在，我認為必須指出對價的考慮。而在這個案子裡，似乎並沒有任何對價關係的考慮——」

「她提供她的身體呀！」紐伯法官說。

「我才沒有！」派蒂嚷道，「他提出要求了，可是我沒有——」

「是的，庭上，」布來福臉紅的說，「但這種事是否構成法律上的對價考慮，目前還有爭議——」

「咱們別搞混了，布來福先生，」紐伯法官冰冷的說，「這個女人如果企圖以不正當的方法影響陪審員，那她就分明是觸犯了籠絡陪審員罪，不管她是否有對價關係的考慮！」

「籠絡陪審員罪？那是什麼？」派蒂低聲的說，但是除了昆恩先生之外，並沒有人聽到她說的話，昆恩在心裡頭暗笑著。

「還有，」紐伯法官將一本書重重摔在一堆文件上，繼續說道，「我將提議未來這件案子在本院的管轄期中，陪審團將禁止與外界接觸，以防止這種丟臉的事件再度發生。」

「現在，」他先凝視著比爾·克強和派蒂，然後是陪審團，「事實很明顯。有一名陪審員受到某種偏差因素的影響，損及了被告接受公平審判的權利。這是當事人雙方都承認的事。如果我容許審判繼續進行，那只會導致一狀告到高等法院，而根據判例，高等法院勢必諭令重開一個新的審判。為了省下進一步沒有必要的花費，我別無選擇。我對於陪審團的其餘成員所遭到的不便與時間的浪費感到抱歉，對於萊特郡在這次訴訟業已蒙受的鉅大浪費深表遺憾。然而最令我感到抱歉與遺憾的是，適才發生的事實使我沒有挽回的餘地，只能宣布檢方控訴吉姆·海特一案是無效的審判。我並且宣布解散陪審團，法院在此深表抱歉和感謝；被告還押，由郡治安官負責看管，直到新的審判再開。本庭散會。」

27 復活節：娜拉的贈禮

從外地入侵的記者們撤退了，他們承諾在新的審判再開的時候回來；但是萊維爾留在原處不動，居民依舊歡騰、狂熱、吵嚷與多話，導致派蒂梳妝台上的那個佛陀小鬧鐘響了起來，吵得她的耳朵不得安寧。

比爾·克強在好奇心的關注下，鹹魚翻身的成了本鎮的英雄。「兄弟們」在街頭的轉角處將他攔下，拍打他的背；他成交了五張早已放棄了的保單。於是，當周遭的信任又回籠時，他把那些晚上和派翠西亞·萊特小姐間爭議性的關係之若干「細節」說了出來。當這些話透過卡蜜兒·佩提古（她又打電話給「最要好的朋友」了）傳到派蒂的耳中時，惹得萊特小姐跑到鎮上布魯菲區克強先生的保險經紀人辦公室，左手用力抓住克強先生的衣領，再用右手摔了克強先生五個耳光，在他白白的臉蛋上留下了鮮明的掌印。

「為什麼是五個巴掌？」昆恩先生問道。他陪萊特小姐走這一遭，在她洗刷清譽的時候站在一旁深表讚許。

萊特小姐感到很不好意思。「這你甭管，」她尖酸的說，「這——就——是——報——

仇。那個說謊、吹牛的——」

「妳要是不當心一點，」昆恩先生低聲的說道，「卡特·布來福會另外告妳一狀——傷害罪。」

「我就等他。」派蒂陰鬱的說，「可是他卻不來。他倒也識相！」顯然卡特是很識相，派蒂大鬧法庭之後，迄今不曾聽到他有所行動。

萊維爾正在準備迎接復活節的來臨。邦通公司推出了紐約貨大特賣，有服飾、春季大衣、皮鞋、內衣和皮包，老闆索爾·高第還找了兩名臨時雇員來幫忙照顧男仕專賣店；下村百貨商場則被工廠來的顧客擠得水泄不通。

艾勒里·昆恩先生把自己關在萊特家頂樓的小房間裡，除了用餐外不與外界接觸。任何來拜訪他人都會感到困惑，在外行人的眼裡，他根本無所事事，只除了見到他消耗了不少香菸。他一逕坐在臨窗的椅子上，凝視著外頭春日的天空，要不就是在室內梭巡，歪著腦袋，像個火車頭似的噴著煙。喔，對了，假如你仔細看的話，你可以在他書桌上看到一大堆草稿，亂成一團，許多紙張就像秋天的落葉散落一地。事實上那是艾勒里憤怒的風將它們吹落滿地的，它們躺在地上無人理會，嘲諷著一切。

不管往哪個方向看，一點令人激賞的事兒也沒有，到處都一樣沒看頭，唯一有可能的例外是娜拉那兒。娜拉的事相當奇怪，在吉姆被逮捕和審判的壓力下，她屹立自若，使每個人都開始她感到放心。即使是荷美，也只在意著娜拉的「狀況」，給予為人母親應有的關懷，在這個節骨眼上，老露蒂的實際作用可就無窮無盡了。老露蒂說，女人就是女人，她是被設計來生小孩的，你越不去注意娜拉的「狀況」，娜拉和孩子的狀況就越好。飲食方面要正常，多多攝取蔬菜、牛奶和水果，不要耽於逸樂，少吃點糖果，多去散步，做些溫和的運動，那麼老天爺就會替你完成其餘的部分。露蒂為此與荷美吵了無數次的架，與魏勒比醫生的齟齬則最起碼有一次。

然而露蒂對精神方面的病理完全外行。當其他人漸感寬慰的時刻，娜拉的身邊只有兩個人疑心有狀況要發生了，而其中最起碼有一個人於鉅變的扭轉完全使不上力。那個人就是昆恩先生，他所能做的只有袖手旁觀。另外一個人則是魏勒比醫生，他已經盡其所能的做了，開了很多補品，每天做身體檢查，給予勸告，全都被娜拉漠視。

娜拉突如其來的崩潰了。復活節的禮拜天，一家人剛從教堂回到家中，娜拉在臥房內大笑失聲。派蒂的房間和娜拉所在之處最靠近，她正在梳頭髮，聽到娜拉的笑聲不太對勁，率先奔赴過去。她發現她的姊姊挺著大肚子倒在地上，四肢亂顫，笑不可抑，臉色由紅變紫、由紫變黃，眼神如淘湧的大海，狂亂翻騰。

大家都跑進了娜拉的房間，七手八腳的將她弄上床去，鬆開她的衣服，而她則是不停的大笑，彷彿她這一生的悲劇是全世界最大的笑話。艾勒里打電話給魏勒比醫生，然後在蘿蘭和派蒂的協助下，制住了娜拉活蹦蹦亂跳的手腳。醫生趕到時，他們正設法讓她不要笑，但娜拉拚命亂顫，臉色發白，眼睛驚懼的看來看去。

「我不——了解——」她喘著氣，「我人——很好，還有——每一件事……噢，好痛。」

魏勒比醫生把他們都趕了出去，一個人與娜拉待在房裡十五分鐘。當他出來時，聲音嘶啞的說：「她必須趕快送醫院，我親自來安排。」

□

荷美抓緊了約翰的手，兩個女兒彼此相擁在一起，沒有人作聲，一張大掌扼住了她們，緊緊的掐著。

這一天，萊維爾總醫院裡人手稀少，復活節兼休假。救護車花了四十五分鐘才趕到，約翰·萊特自有記憶以來，頭一遭聽到米羅·魏勒比醫生開罵了，他指名道姓破口大罵了好長一陣，罵完後杜口吞聲的回到娜拉身邊。「她不會有事的，荷美。」約翰說道，但是一臉的陰鬱。連米羅都開罵了，情形一定很糟！

救護車終於來了，醫生也不再詛咒罵人了。他照顧著娜拉，在救護車的呼嘯聲中離去，自己的車則丟在萊特家的馬路邊。醫護人員用擔架抬著娜拉下樓的時候，大家匆匆望了娜拉一眼，只見她臉上的皮膚起了痙攣，這裡跳一下，那裡動一下，好像皮膚本身有自己的生命。她的嘴痛苦的糾結扭曲，眼睛翻白。

荷美幸而沒看到那張臉，但派蒂看到了，她大驚失色的對艾勒里說：「她痛得很厲害呢，她怕自己會死呢，艾勒里！噢，艾勒里，你認為——」

「咱們趕到醫院去吧。」艾勒里說。

他載著大家到了萊維爾總醫院。急診室裡沒有個別帷幕區隔出來的單位，不過魏勒比醫生用婦女手術帷屏將一個角落圈了起來，娜拉就安置在那裡的床上。家屬不得靠近帷屏，只好到大廳外的等候室裡坐著。等候室裡到處裝飾著歡愉的復活節花束，卻也瀰漫著消毒藥水令人窒息的氣味，荷美受不了，於是他們把她安置在沙發椅上，她雙眼緊閉躺著。約翰漫無目標的四處走著，一朵花一朵花的摸來摸去，說什麼春天又到了感覺真好，只說了一次。兩個女孩坐在母親身邊，昆恩先生坐在兩個女孩的身邊。除了約翰的皮鞋在磨損了的拼花地毯上摩擦作聲之外，四下悄然。

□

魏勒比醫生急急忙忙走進等候室，事物驟然改觀，荷美張開了眼睛，約翰住了腳步，兩個女孩和艾勒里均站了起來。

「我的時間不多，」醫生喘著氣說，「大家聽好，娜拉的體質很弱，又一直情緒緊張。壓抑、激憤、憂慮，又被人下毒，除夕夜、審判——她非常的虛弱，精疲力盡……」

「你到底要說什麼，米羅？」約翰抓住了老友的臂膀問道。

「約翰，娜拉的情況很嚴重，我瞞不了你和荷美，她病得很重。」魏勒比醫生轉過身去，似乎急欲離去。

「米羅——等一下！」荷美嚷道，「孩子……的情形怎麼樣？」

「她想要生下來，荷美。我們得動手術。」

「可是，孩子才六個月大啊！」

「沒錯，」魏勒比醫生僵硬的說，「你們最好全部在這裡等，我要去做準備了。」

「米羅，」約翰說，「假如有任何——錢——我是說，找丈夫——最好的——」

「我們運氣還不錯，約翰。亨利·葛洛普回到史洛坎探視他的父母，過復活節，他是我唸醫科的同學，東部最好的婦產科醫生。他正在趕來。」

「米羅——」荷美哭了起來，但是魏勒比醫生已經走了。

於是等候室裡又恢復了原狀，陽光射入寧靜的房間裡，復活節的花束散發著枯萎前的香氣。約翰坐在太太的身旁，握著她的手。他們肩挨肩坐著，眼神落在等候室門上頭的時鐘上。時間一秒一秒的過去，化成了分，一分一分累積起來，化成了……蘿蘭翻閱著一本封面破損的《柯夢波丹》，她將書放下，之後又拿了起來。

「派蒂，」艾勒里說，「到這裡來。」

約翰看了他一眼，荷美看了他一眼，蘿蘭看了他一眼。之後荷美和約翰的眼光又回到時鐘上面，蘿蘭也回頭翻著雜誌。

「去哪裡？」派蒂的聲音閃爍著淚光。

「到窗戶旁邊。跟家人離遠一點。」派蒂與他盪到最遠的一扇窗邊，坐在椅子上看向戶外，他持起她的手，「說話吧。」

她的眼眶滿是淚水。「噢，艾勒里——」

「我知道，」他體貼的說，「妳只要跟我說話就行了，說什麼都好。這總比把話悶在心裡頭要好吧，是不是？再說妳現在也沒辦法和他們說話，因為他們心裡也憋著話。」他給了她一支菸，點亮火柴，然而她只是手指夾住香菸，眼神既不在香菸上，也不在他身上。他搖熄了指間的火，眼睛定定的看著自己的手指。

「說話……」派蒂苦澀的說，「是啊，有何不可呢？我心裡頭好亂，娜拉躺在那裡面，肚子裡的孩子才六個月大，吉姆關在好幾條街外，爸和媽像兩個老人家坐在那裡……他們都老了，艾勒里。他們都老了。」

「是啊。」艾勒里喃喃的說。

「以前我們的日子過得那麼好，」派蒂吞聲道，「這真是一場噩夢，我們運氣怎麼那麼壞，我們——我們是這個鎮上最令人羨慕的家庭！你看看現在，亂成一片。老的老了，還被人吐口水。」

「是啊，派蒂。」艾勒里又附和道。

「每當我想起當初發生的事情……那是怎麼發生的？唉，從來沒有一個節日是快快樂樂過的！」

「節日？」

「你還不明白嗎？每次出事的時候，都是在節日裡頭！今天是復活節的禮拜天，而娜拉就躺在手術台上。吉姆是什麼時候被逮捕的呢？在情人節！露絲瑪莉被人毒死，娜拉差點沒命，又是哪一天呢？是在新年除夕！還有，娜拉中毒病倒是在聖誕節，再早之前是感恩節……」

昆恩先生凝視著派蒂，好像她說的是二加二等於五。「這樣說我覺得不對。每次出事時都在節日，這我承認，為此我也困擾了好幾個禮拜，可是這是巧合，沒有特別的意思。不對，派蒂……」

「即使這整件事的開端，」派蒂嚷道，「也是發生在萬聖節那一天！你記得嗎？」她注視著手上那支捻碎的香菸，「要是我們沒有在那本《毒物學》裡發現那三封信的話，事情也許就不一樣了，艾勒里。你不要搖頭，那是有可能的！」

「也許妳說的對，」艾勒里喃喃的說，「我搖頭的原因是因為我太笨了——」一個無可名狀的念頭盤據了他的思緒，像是一個火花。這個感覺他曾經有過，似乎就在不久之前！而現在相同的事又發生了。火花熄滅了，在他內心留下一堆冷冷的灰燼，毫無意義。

「要說巧合是嗎。」派蒂尖聲說道，「那好，就說是巧合吧。我才不管你怎麼稱呼，巧合也好，命運也好，或者說是倒楣也好。但是萬聖節那一天我們在搬那些書的時候，如果娜拉沒有失手讓書掉在地上，那三封信就不會掉了出來，也就不會放在書架上了。」

昆恩先生正要指出，娜拉面對的危險並不在那些信上，而在寫信的人身上，但火花再一次跳了一下，又熄滅了，於是他話到口邊停住了。

「更進一步說，」派蒂嘆道，「假如那天沒有發生那件小事的話，也許這一連串事故一件也不會發生。要是娜拉沒有打算為吉姆弄一個書房——要是我們沒有打開那一箱書的話！」

「那一箱書？」艾勒里茫然問道。

「那還是我從地下室拿上去的哩。吉姆和娜拉度蜜月回來後，艾德·霍奇士到車站把吉姆的東西載回家，然後將那一箱子書抱到地下室去放。要是我沒有用榔頭和螺絲起子打開那個箱子呢？要是我那時候沒找到螺絲起子呢？或者我是在一星期、一天，甚至一小時後才……艾勒里，你怎麼啦？」

昆恩先生直挺挺的站在她面前，像是上帝在審判著她，臉色十分難看，派蒂心下駭然，不禁畏縮的抵靠著窗子。「妳的意思是說，」昆恩先生帶著令人生畏的肅穆說道，「那些書本，從娜拉懷裡掉下來的那些書，平常並不是放在客廳的書架上？」他猛抓住她的肩膀搖晃著，她受痛退縮。「派蒂，快告訴我！妳和娜拉並不僅是將客廳書架上的書，移到樓上吉姆書房的書架上是嗎？妳確定那些書是從地下室那箱子裡拿出來的？」

「我當然確定啦，」派蒂顫抖的說，「你到底怎麼啦？一個用釘子釘住的箱子嘛，我親手打開來的。唔，那天傍晚你進來的幾分鐘前，我才剛把那個空木箱放回地下室去，裡頭還放著工具、包裝紙和一些拔出來的釘子——」

「那太……太不可思議了，」艾勒里說，他伸手摸到派蒂身旁的搖椅，頹然坐下。

派蒂不知所措。「可是我搞不懂，艾勒里。這裡面有什麼曲折？那會有什麼不一樣？」

昆恩先生沒有即刻回答，只是坐在那裡，輕輕咬著指甲，臉色發白，越來越白。他漸漸抿緊了嘴唇，灼灼的目光之中若有警覺，旋即隱藏起來，才剛出現便消失了。「有什麼不一樣？」他舔著嘴唇。

「艾勒里！」現在換派蒂抓他的肩膀搖晃了，「你別這樣神祕兮兮的嘛！哪裡不對勁了？告訴我！」

「等一下。」她凝視他，等著。他只一逕坐在那裡，然後喃喃的說，「假如我早知道的話。可是我怎麼可能……這都是命啊。是命運使我遲了五分鐘才進入屋裡。是命運讓妳隔了這幾個月才告訴我這件事。是命運隱藏了這個關鍵的事實！」

「可是艾勒里──」

「魏勒比醫生！」

他們跑向等候室的門邊，魏勒比醫生正要走進來，他穿戴著手術衣和手術帽，口罩像一條領巾似的圍著脖子。他的手術衣上染有血跡，臉頰上則沒有。

「米羅！」荷美發抖著。「噢，好了嗎？」約翰的嗓子啞了。「老天爺，大夫！」蘿蘭嚷道。派蒂快步跑上前去，一把抓住了老先生粗壯的手臂。

「呃，」魏勒比醫生嘶啞的吐出一個字，又頓住了。然後他難過的一笑，伸手攬住荷美的肩膀，使她相形之下顯得更為矮小，「娜拉給了妳一個最好的復活節禮物……妳當外婆了。」

「外婆。」荷美輕聲的說。

「寶寶生下來了！」派蒂嚷道，「寶寶還好嗎？」

「很好，很好，派翠西亞。是一個漂亮的小女孩。噢，她實在太小了，需要放在育嬰箱裡，不過好好照顧的話，幾個禮拜後她就沒事了。」

「但娜拉呢，」荷美焦急的問，「我的女兒她——」

「娜拉怎樣了，米羅？」約翰關切的問。

「她脫險了嗎？」蘿蘭問道。

「她知道孩子生下來了嗎？」派蒂嚷道，「噢，娜拉一定高興極了！」

魏勒比醫生看著身上的手術服，摸著娜拉濺上去的血痕。「該死。」他道。他的雙唇顫抖著，荷美尖叫起來。

「葛洛普和我——我們已經盡力了，可是卻無能為力。我們用盡一切方法想要救她，可是她的負荷太沈重了。約翰，你別那樣子看我……」醫生粗魯的揮著手。

「米羅——」約翰喃喃的說。

「她過世了，就這樣！」

他跑出了等候室。

第六部

28 雙峰山上的悲劇

他端詳著法庭新廈前面的幾株老榆樹，老樹棕色的樹枝上新生了無數綠色的細芽，樹木也在樹幹上展露了歲月風雨的斑紋，像是靜脈的紋路。春天裡一樣是有悲傷的，艾勒里·昆恩先生想著。他走進法院大廳的陰涼處，乘電梯上去。

「現在時間謝絕訪客，」瓦利·普蘭斯基盛氣以待的說，接著他改口道，「哦，你是派蒂·萊特的那位朋友。你看我復活節的禮拜天還得在這裡消磨時光，可真不是人幹的呀，昆恩先生。」

「一點都沒錯。」昆恩先生說道。警衛打開了鐵門的鎖，兩人一起走進監牢。「他的情形怎樣？」

「從來沒見過一個人會這樣把自己封閉起來，你會以為他在閉關修行哩。」

「也許吧，」昆恩先生嘆道，「他可……今天有沒有人來看他？」

「只有那位女記者，羅勃絲小姐。」普蘭斯基打開另一道門，進去後又小心的鎖上。

「你們這裡有醫生嗎？」艾勒里出人意料的問。

普蘭斯基搔了搔耳朵，以為昆恩先生人不舒服……

「有沒有？」

「噢，當然有。我們這裡有一間醫務室。小艾德·柯洛斯比，那個開農場的愛華·柯洛斯比的兒子，他正在值班。」

「請你告訴柯洛斯比醫生，也許我等一下就要麻煩他。」

警衛懷疑的上下看了看艾勒里，聳聳肩，打開了牢房的門，重行鎖上，搖頭晃腦的走了。吉姆正躺在床上，雙手在後腦勺交疊，眼睛端詳著鐵窗後面藍亮的天空。艾勒里注意到他刮過臉了，乾淨的襯衫喉嚨處鬆開了鈕釦，內心似乎挺寧靜的。

「吉姆？」

吉姆轉過頭來。「喔，嗨，你好，」他說，「復活節快樂。」

「吉姆——」艾勒里又開了一次口，雙眉皺了起來。

吉姆旋過身體，雙足踏在水泥地上，兩隻手抓著床緣的橫桿坐了起來。內心的寧靜不見了。害怕，那真是奇怪……不，很合邏輯！當你開始想的時候，你就知道了。「出事了，」吉姆說道，他跳了起來，「一定是出事了！」

艾勒里登時感到躊躇不安、手足無措。這就是到這裡來的懲罰，局外人活該承受的痛苦。

「吉姆，我很同情你的處境——」

「發生了什麼事？」吉姆握緊了拳頭。

「你必須要有心理準備，吉姆——」

吉姆睜大了眼睛。「她……娜拉她出事了。」

「吉姆，娜拉過世了。」吉姆目瞪口呆，「我剛從醫院那邊過來。孩子的情況很好，是個女兒，六個月的早產兒，需要待在育嬰箱裡。娜拉的身體太虛了，沒能熬過來。沒有受到太多的痛苦。她走了，吉姆。」

吉姆的雙唇闔上了。他轉過身，走到床前，又返過身來，低身下去，手先接觸到床，然後坐下。

「理所當然的，你的家人……約翰要我來告訴你，吉姆。他們現在都回到家裡，照顧荷美。約翰要我告訴你，他很為你感到難過，吉姆。」

笨透了，艾勒里想。說得糟透了。然而他一直是個旁觀者，而非當事人，要怎麼做才能免除一個人的錐心之痛呢？無痛殺人——只花一秒鐘？那是另一門暴力的藝術，昆恩先生從未接觸過。他無助的坐在一張玩意兒上，裡頭隱含萊特郡對監牢人犯身體舒適所做的設計，以及象徵的意義。「假如有什麼我能夠幫忙的——」

這樣講已經不只是笨了，艾勒里生氣的想道，甚至存有惡意。他能幫得上什麼忙！你知道吉姆心裡面怎麼想嗎！艾勒里站了起來，說道：「好了，吉姆，你請等一等，吉姆——」

然而吉姆卻像是困在籠子裡的大猩猩，兩手抓著鐵條，瘦削的臉用力從中間擠，好像想把頭擠過欄杆，然後拖出身體。「放我出去！」他大叫道，「放我出去！你們這些混蛋！我要去看娜拉！快放我出去！」他喘著氣掙扎著，牙齒緊緊咬住下嘴唇，眼睛發紅，太陽穴的筋脈突起。「快放我出去！」他大聲喊道，嘴巴噴出了白色的唾沫。

柯洛斯比醫生拿著一個黑色的手提箱趕到了，戰戰兢兢的警衛普蘭斯基為他打開了門，吉姆·海特躺在地板上，昆恩先生的膝蓋抵住了吉姆的胸部，壓制住吉姆的手，用力之餘不失溫和。吉姆仍舊大喊大叫的，不過淨講些沒有意義的話語。柯洛斯比醫生看了他一眼，伸手去拿注射針筒。

□

春天的雙峰山是個風景怡人的去處，山的北方是綠衣白帽，活像中世紀修士腦袋的包爾山，森林覆蓋在谿谷部分，男孩經常在那兒抓啄木鳥、追趕野兔，偶爾也嚇嚇野鹿。同時，這兩座形狀一模一樣的山丘上，也都各自埋葬了許多死去的人。

東雙峰山是新闢的墳地，貧苦的農夫葬在最下方，灌木叢裡則不外是些老猶太人的墳墓，以及天主教徒的墳墓；所謂「新」，是因為那塊墳地裡的墓碑，沒有一塊標示的年分早於一八〇五年。

不過西雙峰山卻有真正古老的新教徒墳墓，你要是注意看的話，西雙峰山頂那塊光禿禿的區域，便是萊特家族的墓園。萊特氏第一座墓——墓主傑士李·萊特——座落在墓園的正中心。開基祖先的墳墓當然不可能任由風吹雨打，由包爾山吹來的風是很凜冽的，山上的野草和表土都會受到影響。約翰的祖父在祖先的墳墓上蓋了一座高大的碑陵，用的是佛蒙特州運來的花岡石，和派蒂口中的牙齒一樣的白，也相當的美觀。不過在壯觀的碑陵裡面，先人當初的埋骨之處以及小小的墓碑仍然留著，而且你如果眼尖的話，還可以在斑駁風蝕的石面上，分辨出拓荒之父的名字，以及自聖經〈啟示錄〉上抄錄下來的一段充滿希望口吻的文字，時間是一七二三年。

萊特家族的墳塋幾乎盤據了整個西雙峰山的山頂，拓荒之父的生意眼似乎遍及所有領域，他買下了足夠供子子孫孫在這裡長眠的墳地。他好像看準了萊特家的人會在此地生根、老死，直到世界末日來臨，因此墓園其餘可供埋葬的部分，所占的地域仍相當廣大。每個人對此都沒有特別的意見，這裡畢竟總是拓荒之父開基的吧？更何況，墓園看起來挺像樣的，萊維爾的居民老愛帶外地來的訪客，到只有史洛坎鎮一半距離的雙峰山去，看看拓荒之父的墳墓和萊特家的墓園。是處已成了當地的「名勝」之一。

柏油路的盡頭是公墓的正門，與萊特家的墓園相距不遠。進了正門，你可以在參天古樹中恬適寧靜的走上一段路，那些樹真正是蒼老至極，你不免要懷疑它們何不就此倒下，要求埋進土裡，告別沒完沒了的寂寞難耐。然而它們依然越長越老，枝椏越來越低垂。只有春天來臨之時，綠色細毛會不知不覺間如雨後春筍的從厚黑的樹皮裡萌芽冒出，好像人類的死亡是個天大的笑話。也許山坡墳墓堆的青草長得如此茂盛，和這個現象有所關聯。

三月十五日星期二，娜拉的葬禮並沒有公開舉行。葬禮的地點在上村鳥鳴巷威利斯・史東開的永安葬儀社所附設的小教堂，杜立德牧師僅僅講了幾句話，在場觀禮的只有家屬和少數幾位朋友——昆恩先生、馬丁法官夫婦、魏勒比醫生，以及約翰銀行裡的幾個人。法蘭克·羅伊在眾人之間躲躲藏藏，竭力想看一眼銅棺內動也不動的死者容顏。他身上穿的衣服好像有一個星期沒有脫下來了，或許連個覺都沒能好好睡過。當荷美的眼神落在他身上的時候，他不禁後退了幾步，然後就此消失了……大概有二十個人在場為死者致哀。

荷美的情況還好，身上新穿上黑色的喪服，坐得筆直，眼睛定定的，聽著杜立德牧師的講詞；當大家魚貫到棺材旁邊看娜拉最後一眼時，她的臉色更加蒼白了一些，眼睛注視著死者，並沒有哭。派蒂說，那是因為她已經把眼淚都哭乾了。約翰佝僂著背，神情有點落寞，蘿蘭得攙扶著他從銅棺旁走回來，讓史東先生帶他到前排的座位上就座。娜拉的遺容看起來十分的安詳年輕，身上穿著結婚時穿的禮服。大家走到外面正要乘車到墓園去時，派蒂溜進了史東先生的辦公室，回來的時候，她說：「我剛剛打電話到醫院去，寶寶的情況很好。她像一棵小蔬菜似的在育嬰箱裡生長著。」派蒂的雙唇顫抖著，昆恩先生摟住了她的肩。

艾勒里回頭看了看，吉姆的心理狀況相當良好，不過那是在告別式結束之後，在此之前不可能看出這些，因為吉姆表現得恰如其分。他把所有的人都騙過了，包括艾勒里在內。

吉姆由兩名刑事幹員陪伴下到了公墓，像是一塊會動的三明治。他看上去「一切良好」，和坐在法庭內的那個吉姆差不多，和艾勒里一起坐在牢房裡的吉姆顯然有別。他的神態十分悲傷，但一點都沒顯露出來，非常莊重自持。他在兩名警衛的陪伴下邁步向前，無視於他們的存在，既不看左也不看右，一條步道在兩旁老樹的遮蔽下一直通往山頂，那裡新挖好一個地穴，猶如大地的傷口，是將要用來埋葬娜拉的。車輛都停放在墓園正門附近。

萊維爾所有的人都在相當遠的距離外注視著——姑且這麼說吧。但是他們都在那裡，沈默而好奇，只是偶爾有人在低語著，或者指指點點的，默默的觀看著。

萊特家一行人悲傷的圍繞在墳墓的四周，蘿蘭和派蒂緊挨著父親和母親。約翰的姊姊泰碧莎已經通知過了，可是她拍電報過來說，她病了，無法從加州搭飛機回來參加葬禮，現在娜拉已經蒙主寵召，或許這是最好的安排，願娜拉安息，你的姊姊泰碧莎。約翰將電報揉成一團扔在一邊，結果露蒂第二天早晨升火袪寒時，把電報燒成了灰燼。因此到場參加葬禮的只有萊特家最親密的成員，以及艾勒里·昆恩、艾禮·馬丁法官夫婦、魏勒比醫生和其餘的人，當然啦，還有牧師杜立德博士。吉姆被帶來時，看好戲的人之中起了一陣竊竊私語，大家的眼睛盯著這個聚會，這近乎是「最好的一刻」了。然而什麼事也沒發生，或許有吧，因為荷美的嘴唇牽動了一下，吉姆走到她跟前，親吻她。他並沒有注意其餘的人，之後他只是站在墓穴旁邊，一個孤獨瘦削的身影。

死者入土時，一陣微風吹了起來，樹葉搖曳不已，杜立德博士的聲音轉為輕快，有如音樂的旋律。墳邊堆放的百合花和常綠植物也抖了抖。然後很不可思議的，風止了，眾人慢慢的走向步道，荷美回首定定的看了銅棺最後一眼，銅棺緩緩置入墓穴中，再也看不到了。泥土尚未覆蓋上去，因為那樣做對親人來說太殘忍了；那件事可以等一等，在挖墓者之外別無他人的情形下再做，挖墓者是人群之中最怪異的一個族類。荷美心中十分的不捨，墓旁放著的常綠植物和百合花是多麼的美，娜拉以前多麼憎恨葬禮啊。

眾人三三兩兩的站在墓園正門前，默然不語。然後吉姆出事了。

起先他在兩名幹員中間步履沈重的走著，像一個瞪著地面的死人，接下來他整個人活了過來。他一腳絆倒了其中一名幹員，那人一陣踉蹌倒了下去，嘴巴吃驚的張得好大。吉姆又一拳打中另一名幹員的下巴，打得他倒在先前那名幹員身上，哥兒倆像兩名角力選手扭在一起，掙扎著要爬起來。一陣混亂中，吉姆跑了，他像一頭牛般衝進了人群中間，引起了騷動，眾人躲的躲，逃的逃……

艾勒里向他大吼，但吉姆繼續奔跑，兩名幹員這下站起來了，也追了過去。左輪手槍現在已經沒有用處了，開槍會打中無辜的人。他們一路把人推開，咒罵著，羞憤莫名。

突然之間，艾勒里看出了吉姆的瘋狂之舉事實上並沒有瘋狂的成分。就在一段路之外的山坡下，有一輛大型汽車停在所有車輛的最外側，車頭背對著墓園的方向。沒有人在車上，但是艾勒里知道引擎開著，因為吉姆跳了進去，車子立刻疾馳而去。等到兩名幹員都掙扎出人群的障礙，飛奔下山時，那輛大轎車已經是遠處的一個小玩具車了。那車以極速行駛，橫衝直撞。又過了片刻，兩名幹員到達自己的車，展開了追逐，其中一人駕駛，另一人繼續開著槍。但這時吉姆早已遠離射程範圍，每個人都知道他快要脫逃成功了。兩輛車都消失了蹤影。

有好一陣子，山坡上的人沒有一點聲音，只除了風吹在樹葉上颯颯作響。隨後有人大喊一聲，感染了萊特家的人及其親友，大大小小的車輛相繼飛速下山，揚起了陣陣沙塵，好像這是一場買票入場的戲劇，那些開車的人都不願就此錯失了精采的高潮。

客廳裡，荷美斜躺在沙發上，派蒂和蘿蘭正用加了醋的水為她冷敷額頭，約翰則在一旁慎重的翻看著集郵冊，好像那是世界上最重要的一件事。他站在屋角的窗戶旁，捕捉午後的最後一道陽光。克麗兒·馬丁極度懺悔的握緊了荷美的手，為她在審判期間、娜拉亡故以及這最後一記驚人的事變得畏縮不前一再的道歉。而荷美——偉大的荷美——正在安慰著她的朋友哩！

蘿蘭忽然用力將一條新扭乾的毛巾按在她母親的額頭上，荷美笑容中含著譴責的看了她一眼。派蒂見姊姊生氣了，將毛巾奪了過去，重新安放在荷美的額上。

魏勒比醫生和昆恩先生在火爐邊低聲交談著，這時馬丁法官從屋外進來了，與他一道的是卡特·布來福。

在場每一個人、每一件事都停了下來，彷彿軍營裡頭走進了一名敵人。但是卡特沒有加以理會，他臉色相當蒼白，但卻昂然挺立著，眼睛沒看向派蒂，派蒂的臉色比他還白。克麗兒·馬丁驚懼的看了丈夫一眼，然而馬丁法官搖了搖頭，走到窗邊坐在約翰身旁，面色紅潤的看著他翻著集郵冊。

「很冒昧來打擾您，萊特太太，」卡特表情僵硬的說，「我得告訴您，我對這一陣子發生的所有事情，感到非常的難過。」

「謝謝你，卡特，」荷美說道，「蘿蘭，妳別弄我了！卡特，吉姆的事——」荷美嘸了一下了口水，「怎麼樣了？」

「吉姆脫逃了，萊特太太。」

「太好了，」派蒂嚷道，「啊，那真是太好了！」

卡特看向她。「不要這樣說，派蒂。這種事從來沒有好結局的，沒有人逃得了的。吉姆最好是……能堅持到底。」

「那麼你就可以從後頭追，一直追到他死，我猜！然後你又有得威風了！」

「派蒂。」約翰將集郵冊放在一邊，舉起細瘦的手抓住卡特的手臂，「謝謝你到這裡來，卡特。我很抱歉以前對你說過重話。現在的情形怎樣了？」

「很不好，萊特先生。」卡特抿緊了雙唇，「我們當然發布了警報，每一條公路都派警力封鎖了。他的確是脫逃了，但問題是他能逃得了多久——」

「布來福，」昆恩先生站在火爐旁邊問道，「你查過他開的那輛車了嗎？」

「查過了。」

「我覺得那是有預謀的，」魏勒比醫生喃喃說道，「那輛車停放的地點很容易逃跑，引擎還開著呢！」

「那是誰的車？」蘿蘭問。

「那是今天早上向下村荷馬·芬萊的租車處租來的。」

「租來的！」克麗兒·馬丁嚷道，「是誰租的？」

「洛波塔‧羅勃絲。」

艾勒里心領神會的「喔」了一聲，隨即點了點頭，好像那正是他所期待的答案。不過在場的人聽了無不大吃一驚。

蘿蘭揚起了頭。「真有她的！」

「卡特剛才讓我與那個女人談過了，」艾禮‧馬丁法官慨慨的說，「她是一個慧黠的女人，一口咬定說她今早租那輛車只是要開去墓園。」

「而她任由引擎發動著，純粹只是不小心？」卡特‧布來福冷冷的補充道。

「至於她把車掉頭面向山下，也是純屬巧合？」昆恩先生不知不覺的問。

「我正是這麼問她，」卡特說道，「噢，她毫無疑問是共犯，道金因此扣留了她。可是這麼做並不能把吉姆‧海特找回來，還有我們也不能因此而控告這個姓羅勃絲的女人。看情形我們只好放了她。」他很生氣的說，「打從一開始我就不相信那個女人！」

「她星期天去探視過吉姆。」艾勒里若有所思的說。

「昨天也有！我認為她就是在那時候和吉姆安排逃亡計畫的。」

「那又怎麼樣？」荷美嘆息道，「逃了也好，不逃也好，吉姆什麼也逃不了。」於是荷美怪怪的說了一些話，提到她對於女婿一向是什麼看法，還有她一直認為他有罪。末了荷美說道：「可憐的吉姆。」然後閉上了眼睛。

□

當天晚上十點，消息來了。卡特·布來福再次跑了來，這回他一進門就直接走向派蒂，執起她的手。派蒂大大吃了一驚，沒有想到要後退。卡特和藹的說：「現在要看妳和蘿蘭的了，派蒂。」

「你……你到底在說什麼？」派蒂驚問道。

「道金的手下發現吉姆的那輛車了。」

「『發現』了？」

艾勒里·昆恩從黑暗的角落站了起來，走向亮處。「如果是壞消息的話，請你放小聲點。萊特太太才剛剛上床，約翰今天看起來也不能再遭受打擊了。車子是在哪裡發現的？」

「在四百七十八A號公路的谿谷裡，那地方在群山之間，距離這裡大約五十哩。」

「老天！」派蒂瞪大了眼睛，閉住呼吸。

「車子撞壞了公路旁的護欄，衝了過去，」卡特感慨的說，「才剛繞過一個急轉彎。那條路就是那裡最險。摔到大約兩百呎的——」

「吉姆人呢？」艾勒里問。

派蒂坐在火爐旁舒適的一角，仰頭望著卡特，彷彿他是一位宣判生死的法官。「我們在車內發現了他。」卡特轉到一邊去，「已經死了。」他轉了回來，怯怯的看著派蒂，「因此這件案子就這麼結束了。結束了，派蒂……」

「可憐的吉姆。」派蒂輕輕的說。

「我有些話想告訴你們兩位。」昆恩先生說道。這時已經很晚了，但是已經沒有時間了。時間已經在夢魘裡流逝掉了。荷美已經聽到了這個消息，人也崩潰了。奇怪的是，她在參加女兒葬禮時表現得那麼堅強，聽到女婿死訊時卻如此脆弱。也許那是肉體受到強烈撞擊之後，使其碎裂的輕輕一觸吧。然而荷美是真的崩潰了，魏勒比醫生花了好長的時間才讓她睡下。約翰的情形也好不到哪裡，醫生發現他不住的抖著，連忙趕他到客房的床上去安歇。蘿蘭照料著荷美，派蒂協助把父親弄上樓去……現在這些都忙完了，兩老已經睡了，蘿蘭把自己關進了房裡，魏勒比醫生也拖著疲憊的腳步走了。

卡特一動也不動的站著那兒。他今天晚上變成了荷美的嬰兒床，她哭著抱緊了他，昆恩先生起先也認為這個舉止很奇怪。繼而他想：不對，這是一塊石頭，荷美落水時抓住的最後一塊石頭。假如她鬆開手，她就會溺死，所有的人也都會溺死。那一定是她心裡面所想的了。於是他再次說道：「我有些話想告訴你們兩位。」

派蒂在兩個世界之間猶豫不決。她先前與艾勒里坐在簷廊下，等待卡特·布來福到家裡來，整個人顯得十分虛弱，神思緲遠。現在卡特走出了房子，一邊撫弄著皺巴巴的帽子，一邊盤算著怎樣不失體面的走下簷廊下的幾級台階，進入外面草地上的陰影裡。

「我認為你要講的話我並不想聽。」卡特嘶啞的說，不過他並沒有移動半步，走下簷廊。

「艾勒里，不要——」派蒂說道，她在黑暗中拉他的手。

艾勒里握緊了那隻冰冷的小手。「這個人認為他是一個殉道者，而妳也認為妳自己是某些愛情悲劇裡的女英雄。你們兩個都是傻瓜，這卻是事實。」

「再見！」卡特·布來福說道。

「請等一下，布來福。今天是非常難過的一天，而現在是個難捱的時刻。我已不能在萊維爾多待片刻了。」

「艾勒里！」派蒂嚷道。

「我在這裡已經待了太長的一段時間了，派蒂。現在這裡已經沒有任何事能使我留下了，任何事都不能。」

「任何事都……不能？」

「少在我面前道別得那麼親熱吧，」卡特冷笑，然後他又很不好意思的笑了笑，在他們附近的台階上坐下，「請不要管我，昆恩。我這一陣子亂得很，有時候我想我一定很惹人嫌。」

派蒂目瞪口呆的看著他。「卡特你——什麼時候變得那麼客氣了？」

「這幾個月來我長進了一點。」卡特喃喃的說。

「這個地方過去幾個月來是長進了不少，」昆恩先生不慍不火的說，「你們兩位都變聰明了，證明一下如何？」

派蒂抽開了她的手。「拜託你，艾勒里。」

「我知道我是在半路中間殺了進來，而很多第三者的處境都是很辛苦的。」昆恩先生感嘆的說，「不過話說回來，你們認為如何呢。」

「我想你是愛上她了。」卡特粗魯的說。

「這話沒錯。」

「艾勒里！」派蒂嚷道，「你從來沒有——」

「我會一輩子愛著妳這張可愛又有趣的臉，」昆恩先生嚮往的說，「妳這張臉真是既可愛又有趣。但問題是，派蒂，妳心裡面愛的並不是我。」派蒂張口結舌的想說出一兩個字，但話到喉嚨又哽住了。「妳心裡頭愛的是卡特。」

派蒂猛地從簷廊的座椅上一躍而起。「就算我愛他又怎麼樣！人類是不會忘記他身上的傷痕的！」

「噢不，人類會的，」昆恩先生說道，「人類比妳所想的健忘些。此外，他們也比我們心裡所想的要聰明些。學學他們吧。」

「那是不可能的，」派蒂繃著臉說，「好了，我們不要淨說這些沒有意義的話了。你似乎不了解我們在這個鎮上遭遇到了什麼事。已經沒有一個人瞧得起我們了，為了要挽回名譽，我們有一場新的硬仗要打。蘿蘭和我現在最重要的工作，就是幫爸爸媽媽重新抬起頭來。當他們最需要我的時候，我是不會從他們身邊跑開的。」

「我會幫助妳，派蒂。」卡特幾乎聽不見的說。

「謝謝你噢！我們自己的事，我們自己會做。你要講的就是這些了嗎，昆恩先生？」

「還不急嘛。」昆恩先生喃喃的說。

派蒂又站了一會，然後她很生氣的道了聲晚安，走進屋去，門被重重地帶上。艾勒里和卡特相對無語的坐了好久。

「昆恩。」卡特末了說道。

「什麼事，布來福？」

「事情還沒有結束，對不對？」

「你這話什麼意思？」

「我有個很奇怪的感覺，你一定知道某些我所不知道的事。」

「哦，」昆恩先生頓了頓，然後說，「是這樣嗎？」

卡特用帽子拍了一記大腿。「我知道我一直很自以為是，可是吉姆的死改變了我的想法。我不懂他為什麼要尋死，因為那根本沒辦法改變事實。他仍然是唯一能夠在娜拉的雞尾酒中下毒的人，也是唯一有動機殺死她的人。可是……我現在卻不那麼有把握了。」

「從什麼時候開始沒把握的？」

「在吉姆死亡的報告送過來的時候。」

「你為什麼那樣想？」

卡特用雙手摸著頭。「因為我們有很多理由相信，吉姆開的那輛車不至於撞上護欄，墜落山谷發生車禍。」

「原來如此。」艾勒里說。

「我不想將這件事告訴萊特家的人，不過道金和我都認為吉姆是故意將車偏離路面的。」

昆恩先生一言不發。

「因此我在想，不曉得他為什麼非得如此，呃，我於是起了疑心。昆恩！」卡特跳了起來，「看在老天爺的分上，你知道的話就告訴我吧！我要是不了解真相的話，我會睡不好的。吉姆．海特究竟有沒有殺人？」

「沒有。」

卡特目瞪口呆的望著他。「那麼是誰幹的？」他喉嚨沙啞的問道。

昆恩先生也站起來了。「我不能告訴你。」

「那麼你是知道了！」

「是的。」艾勒里嘆息道。

「可是昆恩，你不能——」

「喔，可是我就是能。你別以為我這樣做很容易，我全部的訓練向來是很排斥這種——呃，就說是假裝沒看見吧。可是我很喜歡這些人。他們都是好人，不過他們已經受夠了，我不打算再傷害他們。就讓事情到此為止吧，去他媽的。」

「可是你能告訴我啊，昆恩！」卡特哀求道。

「不行。你連自己都沒把握，現在還不行的，布來福。你是個很不錯的小伙子，可是這麼長的過程——被扭曲了。」艾勒里搖搖頭，「你最好是將這件事情忘掉，還有就是讓派蒂嫁給你。她心裡深愛著你。」

卡特拚命揪住了艾勒里的手臂，艾勒里不禁退了退。「可是你必須要告訴我！」他嚷道，「我怎麼能……知道有任何人……他們之中的任何一個……有可能是……」

昆恩先生在黑暗處皺了皺眉。「我告訴你我會怎麼做吧，卡特，」末了他說，「你要幫助萊維爾的鎮民恢復原先正常的生活，還要好好追求派蒂·萊特，讓她接納你。但是如果你無法成功，如果你覺得寸步難行，那就打電報給我吧。我現在要回家去了。你只要打電報到紐約給我，我就會回來。也許那時候我告訴你和派蒂的話，能夠解決你的問題。」

「謝謝你。」卡特沙啞的說。

「我不知道那是否就能辦到，」昆恩先生嘆道，「可是誰又預料得到呢?這是我所遇到最古怪的一件案子，人物、感情糾葛和事件全攪和在一起，亂成一團。再見了，布來福。」

29 艾勒里・昆恩的再訪

艾勒里・昆恩先生站在車站月台上想著，我現在又成了航海的司令官了，哥倫布的第二次航海……他若有所感的看著車站的站牌。火車把他從紐約載到這裡，開到三哩外的萊維爾調車場拐了個彎又消失了。車站的屋簷下，兩個小男孩坐在手推車上，垂下髒兮兮的腳丫子不斷搖晃著，他發誓他倆就是他曾經看過的那兩位——那已經是上一個世紀了——在他第一次到萊維爾的時候。火車站的站長蓋比・華倫走了出來看著他，艾勒里招了招手，上了艾德・霍奇士的計程車，碎石路上蹭蹬了一陣。艾德的車子往上村開，艾勒里抓了皮夾子，裡面有他昨晚接到的電報。電報是卡特・布來福發出的，上頭只簡短的說：「請來一趟。」

他並沒有離開多久，才三個禮拜左右吧，不過萊維爾看起來和他走時並無兩樣。說得更確切點，萊維爾又變回來了，那個他去年八月滿懷希望前來造訪的城鎮，算來大約有九個月了吧。在這個怡人的星期天午後，四周依然是從容不迫的寧靜氣氛，即使居民也和過去沒什麼不同，毫無一、二、三、四月時的瘋狂氣息。昆恩先生先在荷里斯飯店打了通電話，然後坐艾德・霍奇士的車上山。午後的萊特家，四周是嘈雜啁啾的鳥語聲喧。他付了錢，看著計程車喀啦咯啦開下了山，然後緩緩走上了步道。隔鄰那間吉姆和娜拉的小屋，門戶緊閉著，看起來黯淡無光、卑微醜陋，昆恩先生不覺脊椎起了一陣涼意，這間屋子應該避免進去。來到大房子前面的石階，他停步躊躇，側耳傾聽。有一些聲音從後花園傳了過來，於是他踏上草坪，繞了過去，走到夾竹桃樹下的陰影處佇立，這樣他可以從旁看著他們，不虞被發覺。

荷美面前擺了一輛新買來的嬰兒車，正小心翼翼的搖著，陽光照得她一臉的燦亮，約翰臉上掛著笑容，蘿蘭和派蒂則在評論著當祖母的專業性，看在老天爺的分上，何不給當阿姨的一些實習的機會呢？小娃娃再過幾個禮拜就要從醫院領回家了哩！昆恩先生看了好久，一直沒被人發現。他的面色凝重，還一度側過身去，好像要就此走掉，可是這時他又看到派翠西亞・萊特的臉了，她比上次見面的時候老了許多、瘦了許多，於是他嘆了口氣，下決心要將事情做個了結。又觀察了五分鐘後，他設法引起了派蒂的注意，其他人正專心著眼前的事，他與她眼神相對，伸出食指放在嘴唇中間，搖頭提醒她不要作聲。

派蒂若無其事的和家人說了幾句話，漫步向他走來。他退後了幾步，這時她從房子的轉角處繞了過來，飛奔進他的懷裡。「艾勒里！達令！噢，你來了，太好了！你什麼時候來的？為什麼要那麼神祕？噢，你在偷看我們——我好高興！」她親吻著他，抱緊了他，一時之間她的臉又回到他印象中年輕歡愉的模樣。

他任她淚灑他的肩頭，然後輕輕推開了她，領著她走向前。「路旁那輛敞篷車是妳的吧？咱們出去走走吧。」

「可是艾勒里，爸、媽和蘿蘭——如果你不跟他們見個面，他們會很難過的——」

「我現在不想打擾他們，派蒂。他們看起來好高興，準備好了要接孩子回來。順便一問，她怎樣了？」艾勒里將車開下了山。

「噢，她的情形好極了，好聰明的一個小東西。她看起來就好像——」派蒂欲言又止，隨後她冷靜的說：「就好像娜拉。」

「真的？那她以後一定會變成一位漂亮的小姑娘。」

「噢，一定的。還有她現在已經認得出我媽了，真的，我絕沒有吹牛。我們都巴不得趕快把她從醫院裡領回來。當然啦，我媽還不准我們去碰小娜拉哩——呃，那是她的名字——每次我們去看她的時候，都會在那裡耗上一整天哩！不過我偶爾會偷偷一個人去看她……小娜拉到時候會睡娜拉的房間——你該看一下我們是怎麼布置的，奶油色的傢俱，一些便宜的小東西，還有大玩具熊，特製的育嬰室壁紙，以及——唔，小小的原子，我和她之間有許多祕密……呃，真的嘛！……那當然，她已經不用保溫箱了……她會對我呀呀叫，抓我的手要我去逗她，她還挺用力的呢。她看起來好胖，艾勒里，你看了會笑死！」

艾勒里大笑。「妳一說起話來，正像是我認識的那個老派蒂——」

「你這樣認為嗎？」派蒂怪怪的問道。

「可是妳看起來並不像——」

「沒錯，」派蒂說，「我是跟以前不一樣了，快變成老巫婆了。我們要去那裡？」

「不是什麼特別的地方。」艾勒里含糊的說，將車子轉向南方，向萊維爾調車場的方向駛去。

「你就告訴我吧！是什麼風把你吹到萊維爾的？是為了我們吧——不可能是為了別人！你小說寫得怎樣了？」

「寫完了。」

「噢，那太好了！艾勒里，你連一個字都不讓我看，結局怎麼樣？」

「那，」昆恩先生說道，「正是我回萊維爾的原因之一。」

「這話怎講？」

「結局嘛，」他笑了，「我是寫完了，不過要改寫最後一章是很容易的——最起碼，若干要點和懸疑的布局並無直接的關聯。妳也許可以幫個忙。」

「我？我可樂意之至！並且——噢，艾勒里，我真是糊塗了，在想些什麼？你從紐約寄給我那麼好的禮物，我還沒謝你呢，你還送了那麼棒的東西給我媽、我爸和蘿蘭。噢，艾勒里，你不應該那麼破費的，你住這裡的時候，我們並沒有特別招待你——」

「喔，別胡說。妳最近常看到卡特·布來福嗎？」

派蒂撐起手指甲來仔細看著。「嗯，卡特經常就在附近。」

「吉姆的葬禮辦得怎樣？」

「我們將他葬在娜拉的墓旁。」

「那太好了！」艾勒里說，「妳知道嗎，我一心一意的趕來，口渴得很。我們找個地方坐坐吧，派蒂。」

「好吧。」派蒂心情鬱悶的說。

「咦，前面不是高斯・奧爾森的『路邊小館』嗎？喲，這不就到了麼！」派蒂看了他一眼，但艾勒里只露齒一笑，將車停在餐廳旁，幫她開車門，派蒂扮個鬼臉說，你這個動作萊維爾的男士是不做的，艾勒里又露齒一笑，派蒂不禁被逗笑了；於是他倆手牽著手走進了高斯・奧爾森的小店，一路上有說有笑，艾勒里誘導她往右轉，走向卡特・布來福所坐的桌子，他正愁思百結的等著。艾勒里說：「她來了，布來福。貨到付款。」

「派蒂。」卡特站了起來，雙手據著桌子

「卡特！」派蒂愣道。

「午安，午安。」一個沙啞的聲音說道，昆恩先生循聲看到老醉鬼安德森一手抓著滿把的鈔票，坐在鄰近的一張桌子，一排威士忌的空杯子堆在他面前。

「你也午安，安德森先生。」昆恩先生說道，正當他向安德森先生點頭微笑的時候，桌子那邊的狀況有了改變，他轉過身來，見派蒂坐下來了，卡特也就了座，兩人隔著桌子的目光灼灼的對望著。所以昆恩先生也坐了下來，告訴高斯・奧爾森說：「發揮一點想像力，弄點喝的來吧，高斯。」高斯搔了搔腦袋，在吧台後面忙了起來。

「艾勒里，」派蒂為難的說，「你故意把我騙來這裡。」

「我並沒有把握妳肯來，這不能算是騙。」昆恩先生低聲說道。

「派蒂，是我請求昆恩回萊維爾的，」卡特沙啞的說，「他說他得——派蒂，我非常想見到妳，讓妳了解我們可以將過去的事付諸流水，而且我一直深愛著妳，現在如此，未來也將如此，我希望娶到妳，更甚於得到世界上任何東西——」

「這些話再也別提了吧。」派蒂說道。她開始玩弄著桌布垂下來的縐褶。卡特拿起了高斯放在他面前的一杯飲料，派蒂也一樣，這時刻有這件事可以轉移一下注意，心裡頭不免有一點點感激。他們默默的坐了好一陣子，喝著飲料，眼睛不再看對方了。

老安德森在座位上站了起來，一隻手撐在桌面上，嘴巴哼了起來：

我相信一片草葉的生長不亞於星辰的行程；
螻蟻也是同等完美，甚至一粒細沙或鷦鷯的蛋亦然；
樹蛙更是登峰造極的傑作；
綿延更續的草莓可裝飾天庭的殿堂——

「坐下來吧，安德森先生，」高斯·奧爾森善意的說，「你已經搖搖晃晃的了。」

「是惠特曼的詩，」昆恩先生四下看了看，說道，「這首詩的意思非常好。」

老安德森瞟了他一眼，繼續唸道：

我手上最纖細的樞紐使所有的機械皆變得可笑；
即使是垂頭喪氣在嚼草的公牛也凌駕於任何雕像之上；
一隻老鼠也是奇蹟，牠足以使千萬異教徒驚愕。

唸完後，老醉鬼一鞠躬，再度坐下，並開始有節奏的捶打著桌子。「我是一個詩人！」他大喊道，咬字不清的說，「現在你們看著我……」

「是啊，」昆恩先生若有所思的說，「那真是非常真實。」

「喂，你要喝的毒藥來了！」高斯在隔壁桌說，他端給安德森先生一杯滿溢出來的威士忌，然後高斯顯得有些罪惡感，避開了派蒂驚訝的眼神，動作迅速的回到吧台，把自己藏在一份《萊維爾記事報》後面。安德森先生一面喝著酒，一面打著嗝對自己咕噥著。

「派蒂，」昆恩先生說道，「我今天回來的目的，是要告訴妳和卡特，吉姆・海特的那件案子真正犯罪的人是誰。」

「哦。」派蒂應了一聲，倒吸了一口氣。

「人類的心靈也是充滿了奇蹟的。那天娜拉去世的時候，妳在醫院的等候室裡告訴了我一些事，像種子般一丁點大的事實，現在卻已經在我心中長成一棵大樹了。」

而一隻老鼠身上的奇蹟，

安德森先生亢奮的喊道：

亦足以令萬萬千千的異教徒為之色沮！

派蒂輕聲說道：「那麼下毒的人就一定不是吉姆了……艾勒里，不行！不要講！求求你！不要！」

「我要，」艾勒里平和的說，「那件事情站在中間，阻隔了妳和卡特，無論你們活到幾歲，都會受到問題烙痕的苦惱。我要把這個心裡的疙瘩消除掉，在那個地方畫上句點，這樣最末一章就可以結束，妳和卡特便可以用信任的眼神彼此看著對方了。」他啜了一口飲料，眉頭一蹙，「我但願是如此！」

「但願？」卡特小聲的說。

「事情的真相，」艾勒里凝重的說，「是會令人難過的。」

「艾勒里！」派蒂嚷道。

「但妳已經不是小孩子了，你們兩個都不是，不要自己迷惑自己了吧。假如你們結了婚，這件事會梗在你們之間……不敢肯定、毫無所知、曖昧不明以及夜以繼日的疑問，結果不造成你們此刻分手，到時候也將把你們拆散。是的，事情的真相會讓人感到難過，不過最起碼這是事實，如果你們都了解了事實，心裡面便有了數；心裡面有了數，便可以作下重大的決定……派蒂，這是一個外科手術，假如不切掉腫瘤，人就會死。我可以動刀了嗎？」

安德森先生聲音沙啞的唱起了〈青青樹下〉，還一面用空酒杯打著拍子。派蒂脊背挺直的坐著，雙手緊緊握住了玻璃杯。「動手吧……大夫。」卡特也嚥了一下口水，點點頭。

昆恩先生嘆了口氣。「派蒂，妳還記不記得，妳在醫院的時候曾告訴我，去年萬聖節我走進娜拉家時，妳正和娜拉將客廳裡放的書，移到樓上吉姆的新書房裡？」派蒂無言的點頭。「而妳是怎麼告訴我的？妳說那些書是妳剛剛從一個釘住的木箱子裡拿出來的，我進門的幾分鐘前妳才剛到地下室去，看到那一箱子書被釘子釘得死死的，那箱子還是好幾個星期之前，艾德・霍奇士從火車站載了來，放到地下室去的……妳看到那箱子沒被人動過，於是親手將箱子打開。」

「一整個木箱的書？」卡特喃喃說道。

「那一整箱的書，卡特，是吉姆行李的一部分。吉姆回萊維爾與娜拉復合時，把行李從紐約運了來，然後寄放在火車站。吉姆和娜拉到外地度蜜月的時候，那些行李便一直寄放在火車站，直到他倆回來，才搬到了新家，放進地下室；而派蒂在萬聖節發現時，箱子仍文風未動，依然是釘子釘死了的，還沒打開過。而這正是我所不知道的事實，乍看下不起眼，但至關重要的事實，我因此才明白了整件事情的真相。」

「但你是如何知道的呢，艾勒里？」派蒂摸著頭問。

「妳待會兒就明白了，甜心。我自始至終一直以為妳和娜拉所拿的那些書，只是從客廳書架上移到二樓的新書房而已。我以為那些是家裡原有的書，有的是吉姆的，有的是娜拉的，放在家裡已經有一段日子了。這是很自然的假設——我並沒有看到木箱子放在地板上，也沒有釘子——」

「我把箱子裡的書拿出來之後，便將箱子、釘子和工具放到地下室去了，你是不久之後才進來的，」派蒂說道，「在醫院的那天我是這麼告訴你的。」

「告訴得太晚了，」艾勒里抱怨道，「當我進門時，我並沒有看到那些東西，我也沒有透視眼。」

「但是，癥結在哪裡呢？」卡特．布來福蹙眉問道。

「萬聖節那天派蒂從木箱取出的書的其中一本，」艾勒里，「便是艾吉坎著作的《毒物學》。」

卡特的下巴掉了下來。「那段做有記號的砷化物的說明文字！」

「不只如此，那三封信還是從那本書的那兩頁中掉下來的哩。」

卡特這下無話可說了，派蒂雙眉深鎖的看著艾勒里。

「那麼，既然那個箱子是在紐約用釘子封好了，送到萊維爾的大眾快遞行存放著，因此當木箱打開時，那本夾著三封信的《毒物學》的書便是我們第一個發現的——那三封信會掉出來，還是娜拉不小心將滿懷的書掉下來造成的——這樣一來，我們就不可避免的要下個結論，那就是：那三封信絕對不可能是吉姆在萊維爾寫的。當我看清這一點時，我便明白了全部的事。那三封信一定是吉姆在紐約的時候寫的——在他返回萊維爾，第二度要求娜拉嫁給他之前，在他得知娜拉會接受之前。而那時他已經遺棄她，消失了三年之久！」

「你說得對。」卡特·布來福悶哼道。

「可是你沒看出來嗎？」艾勒里嚷道，「我們現在豈能糊里糊塗的咬定，吉姆在那三封信中預測到他『太太』的生病或死亡，所指的就是娜拉?當那三封信被發現時，娜拉固然是吉姆的太太沒錯，可是當初他在寫那三封信時，她還不是他的太太，吉姆也無從知悉她會成為他的太太啊！」

他停了下來，高斯·奧爾森的餐廳裡雖然相當陰涼，他還是用手帕擦了把臉，深深吸了一口杯中的飲料。鄰桌，安德森先生正打著鼾。

派蒂情急的說：「可是，艾勒里，那三封信所指的如果不是娜拉，那麼這整件事——這整件事——」

「我用我的方式說可以吧，」昆恩先生沙啞的說。「既然我們懷疑信中所指的『太太』不是娜拉，那麼有兩件看起來不太相干的事實便應該注意到。第一點，三封信裡頭標示的日期並不完整，這也就是說，信裡頭只標示了月、日，而沒有年分。所以那三個假日——感恩節、聖誕節和新年——吉姆在那三封信中配合日期所寫到的太太生病了，病得更重了以及最後死掉了，很有可能是一年、兩年甚至三年前的同一個日期！根本不是一九四〇年，而是一九三九、一九三八或一九三七……

「第二點呢，當然啦，那三封信都沒有提到娜拉的名字，而是首尾一貫的『我太太』。

「如果那三封信是吉姆在紐約寫的——早在他娶娜拉之前，甚至在他知道娜拉肯嫁他之前——那麼吉姆便不可能寫到娜拉生病，甚至娜拉死亡。而假如我們不相信這個事實，就像我們全部打一開始便認定的，那麼整個案情的架構，便會很自然而然的把娜拉當成吉姆所欲下毒殺害，但卻沒能得逞的對象。」

「這太不可思議了，」卡特喃喃說道，「太不可思議了。」

「我搞糊塗了，」派蒂含混的說，「你的意思是說——」

「我的意思是說，」昆恩先生說道，「娜拉根本就沒有生命的威脅，娜拉從來就沒有危險……根本就沒有人要殺娜拉。」

派蒂連連搖頭，伸手拿她的飲料。「可是這樣卻打開了一個新的推理空間！」卡特嚷道，「如果娜拉不是謀殺的對象——根本就不是——」

「那麼事實是什麼呢？」艾勒里辯解道，「新年除夕那天真的死掉了一個女人：露絲瑪莉·海特。我們老是認為娜拉是謀殺的對象，露絲瑪莉是死於意外，可是現在我們既已知道娜拉不是謀殺的對象，那麼露絲瑪莉就不是死於意外了——而打從一開始，露絲瑪莉便是謀殺的對象嗎？」

「打從一開始，露絲瑪莉便是謀殺的對象。」派蒂一個字一個字的複誦道，好像這些是她不懂的語言。

「可是，昆恩——」布來福反駁道。

「我知道，我知道，」艾勒里嘆息道，「這會招致巨大的困難和反對。但是把娜拉從謀殺對象的角色剔除掉，才是這件刑案唯一合理的解釋。所以我們必須把這當成是新的前提。露絲瑪莉如果是謀殺的對象，我立刻就要反問，那三封信和露絲瑪莉的死是否有關呢？表面上看起來，沒有。那些信提到的，死的人是吉姆太太——」

「而露絲瑪莉是吉姆的姊姊。」派蒂皺眉說。

「是的，況且露絲瑪莉在預示的感恩節與聖誕節卻一點毛病也沒有。更進一步的說，既然我們知道這三封信是兩、三年之前所寫的，那麼這些信就沒有必要看起來帶著犯罪的色彩。這些信所提到的，可能只是他前一任妻子的死亡——不是娜拉，而是吉姆在紐約所娶的前一任妻子，她死亡的日期，是在吉姆棄娜拉而去，到他跑回來娶娜拉這當中的其中一年新年。」

「可是吉姆從來就沒有提到他有前一任妻子。」派蒂反對道。

「那並不表示他沒有前妻。」卡特說。

「沒錯，」艾勒里點點頭，「所以那些信本身有可能是與犯罪無關的，除了兩個非常重要且可疑的關鍵：第一，是信寫好了卻沒有寄出去，似乎在紐約的時候並沒有人死亡；第二，就是一九四一年元旦在萊維爾卻真的死了一個女人，情形一如吉姆的最末一封信所寫的，事情尚未發生之前很久便已經寫下了。這是巧合嗎？我的胃口被這個念頭撩起來了。不是的，我認為那一定和露絲瑪莉的死有關，跟那三封吉姆寫的信有關——當然啦，那些信是他寫的；在審判的時候，可憐的艾禮·馬丁法官拚命想對那些信的真實性質疑，勇氣可嘉，但顯然是白費力氣了。」

安德森先生醒來了，好像是受到了打擾，不過高斯·奧爾森搖搖頭，安德森先生搖搖晃晃的走了過去。「老闆，」他惡狠狠的瞪著眼，「把這個碗斟滿，直到滿出來為止！」

「我們賣酒不是論碗計的，而且，安迪呀，你已經喝得差不多啦。」高斯譴責的說，安德森先生哭了起來，頭趴在吧台上，哭了幾聲之後，他又睡著了。

「露絲瑪莉·海特的死，」昆恩先生深思熟慮的說，「和吉姆·海特很久、很久以前寫的那三封信有什麼關聯呢？藉由這個問題，」他說，「我們便走進了麻煩的核心。既然露絲瑪莉一直是謀殺的對象，那三封信的作用便可以看作是一個顯著的障眼法、一個巧妙的騙局、一個心理的煙幕，將事實的真相在大家的面前藏了起來。這不正是當時的情景嗎？妳、道金還有布來福那時難道沒有立刻把露絲瑪莉的死擱在一旁，而將焦點放在娜拉身上，認為她就是下毒的對象？可是這正是殺死露絲瑪莉的凶手希望你們做的！你們忽略了真正的被害人，而去調查那位看起來是被害人的被害因素。於是你們針對吉姆形成了指控，認為他是可能殺害娜拉的唯一人選，一點心思都沒有花在尋找真正殺人者的方向——那個既有動機又有機會把露絲瑪莉毒死的人。」

派蒂此時真是迷惑極了，聽得暈頭轉向。卡特・布來福則是冷酷而專注的聽著，上身傾在桌上，眼睛緊盯著艾勒里的臉。「繼續說吧！」他說，「請繼續說，昆恩！」

「咱們回到前面，」昆恩先生點燃一支香菸說道，「現在我們知道吉姆那三封信所提到的是一個躲在幕後、從未向人說過的前任妻子。假如這個女人是死在兩年或三年前的新年，那為什麼吉姆不將信寄給他姊姊呢？更重要的是，當他被逮捕時，他為什麼不告訴你或道金這個事實呢？為什麼吉姆不告訴馬丁法官，亦即他的辯護律師，說那些信裡指的不是娜拉，好在審判時用來做辯護？因為，如果他的前妻果真死了，要證明的話是很容易的——主治醫師的切結、死亡證明書等等，容易得很。但吉姆始終三緘其口，一個字都沒有提到他娶了另一個女人，時間是在他和娜拉宣告破裂，到回萊維爾娶她的這將近四年當中。為什麼吉姆在這一點上要那麼神祕呢？」

「也許，」派蒂打了個冷顫，「是因為他真的打算要殺他的前妻，並且也下了手。」

「那他為什麼不把信寄給他姊姊呢？」卡特反問道，「既然那三封信是他為了那個目的所寫的？」

「哈，」昆恩先生說，「反應一模一樣。我也是這樣問我自己的：吉姆那個殺妻計畫，有沒有可能並未如期發生？」

「你的意思是說，當吉姆回到萊維爾時，她還活著？」派蒂倒吸了一口氣。

「不只是還活著，」昆恩先生說道，他慢條斯理的將手上的菸屁股在菸灰缸上按熄掉，

「她也跟著吉姆來到了這裡。」

「那個前妻？」卡特睜大了眼睛。

「她也來到萊維爾？」派蒂嚷道。

「沒錯，不過她不是以吉姆前妻的身份，」艾勒里說，「也不是以吉姆任何一個妻子的身分。」

「那麼是用誰的？」

「她到萊維爾來，」艾勒里說，「用的是吉姆姊姊的身分。」

安德森先生在吧台醒過來了，喚道：「老闆！」

「回家去吧。」高斯搖頭道。

「給我甘露醍醐！忘憂之藥！」安德森先生哀求道。

「我們沒賣那種東西。」高斯說道。

「用吉姆姊姊的身分，」派蒂輕輕說道，「那個吉姆介紹說是他姊姊露絲瑪莉的女人，根本就不是他的姊姊？而是他的妻子？」

「是的。」艾勒里向高斯·奧爾森比畫了一下，高斯走過來換上新的飲料，安德森先生目光灼灼的瞅著他手上的盤子。大家都沒有講話，直到高斯返回吧台。

「可是，昆恩，」卡特不解的說，「你又怎麼知道是那樣？」

「呃，是誰告訴我們，那個自稱露絲瑪莉·海特的女人，是吉姆·海特的姊姊來著的？」

艾勒里問道，「只有吉姆和露絲瑪莉這麼說，而他倆都已經死了……不過，我並不是靠這個才曉得她是他的前妻的。我是因為知道是誰殺死了她，才知道這個的。既然知道是誰殺死她，那麼露絲瑪莉就絕不可能是吉姆的姊姊。她唯一有可能的身分，凶手唯一有動機殺害的人，就是吉姆的前任妻子；等一下你們便會知道了。」

「可是，艾勒里，」派蒂說道，「你那天不是告訴我說，史提夫・波拉里送貨收據上女人的筆跡，以及吉姆收到『露絲瑪莉・海特』寄來的信封上封緘的簽名筆跡，經你比對過後，證明那個女人的確是吉姆姊姊？」

「我那時候弄錯了，」艾勒里皺眉說道，「我是大錯特錯了。事實上那份筆跡所能證明的，便是兩者均是同一個女人寫。那只說明在此地出現的這個女人，正是那個寫信給吉姆，使吉姆非常困擾的同一個女人。我是被她在封緘上簽下「露絲瑪莉・海特」的那件事實給誤導了。唔，她剛好是使用那個名字嘛。我搞錯了，真蠢，妳那時應該要提醒我的，派蒂。咱們喝口水吧！」

「但假如那個在除夕夜被毒死的女人是吉姆的前妻，」卡特反問道，「為什麼吉姆真正的姊姊在謀殺案發生後沒有趕來？這個案子已經炒得人盡皆知了啊！」

「如果他有一個姊姊，」派蒂思忖道，「假如他真有的話！」

「噢，他是有一個姊姊，」艾勒里疲憊的說，「要不然，他何必寫那三封信呢？當初他寫那些信，計畫要殺害他當時的妻子時，他希望那三封信會給他一點清白的假相，而那次的謀殺並未得手。他本想把信寄給他真正的姊姊，露絲瑪莉·海特，他必須有一個姊姊在謀殺案調查的探照燈前擋一下，否則他會陷入混亂。所以吉姆是有一個姊姊，這是真的。」

「可是那些報紙呢！」派蒂說道，「卡特是對的，艾勒里。那些執紙整版都是『露絲瑪莉·海特，吉姆·海特的姊姊』，以及她是怎麼死在萊維爾的報導。要是吉姆真的有個姊姊叫露絲瑪莉的話，難道她不會火速趕到萊維爾，揭發這個錯誤嗎？」

「未必如此。不過事實上，吉姆的姊姊是真的到萊維爾來了，派蒂。我不敢說她來此是為了揭發這個錯誤，不過可想而知的是，她在跟弟弟吉姆談過一次之後，便決定隻字不提她的真實身分了。我猜是吉姆要她答應保持緘默的，而她也遵守了這個承諾。」

「我不能明白，我不能明白，」卡特生氣的說，「你就像那些把兔子從帽子裡變出來的魔術師。你的意思是說，真正的露絲瑪莉·海特這幾個月來一直待在萊維爾，使用別的化名？」

昆恩先生聳了聳肩。「是誰在吉姆落難中幫助他的？萊特家的親人，一小群在身分上義不容辭的老朋友，當然啦，還有我自己，以及……另外一個人，那個人還是個女人。」

「洛波塔！」派蒂驚呼道，「洛波塔·羅勃絲，那個女新聞記者！」

「唯一性別上符合的局外人，」艾勒里點點頭說，「沒錯，洛波塔·羅勃絲，還會有誰？她打從一開始便『相信』吉姆是清白的，她為他奮鬥，為他犧牲了工作，而最後呢，她豁出去了，安排了一輛車，讓吉姆在墓園脫離警衛的掌握逃跑了。是的，根據種種事實來看，洛波塔是唯一有可能是吉姆姊姊的人。我認為『洛波塔·羅勃絲』很可能是她在職業場合上用了許多年的筆名，可是她真正的名字是露絲瑪莉・海特！」

「難怪她在吉姆的葬禮上哭得那麼傷心。」派蒂輕輕的說。這時除了高斯・奧爾森用抹布在吧台上擦拭，以及安德森先生的嘀咕抱怨外，別無其他聲音。

「這就明白多了，」卡特終於不太甘願的說，「但我不明白的是，為什麼吉姆的前妻跑來萊維爾，卻自稱是吉姆的姊姊？」

「還有，」派蒂補充道，「吉姆又為什麼要同意做這樣的隱瞞呢？這太奇怪了，整件事都太奇怪！」

「不是，」艾勒里說，「那根本是瘋狂得嚇死人，除非你不去想。你問為什麼，我也要這樣問你。當我想到這件事時，我便曉得結局會變得如何了。」他深深喝了一口手中的冷飲。「你們看，將近四年之前，吉姆和娜拉為了房子的事吵了一架，導致吉姆在婚禮前夕棄娜拉而去。後來他去了紐約，我猜他一定是落落寡歡。但是我們不要忘記吉姆本人的性格，具有很強烈的獨立傾向，那與頑固、驕傲通常有密切的關聯，這使得他沒有寫信給娜拉、沒有回萊維爾、沒有表現得通情達理些，當然啦，娜拉也該負點責任，因為她竟然不了解獨立起來對吉姆這樣的男人來說有多麼重要。總之，吉姆在紐約的時候生活得很不如意，這點他一定也有想過，結果遇見了這個女人。我們都看見了，她是一個妖里妖氣、很難討好的女人，相當具有吸引力……尤其是對一個感情上遭受過創傷的男人。利用這個弱點，這女人釣住了吉姆。他們之間一定相處得很不好，男的是個老實人，女的卻是不可信賴、自私自利並且能夠將一個男人給逼瘋掉。她一定是弄得吉姆的日子過不下去，因為吉姆根本不是會動手殺人的那一種人，然而他最後還是打算要殺死她。事實上，他計畫謀殺她的每一個細節都非常小心，甚至還在事前寫信給他的姊姊——這樣做真的好蠢！這顯示他有多麼想除掉她。」

「我認為，」派蒂難過的說，「他應該能跟她離婚的！」

艾勒里又聳了聳肩。「我相信他要是辦得到的話，一定會這麼做的。這個情形使我相信，最初她是不肯離婚的，因為她是個會把人的血吸乾的女人。當然啦，我們無法每一件事情都這麼肯定，不過，卡特，我願意跟你打個賭，你若是順著這條線索倒推回去，你將會發現：第一、她拒絕跟他離婚；第二、於是他計畫殺死她；第三、她多少獲悉了他的計畫，嚇壞了，逃離他的身邊，致使他放棄了謀殺；而最後則是她後來通知他，說已經跟他離婚了！

「因為有了這些事實，才使得之後發生的事變得無可避免。我們知道吉姆娶了一個女人，知道他後來急急奔回萊維爾，要求娜拉嫁給他。除非他以為他已經和前妻離了婚，才有可能這麼做。但若要這麼想，她必須給他相當的理由。所以我說她通知他，說她已經去辦過離婚了。

「然後呢？吉姆娶了娜拉，在極度興奮的情形下，他根本就忘記那三封信夾在《毒物學》的書裡，天知道究竟夾了多久。然後他倆去度蜜月，返回萊維爾，在那棟小屋裡展開婚姻生活……麻煩於焉開始，吉姆接到一封他『姊姊』寫來的信。妳記得那天早晨嗎，派蒂？郵差送來一封信，吉姆讀過之後受到很大的震撼，之後他說信是他『姊姊』寄來的，又問請她到萊維爾來玩不知道適不適合……」派蒂點點頭。

「這個女人搖身一變，成了吉姆的姊姊，我們也當她是吉姆的姊姊，而現在我們知道了，她根本不是吉姆的姊姊，而是吉姆的前妻。

「然而還有一個更明確的證據證實那封信是他前妻寄來的……那封信燒焦封緘上的簽名，以及史提夫・波拉里送貨單據上的簽名，兩者的筆跡是相同的。所以那封信是前妻寫給吉姆的，而既然吉姆不太可能主動要她來萊維爾，那麼這次的造訪一定是她的主意，而不是吉姆的，這也正是那封信的內容。

「但為什麼她要寫信給吉姆，並且以他姊姊的名義出現在萊維爾呢？還有，為什麼吉姆答應她來呢？或者這麼說，如果吉姆阻止不了她到這裡來，她來了之後，吉姆為什麼要幫她掩飾身分，甚至一直到她死了以及更後來還要守住這一個祕密呢？理由只有一個：她吃定了吉姆。

「何以見得呢？沒錯，吉姆是『揮霍』了不少錢，但必須注意的是，他的揮金如土與前妻來到萊維爾恰好同時！他為什麼要典當娜拉的首飾？他為什麼要向萊維爾私人財務公司借貸五千美元？他為什麼不斷向娜拉要錢？為什麼？那些錢到哪裡去了？賭博，這是卡特你說的，你並且試圖在法庭上舉證——」

「但是吉姆親口向娜拉承認說，他把錢都賭光了，證詞上是這麼說的。」卡特反駁道。

「要是他的祕密妻子在勒索他，他自然得想一些藉口向娜拉解釋自己為何突然要那多錢用！而事實上，卡拉提並未證實吉姆在維克・卡拉提的『熱點』酒店輸掉那麼多錢，你連他在那裡賭博的人證都沒有，否則你一定會安排這樣的作證的。你頂多只找到一個聽壁腳的女人，她聽到吉姆告訴娜拉他在賭博！是的，吉姆是在『熱點』喝了不少酒——他心情惡劣嘛，可是他並沒有在那裡賭博。

「然而，那些錢一定是到了哪裡。好，我們不是假定有一個女人吃定了他嗎？我的結論是：那些錢他給了露絲瑪莉——我是說，那個自稱是露絲瑪莉，後來在除夕夜被毒死的女人。他讓那個冷血動物有求必應，還得一直喊她姊姊，那個他眼睛瞎掉娶了來的女人！」

「可是她拿住他什麼把柄呢，艾勒里？」派蒂問道，「那一定是件很糟的事！」

「依我看，答案只有一個，」艾勒里面無表情的說，「這個答案對任何一個環節都解釋得通，就像調好了的石膏可以倒進任何一個模子裡。那個我們管她叫露絲瑪莉的女人，也就是他的前妻，可能根本就沒有去辦離婚吧！也許她騙了吉姆，害他以為已經自由了？又或許她給他看了假的離婚證書吧？你只要有錢，什麼事情都可以弄得到！這樣一來，整件事情便有意義了，吉姆一娶了娜拉，便犯了重婚罪，他再也逃不了這個女人的手掌心了……她預先寫信警告吉姆，然後冒充他的姊姊跑來萊維爾，這樣她就能勒索吉姆，而不怕娜拉和其他的家人曉得她的真實身分！因此我們現在也知道她為什麼要冒充吉姆的姊姊了。她的真身分要是暴露出來，便再也無法箝制吉姆了。她要的是錢，而不是報復，她只要威脅吉姆，說要把真相抖出來，便能夠把吉姆吸乾。要這麼做，她先得假冒成另外一個人……而吉姆呢，既然中了她的圈套，就只好稱呼她姊姊，只好任她予取予求，直到快要發狂為止。露絲瑪莉充分了解她的獵物，因為吉姆是不可能讓娜拉得知真相的——」

「不行。」派蒂嘆道。

「為什麼不能呢？」卡特·布來福問道。

「以前吉姆拋棄娜拉而去的時候，他已經使娜拉在家人和整個鎮的居民面前無地自容過一次了。這個鎮的人特別厲害，在萊維爾鎮民的心目中，世界上是沒有祕密或憐憫可言的，他們的殘酷更勝於常人，而你要是像娜拉那麼敏感、壓抑、怯懦，那麼公開的醜聞就可能變成一齣悲劇，詛咒你的一生，使你爬不起來。吉姆看到了他那次的離去對娜拉造成了什麼傷害，羞辱逼使她幾乎發狂，使她變得提心吊膽的，躲避萊維爾的人、躲避她的朋友，甚至是她的家人。如果光光婚禮之前的逃離便會使娜拉變得那樣，那麼她嫁給一名重婚者的事實對外公布之後，對她豈不是更嚴重的震驚？那會使她瘋掉，甚至把她逼上絕路。

「吉姆對這些了然於胸……露絲瑪莉布下的這個圈套十分的歹毒，吉姆根本不可能向娜拉招認，甚至讓她發現她的婚姻是不合法的、無效的，至於他們尚未出生的孩子……不要忘記萊特太太在作證時所說，當吉姆得知娜拉懷孕時，他那時的反應。」

「這真是，」卡特沙啞的說，「令人可恨。」

艾勒里啜了口飲料，又點燃一支香菸，對著火紅的光點皺了皺眉頭。「接下來的也越來越不好講了，」最後他喃喃說道，「吉姆給了很多錢，還到處去向人借，以免那個女人把那件很完蛋的事情抖出來，否則娜拉會招架不住，甚至去尋短。」

派蒂幾乎要落下淚來。「可憐的吉姆，他沒有挪用銀行的公款，可真是奇蹟！」

「至於吉姆在酒醉時，憤怒的詛咒說他要『除掉她』、要『殺掉她』，還講得很明白的說他所說的是他的『妻子』。他當然是這個意思。他說的，是他唯一合法的妻子，那個自稱是他姊姊、管自己叫露絲瑪莉・海特的女人。當吉姆喝得糊里糊塗說出這樣的威脅之時，他所指的根本就不是娜拉。」

「但是我覺得，」卡特低聲的說道，「當他遭到逮捕，將要面臨審判時，卻還一直保持沈默——」

「我想，」昆恩先生苦笑道，「從某個角度上看，吉姆可算是偉大的人。他寧願一死，以彌補他過去對不起娜拉的地方，而他唯一能夠做的，便是沈默的經歷這一切。他無疑囑咐過他真正的姊姊洛波塔・羅勃絲要保守祕密，因為她要是將事實告訴你以及道金局長，吉姆就勢必得揭露露絲瑪莉的真實身分，也就是說要把他早先娶她的整件事講出來，所謂離婚並非真正的離婚，其結果，娜拉就變成了一個懷了孕、卻沒有結婚的女人。除此之外，把事情公布出來對他一點好處也沒有，因為吉姆有數不清的動機要殺露絲瑪莉，而不要殺娜拉。那是行不通的，他認為他的最佳選擇，就是將這整件悲慘的故事隨他一起帶進墳墓。」

派蒂這時已經是泣不成聲了。

「此外，」昆恩先生娓娓說道，「吉姆還有別的理由要保持沈默，一個天大的理由，一個令人佩服、讚嘆的理由。我不知道你們兩位是否發現到了。」兩個人都看著他，再相互望了望。「沒有，」昆恩先生嘆了口氣，「我想你們並沒有發現。事情的真相簡單得令人難以置信，像是一面玻璃，可以讓我們一覽無遺。答案是二加二，或根本就是二減一吧，這些都是最困難的加減乘除。」

昆恩先生的肩膀上出現了一個酒糟鼻，原來是安德森先生。「噫嘻人生，苦難何長！歡樂何短！」安德森先生聒噪道，「朋友們，要記住祖先的智慧啊……我想你們一定會感到奇怪，像我這麼一個窮鬼，在今天這個好日子裡怎麼會那麼有錢吧。嗯，我是個靠匯款過日子的人，就像他們所說的，而今天我的船進港了。歡樂何短！」說著他動手去摸派蒂的杯子。

「你幹嘛不到一邊涼快，閉上你的尊嘴呢？」卡特大聲說道。

「長官，」安德森先生拿起派蒂的杯子走開了去，「沙漏裡的沙慢慢堆積起來，形成了我的生命；我必須待在這裡，在此終老一生。」他走到他的桌子坐下，立刻喝下杯中的飲料。

「艾勒里，你不能只說到這裡啊！」派蒂說道。

「你們兩個真的要聽嗎？」

派蒂看著卡特，卡特也看著她。卡特的手伸到桌子的另一端，握住了她的手。「請說吧。」卡特說道。

昆恩先生點點頭。「還有一個問題有待解答，這是最最重要的一個問題：是誰毒死了露絲瑪莉？法院對吉姆的控訴，是認為只有他有此機會，只有他存有動機，只有他在分配雞尾酒，因此他是唯一能將下了毒的雞尾酒送到被害人手裡的人。更進一步的說，卡特，你還證明吉姆去買了老鼠藥，因此他可以把砷化物加進那杯雞尾酒裡。所有這些推論都很合理，事實上也很難加以反駁，如果吉姆意圖殺死娜拉，他便會將雞尾酒端給她。可是現在我們知道，吉姆根本就沒打算要殺死娜拉！從一開始，真正的謀殺對象就是露絲瑪莉，而且只有露絲瑪莉！

「所以我必須將內部的望遠鏡重新對焦。我既然知道露絲瑪莉是意圖謀殺的對象，那麼這個案子是否還要像把娜拉當成被害人那樣，一口咬定是吉姆幹的呢？嗯，吉姆依然有機會在雞尾酒中下毒，他對露絲瑪莉依然有數不完的殺人動機，他依然有唾手可得、劑量充沛的砷化物。但是——被害人是露絲瑪莉，吉姆掌握得了那杯致命的雞尾酒的流向嗎？不要忘記，那杯後來被發現有毒的雞尾酒，還是他端給娜拉的……他料得準那杯有毒的雞尾酒會到達露絲瑪莉的手裡嗎？

「不能！」艾勒里大聲說道，他的聲音突然化為一把利刃，「沒錯，他在最後一趟先親手遞給了露絲瑪莉一杯雞尾酒，但是那杯雞尾酒裡並沒有下毒。最後一趟的雞尾酒裡只有娜拉那杯，那杯讓娜拉和露絲瑪莉都中了毒的雞尾酒中放進了砷化物！如果吉姆在遞給娜拉的那杯雞尾酒中放了砷化物，他怎能知道露絲瑪莉會喝它？

「他無法知道。這件事他作夢都沒有夢到會發生……更別說是想像、計畫或盤算了。如果你回想一下，事實上露絲瑪莉在喝娜拉的雞尾酒時，吉姆正要離開客廳。因此我們不禁要問：既然吉姆無法確定露絲瑪莉會去喝那杯毒酒，那麼誰有此把握呢？」

卡特·布來福和派翠西亞·萊特各據著餐桌的一角，坐得筆直、動也不動、屏住了呼吸。

昆恩先生聳了聳肩。「一剎那之間，二加二成了二減一。一剎那之間，事情變得令人難以置信、不能接受，而那是唯一有可能的事實。二減一——等於一，只等於一，只有另外一個人有機會在那杯雞尾酒中下毒，因為那杯酒在到達露絲瑪莉之前只有另一個人拿過！只有另一個人有殺害露絲瑪莉的動機，有可能利用老鼠藥遂行謀殺，那老鼠藥還是吉姆為了滅鼠，別無其他用心去買的……也許還是某人要他去買的。你們記得他再次到麥倫·葛巴克的藥房買另一罐『虧克』嗎？他不久之前才買了一罐，卻告訴葛巴克自己『忘了放在什麼地方』。你們以為第一罐老鼠藥真的『忘了放在什麼地方』嗎？根據我們現在的了解，那罐老鼠藥分明不是忘了放在哪裡，而是被家裡的另一個人偷偷拿去藏了起來，那個人並且有殺害露絲瑪莉的動機吧？」

昆恩先生看了派翠西亞·萊特一眼，隨即閉上自己的眼睛，好像眼睛很痛的樣子。然後他放了一支香菸在嘴角叼著，話從他的齒縫之間擠了出來：「那個人只可能是在除夕夜裡，親手將雞尾酒遞給露絲瑪莉的那個人。」

卡特·布來福一再的舔著嘴唇，派蒂則好像整個人都凝固了。「我很抱歉，」艾勒里張開眼睛說道，「我真是非常非常抱歉。但這件事情就像人最後會死一樣的合理，為了給你們兩位一個機會，我不得不把事情的真相說出來。」

派蒂頭暈目眩的說：「不會是娜拉。噢，天哪，不能是娜拉！」

30 五月的第二個星期天

「酒稍微喝多了一點，」昆恩先生急急對高斯·奧爾森說，「你裡頭的房間借我們用一下好嗎，高斯？」

「好啊，好啊，」高斯說道，「呃，我真的很抱歉，布來福先生。我在飲料裡面加了不少上好的蘭姆酒，而她只喝了一杯——第二杯被安迪拿走了。要不要我幫忙——」

「我們自己會料理她的，謝謝你，」昆恩先生說道，「不過我想如果你能給她一點波本酒會更好。」

「可是她人不舒服——」高斯困惑的說，「好吧！」

老醉鬼眼巴巴的看著卡特和艾勒里攙扶著派蒂走進後頭的房間，派蒂的眼睛黯淡失神。他們把她安頓在高斯那張黑色皮面的老臥榻上，高斯隨即端來一杯威士忌，遞給卡特·布來福，強迫她喝下去。派蒂咳了幾聲，眼睛湧出了淚水，隨後她將杯子推開一邊，躺在臥榻上，面對牆壁。「她看起來好多了，」昆恩先生安心的說，「謝謝你了，高斯。我們會照顧萊特小姐的。」高斯走了開去，一面搖著頭一面喃喃說道這麼好的蘭姆酒——他才不會像「熱點」那邊的騙子維克·卡拉提那樣，老是供應一些老鼠藥給店裡的客人。

派蒂直挺挺的躺著，卡特笨笨的站在一旁，之後又坐下，握住她的手，艾勒里看到她曬黑的手指被握得發白。艾勒里轉過身去，走到房間的另一邊，端詳著千年不變的巴克啤酒海報。房間裡一點聲音也沒有，靜悄悄的。

末了他聽到派蒂輕聲喚道：「艾勒里。」他轉過身，派蒂正要坐起來，雙手握在卡特·布來福的手裡；卡特拚命握住了派蒂的手，彷彿需要安慰的是他自己，而不是派蒂。艾勒里猜想，就在剛剛幾秒鐘的沈默裡，一場激烈的戰鬥已經打過了，而且是打贏了。他拉了一張椅子到臥榻前坐下，面對著他們。「告訴我其餘的事吧，」派蒂望著他，鎮定的說，「請說下去吧，艾勒里，告訴我其餘的事。」

「知道了又能怎樣，派蒂達令，」卡特輕聲的說，「噢，妳是知道的，妳自己也曉得。」

「這我知道，卡特。」

「不管那是什麼，達令——她病了。我認為她一直精神衰弱，一直瀕臨崩潰的邊緣。」

「你說的沒錯，卡特。告訴我其餘的事，艾勒里。」

「派蒂，妳記不記得告訴過我，九月初露絲瑪莉來到之後的幾天，妳有一次去娜拉那裡，發現娜拉『困在』餐具室裡？」

「你是指娜拉聽到吉姆和露絲瑪莉在吵架的那件事？」

「是的。妳說妳進門的時候，已經吵到最後了，之後並沒有聽到任何事情，而娜拉並不肯告訴妳她聽到了些什麼。妳說娜拉臉上的表情，就跟那天那三封信從《毒物學》裡掉出來時一樣。」

「是的……」派蒂說。

「那一定是個關鍵，派蒂。娜拉一定是在那時候曉得了整件事——無意之間，她從吉姆和露絲瑪莉的口中得知，露絲瑪莉不是他的姊姊，而是他的太太，而娜拉自己的婚姻是不合法的……」艾勒里反覆看著自己的手，「那整件亂七八糟的事……使娜拉失去了平衡。一眨眼的工夫，她整個世界崩塌了下來，連帶把她的道德觀和心智的健康擊得粉碎。她受到了太大的委屈，髒汙得無法去面對。而在吉姆突然離去到兩人結婚的這段期間裡，娜拉一直過著不正常的生活，感情脆弱得經不起打擊……娜拉越過了界限。」

「越過了界限。」派蒂輕輕的說，嘴唇變白了。

「在她受創心靈的認識裡，她決心要報復那個羞辱並糟蹋她生命的人。她計畫要殺死吉姆的前妻，那個自稱露絲瑪莉的可恨女人。她打算利用吉姆幾年前為了相似的目的所製造，現在卻鬼使神差般落入她手裡的工具，讓吉姆為犯罪負責。她必須慢慢的進行這項工作，而且由自己獨自進行。那些令人迷惑的信件，此時再也不能迷惑她了，她利用吉姆自己的所作所為，幫助她創造吉姆犯罪的假相。她發現自己有極大的力量，狡猾過人，聰明得近乎天才，足以瞞騙整個世界，乃至她的真實情感。」

派蒂閉上了眼睛，卡特親吻著她的手。「她知道我們曉得有那三封信——妳和我，派蒂

——娜拉便故意進行那三封信裡所記的犯罪模式。她故意在感恩節那天吞下了少量的砷化物，好讓我們以為吉姆在進行那個計畫。妳還記得她在餐桌上表現出砷中毒的症狀時，立刻就做了什麼嗎？她跑上樓去，吞下了大量的鎂乳劑，就像我那天晚上稍後告訴妳的，派蒂，那東西正好是砷中毒的緊急解毒劑。這個知識知道的人並不多，派蒂，娜拉查過這樣的資料。那件事並不能證明娜拉自己服毒，不過妳若將那件事和娜拉做過的別件事放在一起來看，事情就很明顯了。

「派蒂，我要繼續講下去嗎？讓卡特送妳回家吧——」

「我想聽整件事情，」派蒂說道，「就是現在，艾勒里，把話說完吧。」

「妳不要緊吧。」卡特．布來福沙啞的說。

「我所謂『她做過的別件事』，」艾勒里低聲說道，「回想一下吧！如果娜拉真的像她假裝的那麼在乎吉姆的安全，她會把那三封無法解釋的信放在帽盒裡任人發現嗎？任何一個像她自己稱所深愛著丈夫的妻子，會不立刻將那些信燒掉嗎？但是她沒有——娜拉把信保留起來……當然啦，她知道當吉姆被拘捕時，那三封信將會成為對吉姆最不利的證據；她也確信，那三封信終究會被找出來，用來對付他。而事實上，道金最後是怎發現那些信的？」

「是娜拉……娜拉引起我們注意到那些信的，」卡特氣弱的說，「那時她歇斯底里的提到了那些信，而我們根本就不知道——」

「提到？」艾勒里嚷道，「歇斯底里？我親愛的布來福，那可是最高明的表演啊！她假裝變得歇斯底里，假裝以為我已經告訴了你們那三封信的事了！她在講那些話時，還是一面責備著你一面證實有那三封信哩。這一點非常的可怕，但是自從我知道她是主嫌犯時，那對我而言已經不重要了。」他停了下來，伸手去找香菸。

「還有呢，艾勒里？」派蒂聲音顫抖的問。

「只剩下一件事了。派蒂妳確定——妳的臉色看起來不太好。」

「還有呢？」

「還有就是吉姆。他是唯一知道事情真相的人，雖然洛波塔·羅勃絲也許猜到了。吉姆知道自己並沒在雞尾酒中下毒，因此他一定知道是娜拉幹的。但是吉姆一直保持沈默。妳知道我為什麼在前面說吉姆有很崇高的理由犧牲自己嗎？他是用這個來贖罪，對自己施加懲罰。因為他自認對娜拉生命中的悲劇應該負起全責，甚至弄得娜拉去謀殺別人。因此他情願默默鞭打自己，毫無怨言，好像這麼做就能彌補過去的不是！可是人越是苦悶，就越會一直往不好的地方想。然而……吉姆並沒有看著她。還記得在法庭上嗎？連一次都沒有。他不想，也無法看著她。他不想看到她，或者跟她講話，無論是審判前、審判中或審判後。那可能太過分了，因為她畢竟——」艾勒里站了起來，「我想我該講的都已經講了。」

派蒂深深的靠在臥榻上面，頭抵著牆壁休息著，卡特看到她臉上的表情，不禁畏縮起來。於是他開口了，好像為了緩和毆擊、減輕疼痛的樣子：「可是，昆恩，那也有可能是娜拉和吉姆聯合起來，兩人都是共犯？」

艾勒里隨即說：「如果他們是共犯，聯合起來除掉露絲瑪莉，那麼他們會故意將犯罪安排成這樣，共犯之一的吉姆竟然成了唯一有可能的嫌犯？不可能。要是他們聯合起來摧毀共同的敵人，他們一定會計畫得不讓任何一人涉案。」

接下來又是一陣沈默，酒吧間那兒傳來了安德森先生的聲音，他所說的一字一句全攪混在一起，好像無數的水流注入到溪流裡。啤酒的麥芽香味裡頭頗有歡愉的氣氛。

派蒂轉過頭去看卡特，莫名其妙的微笑了起來。但那是若有似無、鬼魅般的笑。

「不要，」卡特說道，「妳不能說。我不要聽。」

「可是，卡特，你並不知道我要說的是什麼——」

「我知道！那對我是天大的侮辱！」

「欸——」昆恩先生說道。

「如果妳認為，」卡特大聲說道，「我是那種卑鄙的人，會將這樣的事情說出來，以便感化萊維爾裡像愛咪琳·杜普瑞的人，為的只是滿足我自己的『責任感』。那麼妳就不是那種我想要娶的女人了，派蒂！」

「我不能嫁給你，卡特，」派蒂抑鬱的說，「當娜拉，我的親姊姊，是一個、一個……」

「她沒有責任的！她病了！看這裡吧，昆恩，讓她理智一點——派蒂，如果妳老是要抱著這個愚蠢的態度，我就要跟妳分——我要是做不到的話，就是個混蛋！」卡特將她從沙發上拉了起來，緊緊的擁住了她，「噢，達令，我真的認為這不是娜拉的錯，不是吉姆的錯，不是你爸爸、媽媽或蘿蘭，或甚至是你的錯……別以為我沒有去醫院看她，我——我去了。我看到他們把她從育嬰箱裡抱出來，她向著我望空抓了抓，然後她就哭起來了，而——該死，派蒂，我們必須風波一定下來就趕快結婚，我們必須將這個該死的祕密隨著我們埋進土裡，我們還必須要收養小娜拉，將這整樁該死的事弄得像是哪一本書裡頭所寫的那像，這很困難，但我們必須做！這樣妳懂嗎？」

「我懂，卡特。」派蒂輕輕的說，然後她閉上雙眼，臉龐抵著卡特的肩膀。

艾勒里·昆恩先生漫步走出了後面的房間，臉上掛著笑，雖然有一點點神傷。

他啪的一聲將一張十美元的紙鈔放在吧台高斯·奧爾森的面前，說道：「你看看後面房間裡的人需要什麼就送過去吧，也別忽略了安德森先生。還有，多的錢別找了。再見了，高斯。我得去趕搭火車回紐約了。」

高斯瞪著面前的鈔票。「我不是在作夢吧，你是不是聖誕老人？」

「不完全是，不過我剛剛將一個好幾磅重的小寶寶送給了兩個人，她可是個粉妝玉琢的小東西嗳。」

「那你這是什麼用意？」高斯問道，「慶祝什麼嗎？」

昆恩先生向安德森先生眨眨眼，他瞪了回來。「那當然啦！難道你不知道嗎，高斯？今天是母親節啊！」

國家圖書館出版品預行編目資料

災難之城／艾勒里. 昆恩（Ellery Queen）著：劉育林 譯 . -- 初版 . -- 臺北市：臉譜出版：家庭傳媒城邦分公司發行， 2005[民94]
面； 公分 . --（艾勒里. 昆恩作品系列；10）
譯自：Calamity town
ISBN 986-7335-57-0 （平裝）

874.57 94015100